# 多维度视域下的汉语言文学研究

伍清玲◎著

中国纺织出版社有限公司

**图书在版编目（CIP）数据**

多维度视域下的汉语言文学研究 / 伍清玲著 . -- 北京 : 中国纺织出版社有限公司，2023.10
ISBN 978-7-5229-1057-4

Ⅰ . ①多… Ⅱ . ①伍… Ⅲ . ①汉语－文学语言－研究
Ⅳ . ① I206

中国国家版本馆 CIP 数据核字（2023）第 183765 号

责任编辑：房丽娜　　责任校对：高　涵　　责任印制：储志伟

中国纺织出版社有限公司出版发行
地址：北京市朝阳区百子湾东里 A407 号楼　邮政编码：100124
销售电话：010—67004422　传真：010—87155801
http://www.c-textilep.com
中国纺织出版社天猫旗舰店
官方微博 http://weibo.com/2119887771
天津千鹤文化传播有限公司印刷　各地新华书店经销
2023 年 10 月第 1 版第 1 次印刷
开本：710 × 1000　1/16　印张：12
字数：160 千字　定价：88.00 元

# 作者简介

**伍清玲**　女，毕业于中南大学比较文学与世界文学专业，硕士研究生。现任职娄底开放大学讲师、继续教育学院院长。研究方向：汉语言文学、老年教育和社区教育。成果：主持省级课题 1 项，主持校级课题 1 项，参与课题研究 5 项，发表论文 6 篇。

# 作者简介

[illegible]

# 前 言

中华文化源远流长、博大精深，汉语言文学是中国历史上古老的传统文化形式，它是五千年文明发展的重要组成部分，具有独特的文学内涵和艺术价值。汉语言文学在历史发展中独具民族特色，对中华文明的形成和发展具有重要意义，对中国传统文化的继承和发扬也有重要贡献。

汉语是一种独特的语言，蕴含着丰富的文化和精神价值，是中华民族文化的重要组成部分，汉语的美显示于以各类体式存在的作品中。汉语言文学是一种能够通过语言来展现其生动性和魅力的艺术形式。通过提高汉语言文学修养，我们可以提升自己的内在修养，并将这种修养体现在日常生活中。只有通过感受文学世界的真实和美好，我们才能真正领略汉语言文学的美与艺术。汉语言文学作为中国文学的重要组成部分，其独特的文学风格和深刻的思想内涵，为人们提供了一种全新的视角，让人们能够更加深刻地理解和体会中国文化的精髓，从而更加自觉地培养自己的文学素养，从而更加有效地提升自身的文学修养。

汉语言文学是中华文明的精髓，它为我们传承中华民族悠久的文明遗产提供了强大的支撑。语言作为人们交流信息的工具，在人类社会实践中发挥着重要的作用。研究汉语言文学不仅能为语言的发展提供理论支撑，还能为人类探索语言文学注入新鲜的力量。随着人类社会实践向纵深方向发展，汉语言文学的各个层面也应与时俱进。

本书主要内容为多维度视域下的汉语言文学研究，共分为五章进行介绍。其中第一章的主要内容为汉语言文学概述，包含汉字的基本知识、语言的基础知识、汉语的研究概述；第二章主要介绍了汉语言文学的历史演进，按照时间顺序，分别介绍了先秦至南北朝汉语言文学、唐宋汉语言文学、元明清汉语言文学、现代汉语言文学、当代汉语言文学；第三章的主要内容为汉语言文学教学与实践，共分为四节，分别是汉语言文学的教学研究、“互联网 +”背景下的汉语言教学新模式、汉语言文学教学中对微课与慕课的应用，以及新媒体环境中汉语言文学教学路径探索；第四章主要对汉语言文学的审美教育进行了不同角度的阐述，包括汉语的语言与审美功能、汉语的口语与审美特征、汉语文学创作与节律美；第五章主要介绍了汉语言文学国际教育与人才培养，分为三节，分别是汉语言文学国际教育人才培养路径探索、汉语言文学国际教育人才培养模式研究、新媒体时代移动学习在汉语国际教育的应用。

在撰写本书的过程中，笔者得到了许多专家学者的帮助和指导，参考了大量的学术文献，在此表示真诚的感谢。本书内容系统全面，论述条理清晰、深入浅出，但由于作者水平有限，书中难免会有疏漏之处，希望广大同行及时指正。

伍清玲

2023 年 3 月

# 目　录

# 第一章　汉语言文学概述

简单来说，汉语言文学专业就是以研究中国语言的词语、句法，赏析古今诗歌、散文、小说等众多的文学作品为主要内容，并对相关工作技能进行理论指导和实践训练的专业。本专业课程覆盖面极为广泛，主要课程有语言学概论、古代汉语、现代汉语、文学概论、中国古代文学史、中国现当代文学史、马克思主义文论、比较文学、中国古典文献学、外国文学史、民间文学、汉语史、语言学史学、美学、批评文学等。这些课程的设置，主要是为了让学生掌握汉语言文学教学和研究的基本功力，培养学生的汉语言文学技巧，并帮助他们提高文学素养，培养学生的文学评鉴能力、写作能力等。

本章的主要内容为汉语言文学概述，包含汉字的基本知识、语言的基础知识、汉语的研究概述三个部分的内容。

## 第一节　汉字的基本知识

汉字是世界上非常古老的文字。一般认为世界上古老的文字有：埃及的象形文字，公元前 5 世纪消亡；苏美尔（波斯王国）的楔形文字，公元前 4 世纪消亡；腓尼基字母文字，创制于公元前 1000 年左右，后逐渐衰弱；玛雅象形文字，从公元前 1800 年一直延续到大约公元 1524 年；古印度印章文字，约产生于公元前 3000 年，后逐渐失传。

中国方块汉字——成熟的甲骨文字约于公元前 1300 年产生，一直延续到春秋时代，其形体虽然历经复杂的演变，但仍保持了自身严谨的结构规律和完整的系统性，直到现在还具有蓬勃旺盛的生命力。

汉字不仅作为记录汉语的符号系统发挥着有声语言辅助交际工具的作用，还作为一种造型艺术——汉字书法在世界各地深受欢迎。它被称为无言之诗、无形之舞、无图之画、无声之乐，2008 年 6 月被列入国家级非物质文化遗产名录。

## 一、汉字定义

文字作为记录语言的符号，由形式（包括形体与语音）和内容两个部分组成。

汉字是记录汉语的书写符号系统，是由方块汉字与语音及其相对应的意义构成的形、音、义的统一体。

## 二、汉字名称的演变

先秦时代，使用“文”“字”“书”“名”“书契”等概念。

从秦朝推行“书同文字”开始，“文”与“字”并列连用，一直延续使用到近代。近代外国文字大规模地传播到中国，为了加以区别，开始把中国的文字叫“中国文字”。

现代使用“汉字”这一概念。

## 三、汉字的性质

关于汉字的性质，有几种不同的看法，如表意文字、意音文字、语素—音节文字（或语词—音节文字）等。目前，大多数人认为汉字是意音文字。

## 四、汉字的特点

汉字的特点主要有以下两点。

### （一）汉字是形、音、义的统一体

几乎每个方块汉字都是一个独立的音节，绝大多数汉字也都具有特定的意义（少数汉字没有意义，如葡萄的“葡”和“萄”等），其意义或是词汇意义，或是语法意义，或是修辞等附加意义。

### （二）汉字有较强的超时空性

（1）纵向的超时代性方面，汉字古今的一致性较强。古今汉字的结构方式和结构体系在本质上具有一致性，显示出超强的通贯古今的作用。

（2）横向的超空间方面，汉字具有沟通中国国内各个地域不同方言以及相关少数民族不同语系和不同语言的功能。

第一，对于不同方言，一般认为汉语有北方方言、吴方言、湘方言、赣方言、闽北方言、闽南方言、客家方言、粤方言等八大方言，汉字可以完全摆脱这些不同方言地区的人在口头语言交际过程中的障碍，使书面语交际畅行无阻。

第二，中国是一个多民族国家，具有属于不同语系的多种语言，汉字在沟通各个民族书面语交际的过程中发挥了积极的作用，体现了超强的民族凝聚力，如藏语属于汉藏语系藏缅语族；蒙古语、达输尔语、东乡语、保安语等属于阿尔泰语系的蒙古语族；维吾尔语、哈萨克语、柯尔克孜语、乌孜别克语属于印欧语系的突厥语族；俄罗斯族的俄语、塔吉克族的塔吉克语等属于印欧语系的斯拉夫语族。

然而汉字也存在着字数繁多、结构复杂、缺少完备的表音系统等局限。这些局限导致汉字在信息处理方面存在一定的困难。但是随着信息技术的发展，汉字的人机对话程度将会越来越高。

## 五、汉字的结构单位

汉字的结构由笔画、偏旁以及其他元素组成。其中，笔画由一系列的点、线组成，它们是汉字的基础，也是汉字的重要组成部分。除了“一”“乙”这种一笔构成的汉字外，绝大多数的汉字都由许多不同的笔画构成，如“毛”“手”“王”“都”“郭”“部”等。据统计，大部分汉字的笔画在6～12画，现代常用汉字的平均笔画在10画左右[1]。

汉字的五种基本笔画点、横、竖、撇、捺构成了汉字的外观，“术”字是其中的典型。此外，由于运笔方向的变化，还衍生出了提、折、钩等三种笔形，“刁”字是其中的典型。现代汉字的结构由八种基本笔画组成，即点、横、竖、撇、捺、提、折、钩。每种基本笔画都有其特征，如钩、竖、斜、弯、卧等。以笔画为直接单位组合而成的汉字叫作独体字，其结构是一个整体，无法分开，如“人”“手”“毛”“水”“土”“本”“甘”等字。古代的象形字和指事字为独体字的起源，它们的笔画形状、结构以及排列方式各有特色，这使许多初学者难

[1] 喻柏林，曹河圻．汉字结构方式的认知研究 [J]．心理科学，1992（64）：5—10.

以掌握汉字的基本结构。尽管独体字的使用率较低，但它们仍然扮演着极其重要的角色，它们绝大部分都是合体字的构成部件，构字能力极强。独体字可以说是汉字系统的核心。掌握这些常用的独体字后再学习其他汉字时难度会大幅降低。

偏旁是一个独立的结构，它通常由两个或两个以上的部件组成。它是与笔画相对应并且更大的构字单位。

现代汉字的偏旁最初也是一个独立的字，但经过长期的发展，一些偏旁的形态发生了巨大的变化，它们不再能够单独成为一个字，而是成为汉字系统中的重要组成部分。例如，“水”“心”“手”在“浪涛”“惭愧”“推拉”等汉字中，分别变成了三点水、竖心旁、提手旁。

现代汉字的偏旁有三种：表义偏旁、表音偏旁和记号偏旁。其中，表义偏旁代表一个汉字的语言结构，它们能够清晰地传达出该词语的含义，但并不能直接描述出该词语的实际含义。“表音”通常指的是那些能够清晰地传达出一个词语特征的偏旁。而“记号”则指的是那些不会影响词语的特征，但能够帮助人们识别词语含义的偏旁。记号偏旁的构建经历了多次演化，其中包括对表音偏旁和表义偏旁的改造。这些新的表音偏旁和表义偏旁之间的关系更加紧密，它们的笔画结构也更加简洁。因此，我们可以说，汉字的构建并非混沌，而是遵循一定的规则。现代汉字字典的编纂者利用汉字结构中的偏旁，将其进行分类组合，以此来区分不同的汉字，并且为了更好地查询，他们把每组偏旁称为部，这样可以帮助我们更加清晰地理解每个汉字，从而更好地记忆每一个汉字。

部首与偏旁有所区别，但它们都是字典中用来标记汉字的工具。偏旁是汉字的结构单位名称；偏旁包含部首，偏旁的范围要比部首大得多，二者不能等同。

合体字是由偏旁组成的汉字，在汉字系统中占据了大多数，它们的结构和形态都十分独特，具有重要的意义，大多来源于古代的会意字和形声字。偏旁与偏旁组成合体字，其组合方式有左右结构、上下结构、内外结构等几种情况。一个合体字的结构可能会有多种不同的形态，从“礴”“蹼”“飙”“罐”等字可以看出，它们的结构层次不一，从第一层的左右结构，到第二层的上下结构，再到第三层的左右结构，最后来到第四层的上下结构，每一种结构都有其特点。

## 六、汉字的起源与形成

### （一）汉字起源

汉字起源的确切年代目前还不能断定，但根据考古发掘出来的材料以及专家们的推断，汉字至少在五六千年以前就已产生。

1. 汉字诸种起源说

关于汉字的起源有仓颉造字说、结绳成字说、八卦成文说，但关于汉字起源的这三种说法都经不住仔细推敲。虽然关于汉字起源的这三种说法目前还没有科学依据，但这些汉字起源传说已经成为汉字文化的一部分，甚至成为旅游景观文化的一个重要内容。

2. 汉字起源于图画与刻画

汉字大体来源于两个系统：一是图画系统，二是刻画系统。汉字起源以图画系统为主，以刻画系统为辅。

### （二）汉字形成的主要历史阶段

汉字形成之前，人类经历了长期的实物记事时期，大致经历了从结绳、契刻到图画与图画性“表意符号”的过程。其产生以及发展大致可分为三个时期。

1. 原始的汉字

新石器时代晚期文化遗址——西安半坡遗址出土的陶器刻画记号，被视为中国原始文字起源的标志，或者说是中国原始文字的孑遗。

系统汉字的产生要晚一些，但从大量的考古材料来看，也不会晚于原始社会末期。

2. 初级的汉字系统

20 世纪 30 年代，在山东莒县、章丘及河南登封等龙山文化遗址中陆续发现了大量陶片，上面的各种书写符号，有不少已被公认为文字，而这些文字又是在不同的地点出现的，由此可以认为，龙山文化时期大概已有了初级的汉字系统，大约在距今 4000 年以前。

3. 成熟的汉字系统——甲骨文

甲骨文，是成熟的汉字系统，是商朝晚期的文字，距今已有 3000 多年的历史。从比较成熟的甲骨文字系统溯源上推测，汉字的产生与形成至少有五六千年的历史。

处在萌芽期的原始汉字是分散的，经过漫长的发展，图形或符号同语言中的词逐渐一致起来，作为逐步成熟的汉字系统开始用于记录汉语。

3000 多年前的甲骨文已经是相当成熟的文字体系了。在数千年的发展进程中，汉字虽然经历了复杂的形体演变，但仍保持了自身严谨的结构规律和完整的系统性。

## 第二节　语言的基础知识

要想学习现代汉语，首先要了解什么是语言。

有人认为，语言就是我们说的话。这个观点虽然有一定的道理，但是并不准确。这个观点只考虑了语言在日常生活、工作中的运用与人类的联系，并没有从根本上回答“什么是语言”这个关键问题。

我们应从社会功能和内部结构这两个不同的角度来观察、认识语言的概念。

在社会中，语言被认为是人们进行有效沟通的关键工具。人类是高度社会化的动物，在社会生活中需要相互沟通、交流思想。因此，人类在劳动过程中创造了语言，并将语言作为表达和接受思想的工具。语言是人类交流的基础，它能够建立起彼此之间的信任和理解，使得我们的社会更加和谐。

语言是人类思考的基础，它们构成了我们的思考方式。虽然人类的语言多种多样，但是人类的思维形式一定会与某种语言形式相联系。这是因为，思维离不开具体的概念，思维必须要在概念的基础上进行判断、推理以及综合分析，必然会运用与概念相联系的语言。由此可见，思维活动以及思维活动成果的传递和表达都离不开语言，哪里有思维活动，哪里就有语言。

社会是一个复杂的系统，由经济基础和上层建筑组成整体，语言是社会发展的产物。语言的发展受到社会的影响，它既可以在特定的时期出现，也可以在不同的时期发展，甚至可能在某一时期消失。总而言之，语言与人类社会息息相关，无论社会怎样变化，都能够通过语言表达出来。可以说，语言的本质特性就是社会性。语言的社会性体现在以下几个方面。

第一，每一个民族都拥有自己独特的语言。这些语言可以作为一种象征，用于传递信息和思想，每一个民族都会根据自己的文化背景和习俗，创造出独特的语言。语言是由一个民族的成员集体创造的，该民族的全体成员在人际交往的过程中应共同遵守其使用规范。

第二，同一个民族的语言具有不同的地方色彩。例如，现代汉语中的湘方言、粤方言、闽方言、吴方言等具有不同的特点，尤其是语音的差别，只能从社会角度加以解释。

第三，语言是一种不断演进的工具，它的发展与社会的进步密不可分。不具有社会性的事物不可能对社会的变化与发展这样敏感。例如，随着电视、电影、电脑、光盘这些事物的出现，语言中也相应地增加了“电视”“电影”“计算机”“光盘”这些新词以适应社会需求；而山峦、河流、植物等事物则不会因社会发展而主动作出改变。

第四，虽然人类具有使用语言的能力，但是人类必须经过学习才能掌握某种语言。语言的习得与社会密切相关，如一个在美国长大的中国人能熟练地运用英语，一个在中国长大的非洲孩子能熟练地运用汉语就是由社会环境造成的。

从构成特点来看，语言是一套音义结合的符号系统。符号可以被视为一个人或组织的象征，它们可以用来描述一个人或组织的特征，也可以被视为某一社会的一部分被广泛接受。

符号必须具备三个条件：一是具有外在的形式。符号只有具有外在的形式才能让人感知到它的存在，如声音、色彩、线条等。二是代表一定的意义。符号只有在代表一定的意义时才有存在价值。三是得到社会成员的认可和接受。符号只有在得到所有社会成员认可的情况下才能传播开来，才能在全社会中广泛使用。例如，教师在学生的作业本上打一个“√”表示正确，打一个“×”表示错误，此时的“√”“×”具备符号的三个构成条件，是真正意义上的符号；学生在教科书上随意画的“√”“×”，由于不具备符号的三个构成条件，不属于符号。

第一，语言符号的本质是由声音组成的，它们的表达方式是通过发出的声音来传达信息。第二，一般的语言符号通常由一系列的元素组成，这些元素包含了许多独特的信息。第三，由于一般的符号结构较为简单，它们仅能传递有限的信息，并且这些信息往往是相对稳定的。例如，现代社会中，交通信号灯的颜色各不相同，红灯代表着停止前进，绿灯代表着可以继续通行；古代战场上，击鼓代表着进攻，鸣金代表着撤退，而在烽火台上点燃篝火则暗示着敌人正在接近；现代军营中，号角也被用来提醒士兵们起床、休息。语言是一种有力的工具，它能够传递各种信息和情感。例如，“死亡”“逝世”“殉职”“就义”“牺牲”“停止呼吸”“心脏停止跳动”“驾鹤西归”这些词汇都描述了一个人生命的结束，但代表着不同人的身份和地位。第四，语言符号拥有创造性的生产过程，可以通过简单的形式来表达复杂的概念，并且可以创造出新的结构，具有自主性和开放性，可以由较少的单位组合成较多的甚至无穷的单位，还可以由一个句型类推出无数的句子，这也是我们能够通过学习来掌握一门语言的原因。可以说，以少驭多是语言符号的核心。

根据上述内容，我们可以总结出：语言是人类最重要的交际工具和思维工具，是社会成员共同约定创造的、音义结合的符号系统，是人类社会特有的现象，是高度社会化的产物。

人类可以通过两种方式运用语言，一是声音形式，二是书面形式。口语和书面语都是语言存在的具体形式。

## 第三节　汉语的研究概述

### 一、汉语的历史

关于汉语的“年龄”，早期的观点认为汉语有 3400 多岁，这种观点的依据是甲骨文。甲骨文是中国古代文字的重要组成部分，它源自商代后期，当时的王室在龟甲和兽骨上刻制文字，用于占卜或记录历史，它是中国古代文字中最古老、最完备的文字，具有悠久的历史传承和重要的文化价值，如图 1–1 所示。语言的出现肯定先于文字，最新的观点认为汉语有 5000～6000 岁了，这种观点的依据是河南郑州小双桥遗址、西安半坡遗址、潼姜寨遗址、大汶口遗址出土的陶器上刻有一些数字和单字。国家重点研究课题“夏商周断代工程”公布的一些研究成果也说明中华文明已经有 5000 多年的历史。

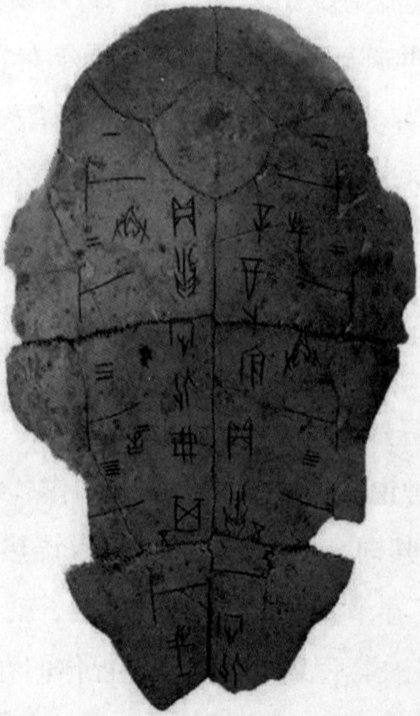

图 1–1　甲骨文

将汉语与世界上的其他语言进行比较，我们更能感受到汉语的伟大。联合国共有 6 种主要的语言，包括英语、法语、俄语、汉语、西班牙语和阿拉伯语。大约在公元 5 世纪中叶，有 3 个日耳曼部族入侵英格兰，这 3 个部族的方言逐渐融合在一起，形成了古英语。这样算来，英语的历史大约有 1500 年。法国曾受罗马帝国统治，当时的法国人说凯尔特语，而罗马人说拉丁语，在长期的交往过程中，两种语言逐渐融合，形成一种混合性语言。公元 939 年，这种混合语言成为法国唯一的官方语言。这样算来，法语的历史大约有 1100 年。9～13 世纪，摩尔人侵略并占领了西班牙，当时居住于西班牙东北地区的人开始使用一种平民间沟通的方言，这就是现代西班牙语的源头。西班牙复国后，由于居民人种复杂，需要一种所有居民都能够使用的语言，于是西班牙语最终成为全民通用的交际语言。这样算来，西班牙语的历史大约有 1000 年。阿拉伯语的历史相对来说比较长久，大约有 2500 年。俄语属于东斯拉夫语言家族，15～16 世纪，古俄语分裂成俄语、乌克兰语和白俄罗斯语。这样算来，俄语的历史只有 500 年左右。通过上述比较可以看出，在如今世界范围内的几种主要语言中，汉语的历史最为悠久。

在世界语言的历史中，曾经存在过同汉语一样古老甚至比汉语更古老的语言，但它们最终都湮没在历史洪流中。5000 多年前，古埃及象形文字出现，但是到公元纪年之后古埃及语就不再通行了。公元前 4000 年左右，苏美尔人创造了楔形文字，但公元前 1763 年，苏美尔人被古巴比伦王朝消灭，楔形文字也随之消亡。由此可见，汉语不仅历史悠久，而且久经考验，并始终保持着本色。因此，我们才说汉语是世界语言之林中唯一还“活着”（始终在使用）的最古老的语言。

## 二、汉语的地位

有这样一种说法“学好数理化，走遍天下都不怕”，意思是数理化这几门学科很重要。不过现在另一种说法也在悄然兴起，叫作“学好普通话，走遍世界都不怕”。这种说法并非夸大其词，事实上，目前“汉语热”已经席卷全球。

例如，在 2015 年羊年春节期间，英国威廉王子就通过视频发表春节贺词，他先用中文问候“大家好”，最后又用中文说“祝你们春节快乐，羊年大吉”。另有报道称，近年来，日本商场为招揽中国顾客，专门设置了中文导购，并将这些中文导购称为“中文女孩”。还有媒体报道，目前已经有 250 个汉语词被《牛津词典》收录，如 Hutong（胡同）、Hukou（户口）、Gojiberry（枸杞）等。

此外，一些中文式的表达也收入英语的词汇系统。例如，“Long time no see”（好久不见）采用了汉语直译的方式，如今这句话在英国和美国已经成为不少人打招呼的常用语言。根据最新统计，在全球范围内的重要组织、企业、媒体以及著名高校中，拥有数以百计的中文网站。

在日本，懂汉语已经成为日本人找工作的一个筹码，在大学学习汉语的学生人数已超过学习法语、德语、韩语等语种的人数。日本的汉语培训班甚至因需求量太大而报不上名。

汉语是联合国的 6 种工作语言之一，是上海合作组织（Shanghai Cooperation Organization，SCO）的两种工作语言之一。在越来越多的国际会议中，如亚洲博鳌论坛（Boao Forum for Asia，BFA）、中非合作论坛（Forum on China-Africa Cooperation，FOCAC）、环北部湾经济合作论坛、中国—加勒比经贸合作论坛等，汉语已被广泛认可作为会议的主要语言，这一点已经得到了充分的证实。汉语已经成为全球使用人数最多的语言，并且它的影响力还在不断增强。

# 第二章　汉语言文学的历史演进

本章主要介绍汉语言文学的历史演进，按照时间顺序，分别介绍先秦至南北朝汉语言文学、唐宋汉语言文学、元明清汉语言文学、现代汉语言文学和当代汉语言文学。

## 第一节　先秦至南北朝汉语言文学

### 一、《诗经》

《诗经》是我国最早的一部诗歌总集，共收录自西周初年至春秋中叶 500 多年间的诗歌 305 篇。《诗经》对当时社会的剥削、徭役、战争、婚姻等多方面的现实生活都有反映。有些作品在揭露统治者对人民残酷的剥削和压迫时，表现了劳动人民的无比愤怒和誓死反抗的情绪以及追求光明的信心和决心。《诗经》是四言诗的一个高峰，采用赋、比、兴的表现方法，用当时的口语入诗，大量用叠字重复的修辞和句法，语言准确生动，形象解明，声调和谐，是一部思想性和艺术性高度结合的优秀作品，也是现实主义诗歌创作的开端。

### 二、诗的衰落与散文的勃兴

#### （一）散文兴起的原因

春秋战国时期，中国历史上出现了一个前所未有的变革，不仅改变了当时的经济状况、政治制度以及社会结构，也推动了文化思想的飞速发展。从文学的角度来看，诗歌的衰落以及散文的崛起，标志着一个新的文学开端。随着时间的推移，以叙述历史事件并体现哲理思考的散文逐渐取代了诗歌，成为中国传统文化的重要组成部分。

这一现象的出现绝非偶然，而是受到其所处的物质环境以及文学自身发展规律的影响，而形成的一个不可避免的结果，正是文学给予人类社会的一种实用功能的表现。在文学工作还未脱离实用功能完全走向个人艺术阶段的古代，这种表现更加明显。当许多人探讨中国文学史的时候，他们往往会将重点放在《诗》《骚》等韵文上，而忽略了当下流行的散文，将其视为一种历史哲学的资源，这种做法显然是不合理的。

为了更好地理解时代的变迁，我们必须关注当时的生产力发展和社会经济状况。我们只要看《左传》《国语》《国策》这些史书，便可知当日政界人物的兴替，比起西周时代的封建状况，有了很大的改观。富商大贾、鸡鸣狗盗之徒都挤上政治舞台，于是旧日的贵族王孙不得不作式微之叹了。从前的学术文化为贵族阶级所专有，因当日的兼并争乱，平民阶级中出现了不少的没落贵族。像孔子之流，也只好教书糊口，于是学问有了解放普及的机会。加之商业繁荣和大都市的产生，交通日趋便利，那些都市便成为汇集文人的渊薮，各方人士互相交换智识，促进了文化思想的兴隆。这些现象，我们在古史里都可以找到丰富的例证。

当日的经济、政治和社会结构发生了前所未有的变化，这给社会发展带来了巨大的挑战，每个人都必须面对这一动荡的局势，从而产生出多元化的观念。有守旧的，有趋新的，有调和折中的，于是产生了伟大的诸子哲学时代。思想家们应该勇敢地表达自己的观点，以此来超越过去的神权统治，构建一种更加复杂的、更具有人性的现实主义哲学。为了将这种哲学呈现出来，就必须采取更加有效的方法，如使用更加富有逻辑性的散文。随着时间的推移，散文逐渐取代了诗歌，开始蓬勃发展。

春秋战国时期，国家之间的兼并、人们之间的斗争、旧贵族的衰败和新人物的崛起，这些历史事件在政治史上发挥了重要作用。因此，一些人从道德和历史的角度出发，将这些兴衰的人类历史记录下来，以便后人参考。在当时的社会，复杂的工作需要以散文的形式来完成，因此记录历史的散文和哲学家的散文都削弱了诗歌的地位。这就导致过去曾经辉煌的诗歌，不得不面临衰败的命运。

### （二）历史散文

《尚书》记录着中国最古老的历史，也是中国最古老的散文。它虽说一向被称为经，论其本质，和《春秋》一样，实实在在是一本历史。所谓左史记言，右史记事，言为《尚书》，事为《春秋》，正说明了这两本书的本质。现存的《尚书》，包括虞、夏、商、周四个时代，其来源有今古文之分。古文《尚书》真假难辨，经古今学者的努力证明，我们自然是不相信了。但是今文《尚书》的二十八篇，也有许多问题。我们早已从经济、政治、文化思想的基础上证明一切托名虞、夏的文籍都是后人的伪造，所以《尧典》《皋陶谟》《禹贡》自然是靠不住的了。就是《商书》也和《商颂》一样，或许也是宋人的作品。因此我们可以推断，《尚书》里面没有西周以前的作品。只有这样，我们才可以看出中国的散文，由卜辞、金石文走到《尚书》的发展的合理性。

《周诰》被认为是《尚书》中最古老的作品之一，它的出现标志着周初时期诗歌和散文的开端。虽然现在的人们可能会觉得它晦涩难懂，但它的出现并不意味着它的内涵有多么深奥，也不意味着它的文字有多么复杂。《周诰》的文辞大多是当时的口头传达，但随着时间的流逝，这些方式并未发生任何改变，从而使得这种传达方式逐渐被时代淘汰，最终变得僵化不灵。《周颂》中的诗篇，虽说时代差不多，但大多是可歌可唱的，随时变迁，写定较迟，所以也就比较容易懂了。

散文在历史上进一步的表现、成为有系统的编年体的作品便是有名的《春秋》。《春秋》也和《尚书》一样，被称为经，尤其成为今经文家重视的古籍。因为《春秋》出于孔子，所以后代人都把它看作一本含有微言大义的思想书或是道德书，把它看作定名分、制法度的工具。

《春秋》的文句简短，有人嘲讽它为断烂朝报者，但在文字的技术及史事的编排上，比起《尚书》来都有明显的进步。使我们读后能够对当时诸国的事实有一个系统的印象。《尚书》的语言风格已经被大幅度改变，使它们变得更加简洁、流畅，为新的散文奠定了坚实的基础。

到了战国时代，随着物质条件与文学观念的发展，历史的散文呈现出高度的进步，如《国语》《左传》《国策》等古典名著，在当时的历史散文领域，无疑是杰出的作品。尤其是《左传》和《国策》，被后人津津乐道，甚至被誉为学习散文的必备参考资料。

关于《左传》的著作及其本身的真伪问题，我们无法在这里作较详细的叙述。

古说《左传》为孔子弟子鲁人左丘明解经之作，此说虽不可靠，但近代疑古学者说《左传》全为刘歆伪造，也难成立。前者见于《史记·十二诸侯年表》及《汉书·艺文志》，后者则以康有为为最有力的代表。我们放弃今古文家的成见，平心而论，《左传》的作者可能是一位战国时代优秀的散文家，他写这本书的目的，并不是为解经而作，而是纯从历史家的立场出发，采取《春秋》的大纲，再参考当时的史籍，铸成了这本伟大的作品。因此里面有合经者，有不合经者。当时的历史思维发生了巨大的变化，人们对《春秋》式的历法感到失望，因此选择采取新的方法来记录历史。汉朝时期，刘歆的历法可能会对《春秋》中的内容做一些修订，但并非完全由他自己编写。尽管《左传》的出现时间已经难以确定，但它仍然被视为战国时期的杰出著作。它不仅是《尚书》《春秋》《国策》《史记》的延续，更是战国时期最具影响力的精彩散文之一。

《左传》在描述历史上取得的卓越成就，以简洁明快的文字，将当时的复杂历史和精彩的故事进行生动的描述，让我们今天阅读时仍然可以清晰地感受当时的社会环境，以及当时的政治斗争、人物的行为和态度等。自那时起，它便以其充满活力的散文作品延续至今，如“吕相绝秦”“烛之武退秦师”“臧孙谏君纳鼎”“僖伯谏君观鱼”“季札观乐”“王孙论鼎”都能用委婉曲折的文章，表达当日巧妙的辞令。再如城濮之战、殽之战、邲之战、鄢陵之战，都是用最简练的文句，记叙繁复的史事，成为叙事文中的杰作。《左传》不仅具有重要的历史意义，而且在中国文学史上占据着重要的地位。

**（三）哲理散文**

中国古代的哲学思想可以追溯到《老子》《论语》，这两部经典之作被认为是中国文化史上最古老的著作。它们是老子和孔子的口头传承，被后世的学者们记录下来，成为中国古代文学史上的重要组成部分。《老子》的时代问题，在近年来产生了剧烈的争论。老聃、李耳、老彭、太史儋、老莱子诸人，究竟是一是二，议论纷纷，无法断定。我们在这里不得不避去那些干枯的叙述与考证。平心而论，现存的《老子》这本书，究其思想的复杂矛盾，应该是完成于战国道、法家的增益。就其文字的体裁看来，许多韵文的部分，似乎也是受了骚体的影响，好像是战国末叶的作品。因此，引起许多学者对于老子本人的怀疑。但我们客观地推测，认为老子确为春秋时代的人物，在其时还有原本《老子》的存在。现存的《老子》，是由原本增补而成，老子原有的思想有一部分被保存下来，其他如阴阳家、法术家之言，后来也都被混杂进去，所以无论思想或是文体，都呈现出现在这种矛盾复杂的样子。

《论语》被誉为古代初期的哲学著作，它的内容深刻而又精辟，尽管有些内容存在着疑问，但它仍然保持了原作者的真实性。《尧曰》等篇章，每个段落都是简短的三言两语，而且彼此间没有任何联系。由于当时的经济状况较差，《春秋》的内容仅仅停留在概括性的表述，而要深入了解其中的细节，则需要依靠口头传播。当我们阅读《论语》时，常常会有一种突然而来又突然而止的感觉。这可能是因为散文仍处于发展阶段，但最重要的原因还是当时的物质条件和文化工具的匮乏。《春秋》的历史文学作品、《老子》和《论语》的哲理文章都是简短的句子，节段的形式还没有达到单篇的水平，这一点也可以证明以上观点。

老子、孔子时代，正是中国哲学思想发育的初期，还没有走到诸子争鸣、彼此辩论的时代。因此在他们的文字里，多是说明文的形式，而不是论辩文的形式。他们所讲的一言一语，虽俱有可论辩之处，然而在当日思想发动的初期，所谓理论的斗争，还没有产生。只用那种平铺直叙的说明文字，便能够表明他们的思想。在战国时期，各种思想的交流和斗争变得异常活跃，以至于任何一个派别的思想家都必须以激烈辩论的方式发表自己的观点。随着思想的进步，文字也在迅速演变，从而产生了第一批以长篇大论的形式、以尖锐的语言描述的哲学散文。《墨子》《孟子》《庄子》《荀子》《韩非》等古典著作中，尽管文学风格、内容和观点各异，但它们都以激烈的辩论和斗争的方式呈现出来，这种方式和观点始终如一。

庄子是战国时代的大思想家，同时也是优秀的散文家。他有杰出的才能、超人的想象、高尚的人格与浪漫的感情。文字到了他的手里，成了活动的玩具，颠来倒去，离奇曲折，成了一种特有的文体。这样的文体，在中国存在二千多年，从没有一个人能够模拟、能够学得精髓。他的文章也采取各种论辩的方法，但是气势纵横，辞藻华丽，一点也不板滞。同时他又不顾一切规矩，使用丰富的字汇、倒装重叠的句法、奇怪的字眼、巧妙的寓言，使他的文字变得格外灵活、格外新奇、格外有力量。《墨子》的文失之沉滞，《孟子》的文失之显露，《庄子》的文却没有这种弊病。偶尔翻阅，自然觉得有些艰苦，但当你将字义和意思了解以后，反复熟读，会感到一种惊奇，一种愉悦。为什么一样的文字，到了他的笔下，能够组织得那么新奇，表现得那么聪明。真是汪洋恣肆，妙趣横生，信手拈来，都成妙语。

在春秋战国时期，散文的发展趋势与当代的物质文化和精神文化的演变相似。从《尚书》开始，《春秋》继续演进，《国语》《左传》和《国策》也随之出现，形成了一条清晰的历史散文发展轨迹。从《老子》《论语》开始，墨子、孟子、庄子和荀子等诸子的思想影响了中国古代哲学的发展。在当今社会，物质文化和精神文化的交融，使文章的质量、数量、形态、内涵、修辞和结构等方面都有了显著的提升。文字的艺术，虽称为精神的高贵产物，但是想要脱离时代意识与物质条件的基础，实在是不可能的。在西周春秋和战国的文字中无论是历史的或是哲学的，其形式和技巧，不都是有共同的特质吗？这一种称为时代性的共同特质，是一般研究文学史的人们必须注意起来的。

战国时代的散文，由历史的《左传》《国策》到哲学的墨、孟、庄、韩诸子的出现，已达到成熟的地步，成了中国古代散文的典型。

## 三、秦的文学发展及其特性

秦和楚一样，是周族以外的独立民族。他的先世，《史记·秦本纪》上说是颛顼后裔，并且叙述得有声有色，但研究其内容，却大多是神话与传说的成分。秦的文化是落后的，发展是很晚的。公元前10世纪末年周孝王时代，他们的酋长非子，还在渭水之间为周王牧马。到后来才封给他一块小地，定邑于秦，奉嬴氏之祀，号曰嬴秦。这一个新兴的民族，因勇武善战的特质在政治地位上得到了迅速的发展。襄公时代因为秦非子抵抗犬戎护送平王东迁有功，平王乃赐以岐西之地，封为诸侯。于是兴高采烈，用马牛羊各三头，大祭其天帝，组织正式的国家，同中原诸侯才发生外交上的种种交涉。从这时候起，秦地人民大量地吸收中原的文化。所以到了襄公之子文公十三年，才有史以纪事。从此以后他们在政治上的发展更快了。春秋时代，穆公称霸；战国时代，孝公为七雄之长。经惠文、武、昭襄数世，蒙故业，因遗策，连败六国之师，汉中、巴蜀之地也入其版图，因此国势日益富强[1]。到了始皇时期，先灭韩、赵、魏，次灭楚、燕，最后灭齐，于是便产生了“六王毕，四海一”的秦帝国的新局面[2]。

---

[1] 司马迁，于童蒙，编译. 史记·世家 [M]. 北京：中国纺织出版社，2007.
[2] 杜牧，陈先吉，校点. 樊川文集 [M]. 上海：上海古籍，2020.

《诗经》中的《秦风》十篇，可认为是秦民族最早的诗歌。大概是西、东周之交的作品。因为他们那种好战尚武的民族性，在那些诗里多叙车马田狩之事，或赞美战士，或描写军容，其音节无不悲壮激昂。《车邻》《驷铁》《小戎》之篇，皆言车马田狩之事。再如《黄鸟》《权舆》诸篇，虽非兵戎之诗，然其音调一样高昂悲壮，也是秦声的本色。唯有《兼葭》一篇，却是情韵缠绵音调哀婉的抒情诗，其艺术亦在上列诸章之上。“兼葭苍苍，白露为霜。所谓伊人，在水一方。溯洄从之，道阻且长。溯游从之，宛在水中央。”这是多么美丽的句子，又是多么有情致的意境。这篇诗在《秦风》里，自然是要称为杰作的。

秦统一六国以后，其寿命非常短暂，在文学方面自然不会有多大的成就。但荀子的赋、李斯的铭，我们却是必得注意的。荀卿名况，是北方的大儒。他的生死年代，已不可考。大约生于公元前四世纪末年，死于公元前三世纪末年，是一个将近百岁的老人。他曾游学于齐，称为学术界的领袖，后因不得志，去楚，春申君以为兰陵令。春申君死而荀卿废，嫉浊世之政，亡国乱君相属，因发愤著书而死，葬于兰陵[1]。他在儒家学说的传授上，占有重要的地位，毛、鲁、韩《诗》《左传》《穀梁》皆其所传，尤长于《礼》。我们现在没有详细叙述他的哲学思想，只要知道他是以孔学为本，再顺应当代政治社会变迁的趋势，加以补充修正而建立了一种新儒学。

荀子在他的赋里，并没有重视文学的成就。其表面虽是咏物，但内容还是说理。他主要的目的是通过暗示性的解释，使人们可以更好地理解礼、智、云、蚕、箴这五种具体或抽象的物质形态和功能。他这种态度，正如他写作的态度一样，是抱着不反先王之言、不背礼义要旨的。不同的是，他采取了一种诗文混合的新体裁。这是一种尝试，而尝试的目的是想把自己的思想更普遍地宣传出去。他的《成相辞》也是想把高深的思想装在通俗的文字里。如果说屈原、宋玉的创作态度是文学性的，那么荀子的态度完全是学术性的教育。到了汉代的赋家，他们接受荀子尝试过的初具规模的新体裁，但抛弃了他那种学术家和教育家的态度，完全从文学的立场上来创造，于是号称六义附庸的赋，变为汉代文学界的主要角色，成就了光辉灿烂的文学历史。

李斯虽是一个严格的法治主义者，但他同时也是一个富有文采的人才。大

---

❶ （西汉）司马迁；于童蒙编译．史记·列传 [M]．北京：中国纺织出版社，2007.

概因为他生长于文风极盛的南方，受了文学空气的陶染。我们试读他那篇有名的《谏逐客书》，便会知道他文字艺术的高妙，铺陈排比，气势奔放，上承纵横之遗，下开汉赋之渐，不仅是秦代散文的杰作，同时也可看出当日散文赋化的征象。这种征象，到了贾谊的《过秦论》中表现得更具体、更成熟了。

李斯的几篇刻石文，以其独特的风格和深刻的思想，完整地展示了秦帝国的政治、经济和文化的全貌，成为当时文学的典范。他以伟大的气魄、典雅的文字、中正和平的音节，把秦帝国的政治武功、皇帝的胸怀意气、版图的广大、六国的破灭和天下太平之象展现给世人，这些文字充满了秦帝国的特色和精神，它们不仅是一种抒发情感和想象的手段，从纯文学的角度来看，它们也具备极高的艺术价值。它们不仅可以赞美秦帝国的辉煌，更可以深刻地反映当时贵族文人的心声。在这些文字里，我们认识了秦帝国的生活全貌，比我们读许多历史认识得还要清楚。

李斯所作的刻石铭，以《史记》上所载的《泰山》《琅琊台》《之罘》《东观》《碣石》《会稽》最为可靠。就比如《泰山刻石》当中：皇帝临位，作制明法，臣下修饬。廿有六年，初并天下，罔不宾服。亲巡远黎，登兹泰山，周览东极。从臣思迹，本原事业，只诵功德。治道运行，诸产得宜，皆有法式。大义休明，垂于后世，顺承勿革。皇帝躬圣，既平天下，不懈于治。夙兴夜寐，建设长利，专隆教诲。训经宣达，远近毕理，咸承圣志。贵贱分明，男女礼顺，慎遵职事。昭隔内外，靡不清净，施于后嗣。化及无穷，遵奉遗诏，永承重戒。此为始皇二十八年东巡郡县，封泰山所刻。运用了一种三句一韵的新创体。除《琅琊铭》为二句一韵外，其余各篇都是这种体裁。篇中文字，虽沿着《诗经》雅、颂的系统，但没有其散文中那种富丽的辞藻，这种敷陈直叙的作风，正是赋化的明显象征。荀子、李斯时代的作品都有赋化的倾向。这是一个汉赋酝酿的重要时期，这个时代虽是短暂的，作品虽然贫乏，但在文学发展史上依旧占据重要的地位。

## 四、汉赋的发展及其流变

### （一）汉赋兴盛的原因

随着中国文学的发展，一个显著的趋势已经显现出来：文学与人民的生活越来越疏远，而贵族式、古典式的宫廷文学逐渐成为文坛的主流。其中最著名的当属汉赋。

唐以诗取士，诗人盛于唐。明、清考八股，制艺盛于明、清。汉代考经，经师盛于汉，这理由是非常浅显的。世上没有什么事比得上利禄的力量。汉赋的发达兴隆，利禄的诱惑力量占据了大部分。最初，封建王朝的君主和贵族们鼓励并支持这种行为，如吴王刘濞、梁孝王刘武和淮南王刘安等人，他们不惜牺牲自己的利益，吸引来自各地的名士。当时，邹阳、严忌、枚乘、司马相如、淮南小山、公孙胜和韩安国等人都加入了他们的行列。枚乘赠予柳枝，五匹绢布，相如赠予长门，得到百斤黄金，这些都是传奇的故事。武帝拥有极其出色的文学天赋，其中《李夫人歌》尤为经典。为了提升自己的地位，武帝特别重用司马相如、东方朔和枚皋这些文人，让他们凭借自己精湛的辞赋技艺获得官职。宣帝、成帝、章帝以及和帝时的王褒、张子侨、扬雄和李尤也都凭借其出色的辞赋技艺获得职位。当君王号召百姓，群臣热情高涨，献赋考赋的活动便随之展开。进而使汉朝时期的文人格外重视汉赋，也就使汉赋有了兴盛发展的土壤。

**（二）汉赋的特质**

在中国文学中，赋是一种独特的艺术形式。它既不像诗歌，也不像散文，但它的内容既包含了诗歌，也包含了散文。不管是从形态还是特征来看，它都是一种既具有诗歌特色，又具有散文特色的艺术。赋本是诗中六义之一，原是一种文学表现的态度与方法，并非一种体裁。《三百篇》以后，散文勃兴，接着兴起的是《楚辞》一派的新体诗。由《诗经》到《楚辞》，诗的范围逐渐扩大，篇幅逐渐加长，散文形式的混合以及辞藻的注重，都带了浓厚的赋的气味。但毕竟因其抒情浪漫的成分居多，所以《楚辞》依旧是一种新体诗。后人因此把屈、宋一派的作品，叫辞或骚，免得同诗赋混淆。《文心雕龙》中有《辨骚》《诠赋》两篇，它们的界限是非常明显的。后来由荀子的《赋篇》，秦时的杂赋，降而至于枚乘、司马相如的创作，于是铺采摛文体物叙事的汉赋才正式成立。代表汉赋的是《子虚》《上林》《甘泉》《羽猎》《两京》《两都》《洞箫》《长笛》一类的作品，而不是《惜誓》《招隐士》《九叹》《九怀》《九思》一类的作品，因为这些文字，无论形式内容，只是《楚辞》的模拟，是屈、宋的尾声余响，没有一点新奇的特质。从《楚辞》

到汉赋，诗歌的元素明显减少，而散文的元素则大量增加，抒情的个性特质则被彻底抹去，逐渐成为叙事、咏物、说理的文学形态。到了个时期，不仅诗与赋完全独立，就是辞与赋也各自分开了。

《汉书·艺文志》分赋为四派。一屈原派：贾谊、枚乘、司马相如等人属之。二陆贾派：枚皋、朱买臣、司马迁等人属之。三荀卿派：李忠、张偃诸人属之。四杂赋派：不著作者姓名。班固的划分显然有其合理性，但从当今众多学者的著述中可以清楚地看出，这一划分并不具备可信度，因为它缺乏充足的证据支撑。我们知道在汉代初期，各家的作品都继承着《楚辞》的余绪，但到了枚乘、司马相如的创作，赋的范围无论形式还是内容都扩大了。它糅合《楚辞》的辞藻，荀赋的形体，以及纵横家的风气而形成汉赋特有的典型。在这种情形之下，我们决不能用屈、宋或是荀卿哪种派别去限制当代的作家。于是叙事赋、咏物赋、说理赋、拟骚赋，都排列在各作家的集子里了。

### （三）汉赋发展的趋势

#### 1. 汉赋的形成期

这一时期起自高祖止于武帝初年，大约有六七十年光景，是政治初平、经济建设的休养时代。思想界中道家独盛，当时挟书之律已除，学术尚未统制，在各方面都呈现着放任自由的状态。文学界完全受《楚辞》势力的支配，任何作家的作品，无论内容还是形式，都直接受其影响。项羽的《垓下歌》和高祖的《大风歌》，完全是楚声的正统。在这种情形下，最初出现于汉代文坛的，是那位才高命短与屈原命运相似的贾谊（公元前 201—前 169）。他有丰富的学识，卓绝的政治见解，本想在社会上做一番事业，无奈为环境所迫，郁郁不得志地流谪到长沙。后来虽被召回，拜为梁怀王太傅，不料梁王堕马丧命，于是他就自伤为傅无状哭哭啼啼地死去了。贾谊的性格虽较屈原稍为柔弱，但他的生活境遇以及忧郁的心情却和屈原一样。因此南国的禽鸟，湘水的波涛，引起他对屈原个人的同情及其作品的共鸣，《吊屈原赋》与《惜誓》二篇，无疑是屈原的苦闷灵魂与其哀怨情感的再现。吊屈原就是吊他自己，《惜誓》是哀屈原，同时也就是自哀。因此在他的作品里，还能保持着他特有的个性和真实的感情。其作品的价值也就远在后人那种纯出于模拟《楚辞》为文造情的作品之上了。

2. 汉赋的全盛期

武、宣、元、成时代是汉赋的全盛期。《艺文志》所载汉赋九百余篇，作者六十余人，十分之九是这段时期的作品。武、宣好大喜功，附庸风雅，一时文风大盛。元、成二世，继其余绪，作者不衰。

在这一时期内，有名的赋家有司马相如、淮南群僚、严助、枚皋、东方朔、朱买臣、庄葱奇、吾丘寿王、刘向、王褒、张子侨诸人。名望最大，在赋史上具有最显著地位的，自然是司马相如。

《艺文志》载司马赋二十九篇，大都失传。现存最有名的是《子虚》《上林》《大人》《长门》《美人》《哀二世》六赋。另有《梨赋》《鱼范赋》《梓桐山赋》几篇，但仅存篇名而已。《子虚》《上林》是司马氏的代表作品，亦为汉赋的典型。从枚乘的《七发》，到他这时候才完全离弃《楚辞》的风格，建立了纯散文的汉赋体。《子虚》作于梁国，描述了游猎之盛。后来武帝看了大加赏识。当时狗监杨得意对武帝说，他是自己的同乡。于是武帝传召了他。他说《子虚》不过叙述了诸侯游猎之事，不足一看，请求有天子的游猎作赋，遂成《上林》一篇。武帝读了很高兴，就命他为郎。从创作的动机来看，这种文学自然缺少高贵的情感与活跃的个性，只能用美丽的字句，尽其铺写夸张为能事。外表华艳夺目，内容却空无所有。不仅作不容易，就是读也很困难。

这种赋的组织，大都是几人的对话，彼此夸张形势，极言淫乐侈靡的盛事；最后，以荒乐足以亡国、仁义可以兴邦的意义作结。在《左传》《国策》里，这种故事不知道有多少。不同的是，一个是出之于言语，一个是出之于文章而已。这种寓讽谕于歌颂的方式，皇帝看了总归是高兴的。赋在儒家的眼里，没有被认为违反宗经原道的主旨，就在这一点。可是皇帝们往往只取其歌颂而忘其讽谏。武帝好神仙，相如赋《大人》以讽，结果使皇帝更加飘飘然了，这是很有名的例子。所以扬雄到了晚年，知道这种讽谏是无用的，他就决心再不写这一类的文章了。

宣帝时期的代表作家是王褒。王褒字子渊，蜀人。因为宣帝“颇作诗歌，欲兴协律之事”，于是将能为《楚辞》的九江被公，高才的刘向、张子侨、华龙，音乐家赵定、龚德之流，齐集于他的手下。王褒也就在那时候受益州刺史王襄的奏荐，同他们一道待诏于金马门。王褒现有的作品，如《圣主得贤臣颂》《甘泉宫颂》《九怀》和《金马碧鸡文》等篇，或拟《楚辞》，或用赋体，都无什么特色，不必细说。值得一提的是他的《洞箫赋》。

《洞箫赋》也是以《楚辞》的调子写成的，但这篇文章对后人的写作风格和语言表达产生了深远的影响。第一，作者在使用修辞手段时非常谨慎，并非像司马相如那样过度使用夸张手段，而是密巧细微，入于纤弱淫靡的风格。篇中充满着骈偶的句子，开魏晋六朝骈俪文学之端。自他以后，冯衍的《显志》，崔骃的《达旨》，这种骈偶的文字一天天多了起来。第二，他是咏物赋的完成者。荀卿的《蚕》《云》二赋，虽为咏物，但内多隐语，辞亦简陋，只有咏物赋的雏形。从那时开始，咏物赋的数量逐渐增多。在扬雄、班固、张衡、王逸和蔡邕的著作中都包含了这类作品。在魏晋六朝时期，咏物赋的数量更加丰富，无法列举。后代的咏物诗都以此作为开端。

**（四）汉赋的演变**

两汉以后，赋不再是那个时代的文学作品的代表。魏晋六朝是古诗骈文和新体诗，唐宋是诗词，这是大家熟知的。然而作赋的风气并没有全衰，尤其是魏晋六朝各作家的集子里所收集的赋并不少于两汉。但要注意的是，各时代的文学有各时代的潮流，在那种潮流下，赋也不能保持它原有的面目，而是随着潮流发生了变化。

1. 魏晋时期的赋

魏晋是中国政治极乱、思想最为自由的时代。篡夺继作，外患不已，民生穷困，社会不安。儒家思想的衰落，道佛思想的兴起，人性的觉醒，清谈的流行，种种原因造成中国未曾有过的个人浪漫主义的狂潮。在这狂潮中，哲学和文学都离开往日传统观念的束缚，得到自由独立发展的机会。哲理文学、游仙文学、田园文学，都在这时候蓬勃地生长起来。在这种潮流中，赋也和当代的诗文采取一致的步调，无论形式内容还是情调，都不是汉赋的本来面目了。在这里我们可以列举几个魏晋赋的特征。

（1）篇幅短小。短赋在汉代张衡、王逸、蔡邕诸人的集子里，虽偶然出现，但究竟不是普遍的形式，到了魏晋，短赋才成为主体。我们从曹丕、曹植的作品看起，一直到晋末的陶潜，所作的赋几乎全是短篇，如陆机的《文赋》、潘岳的《西征》、左思的《三都》、郭璞的《江赋》，长篇可谓寥寥可数，古人以此为汉赋衰微的象征，这见解是错误的。我们要知道文字的浪费，并不能提高文学的价值。

（2）字句简丽。汉赋最大的缺点，是作家要夸示自己的学问，在极小的事物上堆积许许多多的僻字奇文，因此反而失去文学活跃的生命。到了魏晋，在造句方面，虽日趋于骈俪排比，但在修辞上避开了堆积铺陈的恶习，用平浅通用的字句，加以琢练的技巧，使文章达到清丽细密的状态。让人读了只觉得亲切有味，不像读汉赋那样晦涩艰苦，令人生厌。

（3）题材扩大。汉赋的题材，大都以宫殿、游猎、山川、京城为主体。东汉以后，虽稍有转变，但其范围依旧狭小。魏晋时期，随着诗歌的发展，赋的题材也得以拓宽。从抒情、论证、咏叹、叙述等不同形式，到登高、凭吊、悼念、悲痛、游仙、寻求隐逸、热爱美景、描绘自然风光等，当时最常见的是咏叹类的作品。在每个人的作品中，几乎都可以看到动物和植物，无论是鸟类还是兽类，无论是天空中的风云，还是地下的枯枝败叶，都成了作者的题材，如橘子、芙蓉、夏莲、秋菊、蝙蝠、螳螂、麻雀和小蛇等。然而这些作品虽多，却是魏晋赋中最没有价值的文字，只能算是一种文字的游戏。

（4）个性化与情感化。古典文学的汉赋作家采取纯粹客观的态度，描写或是铺陈外界的事物，正如建筑工人建筑一所打好了式样的房屋一样，因此这些作品不能表现作者的个性与情感。这种情形在东汉中叶渐渐发生变化，到了魏晋，无论文艺还是学术，都受了时代思潮的激荡，变化更是明显。除了那些咏物的作品以外，在许多其他的作品里也呈现了浓厚的个性化与情感化的倾向，这是魏晋赋最值得重视的地方。我们读曹植、王粲、阮籍、潘岳、孙绰、陶潜的作品，便会感到在那些文字里，作家的个性非常分明，情感的成分也是极其真实的。他们或是表现人生的理想，或是歌诵道家的哲学，或者描写自己的命运，或是叙述田园山水的乐趣，无论怎样，他们都是在抒写自己的胸怀，发泄自己的情感，作品分明地存在着作者的个性与生命，绝非从前那种完全是为人的态度了。这是由古典文学转变到个人主义的浪漫文学的最重要的特征。

曹魏期的代表作家是曹植与王粲。曹植过人的天份、复杂的思想，以及穷困的境遇，使他在赋的创作上取得了很大的成就，如《感节》《出妇》《幽思》《慰子》《愁思》诸篇，都是清丽而又有情趣的好作品。短短的篇幅，充满着浓厚的诗情，与那种堆积铺张的汉赋是完全不同的。王粲本是建安七子的领袖，他文学的天赋被曹氏父子推重。他的《登楼》《思友》《寡妇》诸篇是代表作。从汉代王褒、冯衍、崔驷以来骈词俳句的修辞风气已为赋家所喜用，到了王粲，这些技巧娴熟。在《登楼赋》里有最熟练最巧妙的形式存在。到了两晋，风气更盛，陆机的作品成为这派的代表。

东晋时期，因道家思想的成熟，加以佛学的兴起，无论诗文还是辞赋都添上一种平淡清新的自然风味。在王羲之、孙绰、陶潜的作品里，这种风味我们更能深切地体会到。孙绰的《天台山赋》，古人称为有仙心佛意之作。其刻画山水，描写自然，表现出过人的技巧，成为写景的佳作。

陶潜是魏晋思想的净化者，也是文学界最高的代表。他的作品，无论诗文辞赋，都保存着其特有的个性和一贯平淡自然的作风。《归去来辞》一篇，不论古今无不一致认为是千古的杰作。屈原以外，再没有第二个作家能像他这样运用辞赋的体制抒写自己的胸怀，使作者的个性活现，情趣充溢，而又没有一点堆积铺陈的恶习，形成纯粹本色美的风格。其次如《感士不遇赋》《闲情赋》，都是个性分明、技巧新奇的作品。昭明以《闲情》一赋叹为陶潜白璧之瑕，这实在是迂腐愚鲁之见。《闲情赋》为何而作，现虽不能明说，但可以说是一篇象征主义的作品。然其技巧的新奇和描写爱恋的深刻，是从前未曾有过的一种新格调。在意境上说，它与《归去来辞》自然是各异其趣。在技术上确有不可埋没的价值。

作者的本意虽掩藏在象征的帷幕下，但这种追恋的写法，对于后代恋爱文学的影响是很大的。我们在唐诗、宋词里，时常看见这种形式的文字。由此看来，魏晋文学，虽以五言诗为代表，而辞赋一项也时多佳作。不仅如此，在中国辞赋史上，魏晋的赋，其文学的地位与价值并不在汉赋以下。

2. 南北朝时期的赋

中国文学由魏晋而入六朝，最明显的倾向是唯美主义思潮的全盛。自王粲、陆机以来，骈俪的风气日浓，到了齐梁，再加以沈约、谢朓、王融等人声律论的鼓吹，更给文学加上一层束缚。他们一面注意骈词俪句，一面还要注意韵律与音节，长此以往，文学日趋于唯美与淫靡。诗文是如此，辞赋更是如此。

当时的赋，仍以短篇为主体。长篇有谢灵运的《山居》，沈约的《郊居》，梁元帝的《玄览》，庾信的《哀江南》诸作，不过寥寥数篇而已。在此数篇中，《哀江南》是代表的佳作。在形式方面，赋有与诗歌融合的明显倾向。在汉末赵壹的《刺世疾邪赋》里，这种倾向逐渐清晰，但只是一种偶然的现象。这一时期，因诗歌的兴盛，无形中诗赋有了合流的趋势。

前以诗起，后以诗结，诗赋合流的趋势是非常明显的。由楚辞到汉赋，是由诗变为散文的。在这时候，受着新诗兴起的影响，赋的风格，由散文再变为诗了。这一点，我们可以看作是南北朝赋的一个重要特征。

因为当时唯美主义极盛，一般文人在修辞炼句上都下了极大的功夫，雕琢刻镂，由炼章炼句至于炼字，在他们的作品里，我们可以时常看见那种巧密深刻的字句。因此当时的文学，一洗往日那种平淡自然的作风，或是激昂慷慨的气质，而流于纤巧淫靡之途了。

## 五、汉代诗歌文体流变研究

汉代诗歌可以追溯到公元前205年至公元195年，这段时间内，从西汉高祖元年到东汉献帝兴平二年，诗歌艺术发展迅速，形成了独特的文化风格。从历史朝代的更替来讲，东汉的最后灭亡要算到公元220年，即汉献帝延康元年（建安二十五年）。

汉代社会的历史巨变对汉代诗歌的影响是全方位的。无论是新的创作主体的产生、诗人心态的变化，还是诗歌内容与诗歌体式的更新，都与秦汉以来的社会历史巨变息息相关。所有这些巨变，最终都体现在汉代诗歌的文体流变方面。因此，要对汉代诗歌以及其在文学史上的地位有清晰的认识，我们首先要从辨体开始。

汉代诗歌可以被划分为两大类："诗歌"和《诗赋略》。"诗歌"将汉代诗歌划分为两大类，而《诗赋略》被汉代诗歌排除在外。然而，从中国古代诗歌发展史上来看，应该将汉代诗歌中的汉赋视为一种独特的形式，它与其他历代诗歌形式存在明显差异。由于散体大赋的文体特征与后世的诗歌存在鲜明的对比，以及它的独特性质，使它成了汉赋的重要组成部分，并得到了后世的普遍认可和赞赏。自魏晋南北朝至唐宋元明清，赋的文学传承一直延续至今，它一直被视作一种独特的文体，与诗歌、散文等文体形成鲜明对比。因此，当谈及汉代诗歌时，将其视作一种狭义的汉诗，也就没有什么合适的解释了。当今，《中国文学史》、汉代诗歌总集以及其他相关出版物，大多采用了对汉代诗歌全面而系统的研究方法。

然而，从另一个角度来看，中国诗歌的发展历经了漫长的演进过程，在演进过程中，文体的转换和变迁尤为显著。从四言诗、骚体诗、乐府诗，到五言诗、七言诗，再到诗与赋、诗与词、词与曲，甚至它们之间的交叉融合，都构成了复杂的演进过程。在汉代的诗歌发展历程中，诗与赋的结合是不可或缺的部分。通过对汉代诗歌的研究，可以深入了解当时的文学风格以及中国古代文学的演进历程。

赋体文学的出现有两个重要原因。

第一，“不歌而诵”的赋体文学形式源于“古诗”，但《诗经》时期的“不歌而诵”赋体文学形式已经发生了巨大的改变，它不仅是一种诗歌形式，而且也作为一种歌曲，被广泛用于音乐创作。春秋时期，诸侯卿大夫们不仅会在外交场合使用“赋诗言志”的称引诗歌来表达自己的思想，还会利用其他的文学形式，如朗诵、抒情、叙事等，将自己的情感和思想传递给他人。春秋时期以后，“聘问歌咏”的规范被抛弃，诸侯国的交流也受到影响，屈原、孙卿等文学家便借鉴“赋诗言志”的精神，创作出“不歌而诵”的诗歌，以此来抒发他们的心声，从而开启了《赋》的诞生。汉代的宋玉、唐勒、枚乘、司马相如等人都模仿了这种文体，并将其作为一种重要的文学形式。

第二，尽管赋和诗在形式上存在明显差异，但对于汉语言而言，二者依旧具有密切的联系。尽管赋在汉代无法被歌唱，但它依旧保留了古代诗歌的一些特征。汉武盛世时期，“赋体诗”被公卿大夫们视为抒发情感、表达讽喻、宣扬忠孝的绝佳文体，与《雅》《颂》的功能相当，因此它们仍然被视为“赋体诗”的组成部分。

由于汉人将“赋”视作汉代诗歌的重要组成部分，他们将其视作“不歌而诵”的延续，因此当代学者在研究中国诗歌史时也会采纳这种观点。从不同的角度出发，我们可以从不同的视角去探讨汉代诗歌。从后代文体的角度出发，我们可以更好地了解汉代诗歌和赋的关系；而从汉人的角度出发，我们可以更全面地了解汉代的诗歌和赋。显然，这两种处理汉代诗歌与赋问题的方式如果只取一端，都有顾此失彼之处。前者没有顾及诗歌与赋这两种文体在汉代同质的一面，后者没有顾及诗歌与赋这两种文体在汉代的区别，有《汉书·艺文志》的记载，我们可以更加清楚地了解汉代诗歌和赋的发展历程，以及它们之间的复杂关系。因此，我们有必要深入探究这一课题，以期更好地理解汉代诗歌的发展历程。

班固在《汉书·艺文志》中把赋分为四类，一为屈原赋之属，二为陆贾赋之属，三为荀卿赋之属，四为杂赋之属。何以对汉赋作出这种分类？班固没有说明，这引起后人的多种猜测。但无论如何，都充分说明了赋这种文体在汉代表现形态的复杂性。从后代来看，汉赋是一种独立的文体，不属于诗的范围。

研究发现，汉代的赋主要可以划分为两大类：一类是屈原的《离骚》等传统的骚体抒情诗，即使被称为“赋”，但实际上仍属于诗歌；另一类是宋玉、唐勒、枚乘、司马相如等人的散体赋，尽管也和诗歌有着密切的关联，但却发展出了一种全新的文学形态。实际上，对于屈原的《卜居》《渔父》等《楚辞》的写法，汉代文学家们早已有了明确的界定。司马迁将屈原的《楚辞》和宋玉的《楚辞》统一归类为“赋”，然而，从深入的研究来看，这两部作品的风格存在着显著的差异。宋玉的《九辩》可被视为一种典型的《离骚》式文学形式，它的风格与《高唐赋》《神女赋》《登徒子好色赋》等《楚辞》的风格相似，司马迁将它们归类为“楚辞”，它们均以模仿屈原《离骚》《九章》的形式来表达自己的思想。司马迁认为“皆好辞而以赋见称”。揭示了《离骚》和《屈原》之间的差异，这表明他早在汉初就开始研究《离骚》，并将其视为模仿《离骚》的作品。他的研究结果表明，《离骚》和《屈原》之间存在着明显的区别。根据汤炳正先生的研究，楚辞的命名源于屈原的《离骚》和宋玉的《九辩》，随着时间的推移，汉人不断添加屈原的其他作品，从宋玉的《招魂》到景差的《大招》，再到淮南小山的《招隐士》，贾谊的《惜誓》，王褒的《九怀》，东方朔的《七谏》，刘向的《九叹》，以及王逸的《九思》，这些都是楚辞发展历程中不可或缺的组成部分。汉族的诗歌大多延续《离骚》的传统，具有独特的情感抒发和文学风格。宋玉的《高唐赋》《神女赋》等，尽管被汉人归类于“楚辞”，但人们仍然能够从其独特的文体和情感表达方式中发现其独特的魅力，因此“楚辞”的出现，更加凸显出宋玉的才华。“骚体抒情诗”和“楚辞”均属于中国古典文学的重要组成部分，前者以屈原的《离骚》为基础，后者则以《骚》的形式表达，都属于中国古典文学的重要组成部分。随着汉兴的到来，枚乘、司马相如、扬雄、班固、张衡等人的散体大赋，虽然保留了宋玉诗的特点，但却没能完全保留原来的韵律，这些散体赋最终形成了一种更加容易诵读的新型文学形式，使它们与传统的诗歌形成了鲜明的对比。根据汉代文学的演变，我们可以将骚体抒情诗与散体赋区分开来，将其视作汉代诗歌史的一部分，而将散体赋视作一种新的、与传统诗歌不同的文学形式。

诗歌、诵诗的区别与骚体抒情诗、散体赋的分合是汉代诗歌史上的重要现象，它说明中国诗歌的发展到汉代以后有了重要的变化。如果说在先秦时代可以认为歌唱是诗歌的重要特征之一，那么到了汉代，有一部分诗歌已经逐渐脱离了音乐而走上了一条独立的发展道路。

汉代的诗歌中，除了骚体抒情诗外，也有许多四言诗，如韦孟的《讽谏诗》《在邹诗》、韦玄成的《自劾诗》《诫子孙诗》，以及傅毅的《迪志诗》，它们都是汉代文学史上的杰出作品。汉代的四言诗与《诗经》的其他文体大相径庭，但它们依旧被尊崇，并且受到广泛的赞誉。五、七言诗也一样，虽然它们的形式各异，但都被认定为诗。中国古代诗歌的命名存在较大的差异，这反映出中国古代文学的多样性和复杂性。

根据汉代诗歌的形态特征，我们将它划分为两类：

（1）赋诵类：指汉代无法用言语表达的四言诗、抒情诗、文人五言诗、七言诗等；

（2）诗歌类：指汉代可以用言语表达的诗，如乐府诗、诗骚体、杂言诗、五言诗等。

汉代诗歌的发展历程中，歌与诵的差异对我们了解中国诗歌的演变至关重要。从先秦时期开始，诗与歌融为一体，但随着汉代的到来，它们逐渐分离。这种分离为我们提供了一条往中国诗歌发展的新路径。

《诗经》体和《楚辞》体在先秦时代基本上都是可以歌唱的，汉代的文学发展可谓一路高歌，不仅出现了一种新的文体——散体赋，而且有两种新的文体：一种是以歌唱为主的诗（汉魏六朝乐府、唐代诗歌、宋词、元曲等），另一种则是以诵读为主的诗（尤以文人案头写作的作品为主体）。从汉代开始，诗歌就开始以文字的形式出现，并且一直沿着歌和诵的道路发展。因此，研究中国诗歌史时，既要考虑汉代的诗歌，也要考虑魏晋六朝以后的诗歌，不能忽视任何一个方面。

## 六、魏晋时期文学理论的建设

在儒学衰微的魏晋，兴起是道家、佛学的思想。趁着这个自由解放的好机会，文学也向儒学宣告独立。由汉代讽刺的功用主义，变为魏晋的个人主义，再变而为南朝时代的唯美主义。在这种文艺思潮变动的过程中，魏晋时代是一座重要的桥梁。首先发动这一文学运动的人是曹丕。他在那篇有名的《典论·论文》内，发表了许多对于文学可贵的见解。他首先叙述了对建安七子作品的品评。那些评论，完全冲脱了儒家的伦理实用观念，只以气势与个性为标准。其次，他对于文学的对象，有离开六艺学术而注重纯文艺的倾向。

从曹丕时代起，论文的流行便一直延续至今，曹植的《与杨德祖书》和《文质论》等著名的论文，虽然缺乏创新，但仍然受到广泛的关注，成为当时最重要的学术著作之一。还需要注意的是西晋陆机的《文赋》。《文赋》虽是出于骈俪的赋体，读来似乎有点模糊，但稍稍细心一点，其中心思想还是可以看得清楚。

### （一）内容形式两全

汉儒对于文学的理解，着重内容，所以贵重义理。陆机认为文章的内容虽是可贵，但其形式音律以及修辞的美丽也不可忽略。他不仅主张用意修辞要尚妍巧，就是在声音方面，也要有音乐的美感。他这种思想，可以看作是齐梁时代声律论的先声。

### （二）情感与想象的重要

文学纵有美丽的形式与辞藻，若无真实的情感，作品仍然没有活跃的生命。因时节事物的刺激，可以使人生出情感和艺术创作的冲动性，若作者毫无情感的波动却一定要无病呻吟，所得的结果必定是“六情底滞，志往神留，兀若枯木，豁若涸流”❶的状态了。情感以外，便是想象。文学虽贵于现实的取材，但必得经过想象力的组织与锻炼，才能达到艺术的高度。若专靠经验与实感，就难免平凡与薄弱。作家们要有“精骛八极，心游万仞”的想象力，才能使作品发出过人的力量与光辉。

---

❶ 陆柬之．文赋 [M]．杭州：浙江人民美术出版社，2002.

### （三）反模拟

文学有永久的生命，因为它在表现方面有独创的个性。抄袭模仿的东西，无论技巧怎样高明，总无永久价值，不能为人所重视，陆机认为要发古人之所未发，言前人之所未言，若一味模拟前人，将会得不偿失。陆机的思想超越了传统的儒家伦理观念，以一种更加深刻的视角，提出许多有价值的见解。他的思想对当代文学的发展产生了深远的影响，使人们越来越重视文学作为一种独特艺术形式的存在，并且越来越多的人开始撰写专业的论文，以及编辑各种文集。李充的《翰林论》，挚虞的《文章流别志论》《文章流别集》等书，都是很重要的文献，可惜早已失传，我们无从窥察其内容。陆机的文学思想，我们可以看作是文学建设的理论。对传统的儒家文学观带着革命的态度加以破坏和攻击的，是称为道教徒的葛洪。他虽是道教徒，但同时又是一个学者，对老庄的哲学了解很深，他将老子的自然论和庄子的进化论融入文学思想中，从而打破儒家的传统思维模式，提出一种全新的、充满活力的思想。

## 七、建安风骨与正始诗风

魏晋南北朝是五言诗的极盛时代。从汉乐府民歌发展而来的五言诗，在这一时期里，经过建安诗人及阮籍、左思、陶渊明等人的不断努力，在思想和艺术上已渐趋完善，充分显示出五言诗的艺术生命力，给当时的诗坛增添了繁华景象。在建安、正始、太康、永嘉至晋末、南北朝期间，诗歌在各个时期展示出不同的特点，反映出当时的文化氛围，并形成了独特的风格。魏曹丕的七言诗体，到了南朝宋的鲍照那里又有所发展，他用这种诗体广泛地反映生活，并把它的每句用韵改为隔句用韵，艺术上不断提高，从而确立了七言诗在诗坛上的地位。南北朝时期的民歌，延续了《诗经·国风》以及汉乐府民歌的精髓，既有真挚的情感，又有浓郁的浪漫气息；在诗体方面，它还开创了五、七言绝句体，成为后来唐诗的主要形式之一。从建安开始，诗人们就相当重视词藻与对偶，齐梁的沈约等人提出“四声说”，并开创了“永明体”，使我国诗歌从比较自由的“古体”走向格律严整的“近体”；后经庾信等人的努力写作，基本上具备了后来各体律诗的雏形。这一时期，诗歌的题材、风格极其多样化。有咏怀、咏史、游仙以及田园诗、山水诗等不同题材；有慷慨悲凉、刚健清新、缠绵悱恻等多种风格。这些对后来诗人从事不同流派、不同风格的创作都是有启发作用的。所有这一切诗歌上的成就，为后来唐代诗歌的发展与繁荣准备了充分的条件。

### （一）建安风骨

“风”代表着丰富的想象空间和深刻的情感，而“骨”则体现了作者坚定而又富有魅力的文字表达方式。概而言之，所谓“建安风骨”，是指在汉乐府民歌现实主义传统影响下，建安作家的作品内容和风格所表现出来的时代特色。

建安是中国诗歌发展史上的一个重要时期。这一时期的诗人，以他们诗歌创作的辉煌成就在中国诗歌史上写下了光辉灿烂的一页。

建安时期的主要作家以曹氏父子为首，包括“七子”和蔡琰。除孔融外，政治上都倾向曹操。这些作家都是汉末军阀混战的目击者，对战争给人民带来的灾难有较深的感受和同情。他们都倾向于曹操的一系列改革政策，有着渴望为国家重新实现统一而建功立业的理想和壮志。由于其独特的文学风格，许多作品深入地描绘了汉末的社会状况，并且经常表达出作者对“建功立业”的热情和抱负。他们运用带有民间歌谣特点的五言诗的形式，以慷慨悲凉的调子，描写动乱的现实，歌颂建立统一局面的理想。而这种内容和风格，既有汉乐府民歌现实主义的优良传统，又有鲜明的时代特色，逐渐形成了后世所说的“建安风骨”。“建安风骨”概括了建安诗歌的主要成就和共同特点，并在中国文学史上形成了优良传统。

#### 1. 建安诗坛的代表诗人“三曹”

在建安诗坛上具有代表性的诗人是三曹，即曹操、曹丕、曹植。曹操，字孟德，沛国谯（今安徽亳县）人。他是汉末杰出的政治家和军事家，又是杰出的诗人和建安文学的开创者。他的诗现存不多，主要见于《宋书·乐志》，有辑本《曹操集》。

曹操的文学事业主要在于乐府诗的写作，一部分反映了汉末动乱的现实，一部分则咏其统一天下的雄心壮志和顽强的进取精神。曹操的诗歌富于创新精神，它脱胎于汉乐府，却具有自己的独特风格。他的诗歌往往突破乐府音律的限制，可以根据内容的需要选择最恰当的形式加以表达，独出心裁又能取得成功。四言诗自《诗经》以后已渐趋衰落，极少佳作。到建安时，它已无法和新兴的五言诗对抗，而曹操的《步出夏门行》《短歌行》等几首四言诗却写得很成功。他的诗语言古朴，直抒心志，风格悲凉而豪壮，在建安时代自成一家。这不仅开了建安诗人的新风气，而且对后代杜甫、白居易等以史诗名家的伟大诗人产生了深远影响。

曹操的次子曹丕，字子桓，有《魏文帝集》，现存诗40余首，有一半是乐府诗。这些诗的两个主要特征是：一方面，它大量地描述了男女之间的爱情，并以优美的语言表达出来；另一方面，它的语言风格多变，包括四言、五言、六言、七言、杂言等。

曹植，字子建，曹丕之弟，有《曹子建集》。他在文学上成就最高的是诗歌，存诗80余首，一半以上是乐府歌辞，五言诗是最主要的形式。在建安文人中，曹植的诗歌数量最多，成就最高，对后世的影响也最大。

曹植的人生可以清晰地划分为两个阶段：曹操当政时期，曹植凭借其出色的才能赢得了曹操的赞许和宠幸，并且几乎成功晋升至世子；而曹丕登基之后，曹植却遭受了曹丕父子两代皇帝的残酷压迫。这种生活遭遇对他的创作有着深刻影响。曹植早期的诗文大多数都是对其政治理念和抱负的描述。《白马篇》《名都篇》《虾鲤篇》等尤其突出，它们赞美了边疆游侠“捐躯赴国难，视死忽如归”[1]的英勇无畏，展现了曹植对国家的热爱，寄托和抒发他的功业抱负，这实际上是作者政治理想的体现。从这样的理想出发，在《名都篇》中，他对那些虽然擅长骑射，但却沉溺于游乐而不能为国家作出贡献的贵族少年进行了讽刺，认为他们整天玩乐是浪费时间。他的《虾鲤篇》则是以鸿鹄自比，更直接地表现了对功业理想的追求。

曹植后期的创作由于生活的急剧变化也发生了显著的变化。个人的不幸遭遇和动乱的社会现实，使他的作品反映生活的深度和广度比以前更进了一步，在艺术上也更为成熟。许多杰出的好诗，如《赠白马王彪》《杂诗六首》《泰山梁甫吟》《野田黄雀行》《七哀诗》等，都是这一时期的作品。他通过这些诗篇，控诉了曹丕父子残酷迫害骨肉的罪行，也写出了自己渴望自由的心情和建功立业的信心。曹植后期的作品虽然多数还是抒写个人的不幸，但通过自己的遭遇，他对人民的疾苦有了深入的理解。在《谏伐辽东表》中，他曾经劝曹凯：“省徭役，薄赋敛，勤农桑。”他的《门有万里客行》等诗篇描写了北方人民飘零异乡的苦楚，《泰山梁甫吟》更是对滨海地区人民的悲惨生活表示了深切的同情。

[1] （三国魏）曹植. 钦定四库全书 曹子建集 [M]. 北京：中国书店，2018.

曹植的诗歌艺术成就较高，他学习汉乐府和古诗的艺术成就并有所发展，主要是描写细致，词藻华丽，对偶工整，音律铿锵，善用比兴，托喻精切。这就把五言诗的艺术提到更高的地步，他的五言诗在中国文学史上占据着重要的地位，其独特的艺术风格深刻地描绘了当时的社会现状，揭示了政权之间的矛盾，抒写了人们的心声与渴望，使其成为建安文学的典范，被誉为中国文学史上一位杰出的诗人。

2. 建安诗坛的代表诗人“建安七子”

建安时代的作家除曹操父子外，著名的还有曹丕《典论·论文》中所列举的孔融、王粲、刘桢、陈琳、阮瑀、徐干、应瑞 7 人，即所谓“建安七子”。七子中，孔融在政治上是曹操的反对派，最终被杀。其余 6 人都是曹氏父子的僚属和邺下文人集团的重要作家。在七子中成就最高的是王粲，其次是陈琳和刘桢。

王粲，字仲宣，他的《七哀诗》是历来为人们传诵的名篇。此诗今存三首，写其由长安至荆州途中及在荆州的经历和感慨。第一首写其为避董卓余党李傕、郭汜之乱，离京赴荆，途中见到“白骨蔽平原”和饥妇弃子的惨象，感慨动乱，喟然伤怀。第二、三两首写其羁旅的愁苦及在荆州所见“百里不见人”的凄凉情景。三首都体现了以乐府旧题抒写时事的精神，苍凉悲慨，凄哀动人。

陈琳，字孔璋，他的《饮马长城窟行》，假借秦代一个被迫修筑长城男子的怨愤，用与其妻书信往还的对话方式，表达夫妇生死离别之情，实以此揭露当时繁重的徭役给人民带来的痛苦与灾难。在建安七子中，这首诗的成就与影响可与王粲的《七哀诗》并称。

刘桢，字公干，他在七子中诗名很高，曹丕说他的五言诗“妙绝时人”（《与吴质书》）。但今存诗仅 15 首，内容很少反映社会现实，思想性不强。值得注意的是他的诗中多写景语，为晋、宋之际山水诗开了端倪。

3. 建安诗坛的女诗人“蔡琰”

“建安七子”以外，在建安时代比较重要的作家还有路粹、繁钦、杨修、吴质等和女诗人蔡琰。路粹、繁钦、杨修、吴质等是同集于邺下文人集团的成员，他们虽都存诗很少，成就不高，个人影响也不大，但在形成建安诗风上却也起过一些作用。这里，值得特别提到的是在建安时代唯一的一位女诗人——蔡琰。

蔡琰，字文姬，陈留围县（河南杞县）人，是汉末著名学者、文学家蔡邕的女儿。自幼有很好的文化教养，博学有才辩，妙于音律。但她一生的遭遇非常不幸。在汉末军阀混战中，为董卓部下的胡兵所掳，在南匈奴滞留 12 年，嫁给胡人，生有二子。后为曹操赎回，再嫁给董祀。这种遭遇及其文化教养，使她写出了杰出的诗篇。

现存题名为蔡琰所作的诗篇共 3 首，分别是五言《悲愤诗》、骚体《悲愤诗》和《胡笳十八拍》。前者可断定为蔡琰所作，后两首尚待进一步研究。五言《悲愤诗》是一首成功之作。全诗长达 540 字，是我国文学史上第一篇文人创作的五言长篇叙事诗。它的产生，是建安时代五言体诗歌创作的重大收获。它和汉末建安初期产生的无名氏的《孔雀东南飞》一向被文学史家合称为这个时期长篇叙事诗的双璧。

蔡琰的五言《悲愤诗》是自传性作品，叙述诗人十二年中的不幸遭遇和惨痛经历，从中可以看到汉末广大人民特别是妇女的共同命运，也是对军阀混战罪恶的控诉。全诗分为三部分：第一部分写董卓作乱，自己被胡人俘虏，以及所受的虐待和侮辱；第二部分写胡地生活，以及被赎回时与子女离别的凄苦；第三部分写其回归故国之后的生活及心境。这首诗受汉代乐府叙事诗的影响，通过精心设计的细节描绘，让读者感受到真实的情景，仿佛置身其中，这种方式在中国现代诗歌史上占据着极为重要的地位。

基于上述，“建安风骨”的基本精神是诗歌要深刻地反映社会现实，也就是自《诗经》、汉乐府民歌以来所形成的现实主义精神。因此，自魏晋以后，具有进步倾向的文学理论批评家刘勰、钟嵘等便用以批判和抵制形式主义文风，具有进步倾向的诗人也将其作为自己诗歌创作的榜样。魏晋南北朝时期，凡艺术成就较高的诗人，如阮籍、左思、鲍照等，都继承和发扬了“建安风骨”的传统；唐初诗人陈子昂便标举“汉魏风骨”来反对六朝形式主义，开辟了唐代诗歌大发展的新局面；伟大诗人李白称诗歌“自从建安来，绮丽不足珍”（《古风》第一首），对“建安风骨”给予极高的评价，这对开拓唐代诗歌新风也有重要意义。

### （二）正始诗风

从建安到正始，我国诗歌又有了新的变化发展。建安时期大都是五言诗，且多半是沿用乐府旧题以写新事。到正始时期，诗歌开始脱离乐府旧题，以自立题目的抒情五言诗的面貌出现。

正始时期，司马氏集团与曹魏集团展开了激烈的争夺政权的斗争。司马氏集团逐渐控制魏国军政大权后，杀戮异己，标榜“名教”，以达到取代曹魏的目的。当时的文人们，生命失去了保障，陷入“朝不保夕”的境地。因此，他们为了保全性命，不得不韬光养晦，所写的诗作只得用象征的手法来寄托自己的抱负，以避免文字祸，从而产生了隐晦难明的诗风。这时期的代表作家是“竹林七贤”中的阮籍和嵇康。他们不满黑暗现实，有较为进步的政治思想。为了与司马氏的虚伪“名教”相对抗，他们大力提倡老庄思想。尽管“建安风骨”的传统被《老庄》的思想所深深影响，但这些作品的核心内容依旧是对社会的不公正与反抗，以及对社会的深刻洞察。

阮籍，字嗣宗，出身于陈留尉氏（今河南开封），“好书诗”和“济世志”都是他的杰作，但是在魏晋易代的动荡时期，他的抱负无法得到实现，安全也受到了严重的威胁。为了自身安全，不敢正面反抗，便崇尚老庄，醉酒佯狂，对黑暗现实采取消极抵抗的态度。他的主要成就是诗，代表作即著名的82首五言《咏怀诗》。诗以隐约曲折的形式，倾泻出内心积郁的痛苦和愤懑，真实地表现了诗人一生复杂的思想感情。

《咏怀诗》非诗人一时之作，表现的思想感情比较复杂。有的表现其在险恶的政治环境中忧生惧祸的心情，如《嘉树下成蹊》；有的揭露统治者的荒淫腐朽，如《驾言发魏都》；有的表现其对社会前途的深沉忧虑与哀伤，如《夜中不能寐》；有的是对当时封建礼教的抨击，如《大人先生传》《洪生资制度》；有的诅咒小人当权、玩弄是非，如《驱车出门去》；有的则表现自己刚正不阿的品格，如《徘徊蓬池上》。总之，这组《咏怀诗》在内容上表现了作者不满于黑暗现实，痛恨统治者的虚伪、腐朽，对社会前途和个人处境充满忧虑和自己守正不阿的品格。同时，在不满现实，希求脱离这种现实而不可得的情况下，也流露出游仙的幻想，歌颂清静逍遥的境界，表现出诗人意志消沉、畏祸避世的消极思想，如《开秋兆凉气》《危冠切浮云》《昔有神仙者》等，这在一定程度上削弱了《咏怀诗》的积极意义。

阮籍的《咏怀诗》继承了《诗经·小雅》《古诗十九首》的艺术传统，并受到《楚辞》的影响，在表现手法上大量运用比兴，常常是言在此而意在彼，隐约曲折地表达思想内容，从而形成了他那“响逸调远”（《文心雕龙·体性篇》）的独特的艺术风格。阮籍也继承了“建安风骨”的传统，却不以乐府诗为事，而全力从事五言诗的创作，因而他的诗丰富了五言诗的艺术技巧，在五言诗的发展中占重要地位。阮籍的《咏怀诗》深深影响了后人，陶渊明的《饮酒》、庾信的《拟咏怀》、陈子昂的《感遇》、李白的《古风》等作品，都是以咏怀为主题的抒情诗，其中蕴含的深刻思想和精神内涵令人叹服。

## 第二节　唐宋汉语言文学

### 一、唐朝诗歌的发展

唐朝是中国诗歌史上的黄金时代。形式方面，无论古体律绝，还是五言七言，都有完备而达全盛之境。内容的扩大，派别的分立，思潮的演变，呈现着万花缭乱的景象。宋计有功撰《唐诗纪事》，所录凡一千一百五十家，清康熙年间所编纂的《全唐诗》，所录二千三百余家，诗四万八千九百余首。这数目可谓惊人。在这些书里，上至帝王、贵族、文士、官僚，下至和尚、道士、尼姑、妓女，都有作品。

文学作为一种精神创造，就像一种有机的生命一样，它的演变历经了从萌芽到完善再到衰落和僵化的漫长历程。在发育的过程中，其形式与内容，都有一致的状态。某一种文学，在某一个时代的兴衰状况，其外在的原因固然是复杂多端的，然其本身进展的过程也是非常重要的事。四言诗萌芽于周初，全盛于西周与东周之际，而衰于秦汉。后代虽偶有作者，即使费尽了心力，终无法挽回已成的衰颓。辞赋的命运也是如此。五言古诗起于东汉，盛于魏晋南北朝，到了唐代便没有什么特殊的光彩了。然而七言古诗以及律绝的新体诗，在六朝时代才开始形成，带着嫩草青芽的新生命，正等待着下代的园丁来培植发扬。

在中国诗歌史上，能够兼备气象和风骨的只有盛唐诗。严羽在《沧浪诗话》里最早提出“盛唐气象”，它描绘了一种充满活力的盛唐气氛，这种活力不仅源于其繁荣的文化，更源自其独特的思想和情感。充满活力的朝气、活泼的节奏，正如“盛唐气象”所描绘的那样，正是盛唐气氛和盛唐之声的根源。它精致细腻，却又充满活力，即便心中充满了悲欢离合，却依旧保持着乐观向上的心态。这种充沛的生命力和对新奇事物的敏锐感知，正是中国诗歌的精髓所在，其清晰、自由、简洁的表达方式，让思想和艺术完美结合，构成了一种无穷的表达效果。“浑厚”被认为是盛唐时期的独特魅力。

盛唐时期两位宰相张说和张九龄分别掌握着政治和文化的领域，他们的思想受到陈子昂的影响，并且在唐朝的诗歌革新运动中发挥了重要的作用。张说认为屈原、宋玉等古典文学家的观点都是错误的，他们的观点与王勃和陈子昂的观点不同。他强调，在创作诗歌时，既要注重文采，又要保持风骨，既要保持典雅，又不失滋味，同时也要鼓励多元的内容与风格，并且认为“天然壮丽”是最佳的审美标准。他还通过自己一生的功业所充实的创作实践发扬“建安精神”，为盛唐诗人作出表率。张九龄仿陈子昂作《感遇》12 首，以“志士闻达之难、世路不平之叹”为中心，抒发对功名理想和志士高尚品德的追求，并提出了一种随时准备起身、功成身退的处世准则。这些思想更加丰富了风骨的内涵，对盛唐文人的影响最为深远。在开元时期，王湾、王翰、王维、孟浩然、卢象、储光羲、綦毋潜等人都与当时的诗人们有着密切的联系。受“二张”的影响，他们将“建安风骨”和齐梁词采融合在一起，成为盛唐时期诗人们共同追求的理想。

盛唐与建安时代不同，盛唐诗人提倡“建安风骨”的同时，更高的理想是恢复“大雅颂声”。李白的《古风》说：“大雅久不作，吾衰竟谁陈。”“大雅思文王，颂声久崩沦。”不仅是因为受到传统诗教说以雅颂为王化正始之音的传统观念的影响，更与开元时政治革新的背景直接有关。景云年间，玄宗在东宫时，以张说为核心的一批文儒就向他灌输了许多提倡儒学和礼乐的思想，玄宗本人也有意励精图治，锐意改革。开元年间，在选人和吏治的改革方面卓有成效，社会安定，政治清平，经济文化繁荣；同时又基本上解决了三边问题，疆域辽阔，万方来朝，中外交流频繁，大大拓宽了人们的视野，激发了文人们的民族自信心和自豪感，多少代人所理想的“尧舜之治”似乎就在眼前。如果说唐初百废待兴之时，礼乐还被唐太宗和大臣们看作不急之务，那么开元时代已经具备了以礼乐雅颂来文饰太平的现实条件。这是唐玄宗采纳张说等人的意见，大倡儒学和礼乐的根本原因。于是，勘正群经、讲求礼乐、振兴太学和州县之学，盛况远远超过了前代。礼乐观念迅速普及，大臣们纷纷上书献赋，主张从礼乐入手实现教化，使风俗返璞归真，唐诗歌革新确是以开元初倡导淳古真朴风气为前提的。

“大雅思文王”“圣代复元古”，并非拟古和仿古，只是指引创作归于真淳朴素的一种精神导向。李白深知上古时期的理想政治可能会在当代得到复兴，因此激发起他对美好未来的憧憬，并将“群才属休明”中的共同期待与“乘运共跃鳞”中的梦想融入“文质相炳焕”中，从而激发起对当代诗歌的热情与责任感。乘运而起、建功立业的理想使盛唐文人在“大雅颂声”和“建安风骨”之间找到了精神的结合点。“建安风骨”和“大雅颂声”相结合，是盛唐对建安的丰富和发展。建安文人虽有匡时济世的雄心，但处于世积乱离的时代；在盛唐时期，虽然许多文人都遭遇到了社会的动荡和苦难，但是这个时期也给予了许多有才华的人机会，让他们有机会成为政治家和社会的领袖。因此，这里充满着赞扬和赞美。

由于盛唐气象是“建安风骨”更丰富的展开，盛唐诗人表现在诗歌中的风骨也带有更鲜明的时代色彩。开元十四、十五年，是盛唐诗人登上的第一个高峰。此前张说已成为政坛和文坛的核心人物，其推崇礼乐雅颂的主张改变了朝廷的政治学术风气，成为开元诗歌革新的主要背景。从各类诗歌的创作来看，开元十四年到二十二年间，是山水田园诗的高峰期。二十到二十七年是边塞诗的高峰期。开元十五年张九龄外放洪州期间，创作了一批吟咏山水和感怀言志的五言古诗。此后感怀言志类诗大量出现，并渗透到山水田园、边塞闺情咏物等各类诗歌中去。由于各类题材都有感遇寄托的思想倾向，从而使开元诗普遍体现出健举的风力。结合殷璠在《河岳英灵集》的诗人评语里对风骨的称道及其选诗来看，盛唐的风骨可以概括为几个方面，它们构成了一种独特的文化氛围。

首先，诗人们能够从宏观的角度来审视宇宙历史的变迁，并以积极的态度去思考当下的时代和人生。对天道人事的探索虽然是阮籍《咏怀》诗到陈子昂《感遇》诗的一个传统，初唐诗同时也充满世事沧桑的感伤。然而盛唐诗人被天地盈缩、人生短暂的清醒认识所激起来的是壮志蹉跎的苦闷以及对生命和光阴的加倍珍惜。“大化”的规律让诗人们能够清晰地看到当下的社会发展，并且能够把握住自身的人生目标，从而消除初唐诗中的迷惘和悲伤，使他们的诗歌更加清新、高雅。

其次，诗人们在追求成就的过程中也表现出了强烈的自信心和坚定的意志。“盛唐风骨”的特色在于它将进取的豪情与失落的悲伤完美结合，将赞美盛世的美好与抗议现实的不公正完美结合，它的实质是歌颂建功立业的理想，追求永恒的价值，在理想与现实的矛盾中展示出当时的社会状况。盛唐诗人躬逢盛世，讴歌太平和“明主”成为他们自觉的愿望。开元年间出现的朝野上下以推贤进士为至公之道的共识，和礼贤下士的浓厚政治气氛，在诗人们眼前展现了无限的希望，也给了他们高谈王霸、获取功名的强烈自信。即使一时不遇，仍对前程充满信心。他们力求在干谒中与权贵保持人格的平等，在诗歌里抒写布衣的骄傲和自尊，对盛世中的民瘼表示了真诚的关怀。这就在不同的时代条件下继承了“建安风骨”的实质精神。

最后，是诗人们在出处行藏的选择中大力标举“直道”和“高节”。汉魏诗中虽有对节操的赞美，但到了陶渊明才真正从人格操守方面完善了风骨传统中的道德内涵。盛唐诗人将道德操守和干进联系起来，强调青松凌霜之节和冰壶澄洁之质，不仅是为了在功名得失中取得心理平衡，更重要的是追求人格的高尚和完美。无论出处进退，都要保持清白和正直，这也是“盛唐风骨”中的新内涵。

“盛唐风骨”以上三方面的内涵在开元诗坛的名家诗作中都已具备，因此有些明清诗论家把“风骨”仅归于陈子昂和李白、杜甫，是片面的认识。殷璠在《河岳英灵集》里特别举出六位以“风骨”见长的诗人，即崔颢、高适、陶翰、储光羲、薛据、王昌龄，固然有见，但“盛唐风骨”的典型特色其实也同样体现在孟浩然、王维、李颀等人的诗里。特别是王维，在他开元前期到开元二十三年以前的诗歌里，比其他诗人更早也更集中地表现出这些特色。因此可以说，开元诗歌革新是由张九龄、王维、孟浩然、高适、王昌龄、储光羲、李颀等一批诗人共同完成的。开元末到天宝初，盛唐清平政治逐渐变质，玄宗渐趋骄满荒淫。以李林甫为首的一批吏能之臣掌权后，排挤开元时代由“二张”扶植起来的文儒，从景云、开元以来历经政变考验的一批贤良大臣在天宝前期陆续去世。诗坛人事也在开元后期发生了明显的变化。随着张九龄、孟浩然的逝世，王维、储光羲的消沉，祖咏、王翰、王之涣的消失，盛唐风骨的典型特色在天宝前期诗坛上逐渐淡化。而在开元时影响尚小的李白却在天宝初崛起，成为诗坛的主将。天宝十二载，高适的创作高峰期因他的入幕而结束。李华、萧颖士、元结等具有浓厚复古思想的文人，以及岑参、杜甫在诗坛上崭露头角。他们都是在开元时代礼乐文明教育下成长起来的诗人，由于失去了开元时代的进取条件，青年时期形成的性格和理想激起他们对现实的不满。李白的《感遇》《古风》《拟古》《感兴》《寓言》等一系列组诗和大量乐府歌行，通过比兴的手法，描绘出天宝时期日益恶劣的上层政治，在安史之乱前夕，揭露出盛唐时期背后潜藏的社会危机，延续并加强了开元时期的精神，把盛唐诗歌的创作推向一个全新的高度，从而形成了一种独具特色的天宝诗坛。杜甫、元结等人的批判性诗作，恰好反映出当时的社会环境，使得开元时期的文学达到了一个新的高度。虽然从整体上来说，开元时期的文学作品并没有达到最佳水平，但它们却拥有着蓬勃的活力、热情洋溢的态度、无穷的可能性和纯洁的情感。尽管天宝时期的文人们拥有共同的思想和情感，他们的传统并未被广泛传承下来，但在李白和岑参的诗里仍然有集中的表现。李白、杜甫对现实的批判之所以具有震撼人心的巨大力量，也正来自开元时代的理想、激情和时代责任感。因此，虽然从政治状况看，开元和天宝是两个不同的时段，但从开元天宝诗歌精神的连续性来看，“盛唐气象”的理念可以涵盖整个盛唐时代的风格。

## 二、唐代的古文运动

中国文学观念的解放，起于建安，经过陆机、葛洪、刘勰、萧统、锺嵘诸人的发挥讨论，伴随思想自由的时代，在长期的文学发展中达到了独立艺术的阶段，纯文学占据了正统的地位，无论文章辞赋，都趋于声律形式与辞藻的美化，完全脱离了教化的实用立场。在这种唯美文学的潮流中，虽也有裴子野、苏绰、李谔诸人的反抗，但风气已成，没有收到多大的效果。真正的文学改革，是不得不待之于唐朝了。关于诗坛的革命，留着在后面再说。现在所要讲的是由柳冕、韩愈、柳宗元诸人所代表的一面攻击六朝的文风，一面建设贯道的实用散文运动。

他们的态度语气虽有轻重之别，但其主旨却都是鄙薄六朝文学的华靡无用，要另外建立一种切于实用的文学。穷其源必趋于复古，论其用必合于人伦教化。他们都是哲学家和历史家，从他们这些理论来看，可知在初唐时代的学术界，要求文学改革的呼声已是很普遍的了。

唐代的古文运动，世人只注意韩愈、柳宗元，然为韩柳之先驱者，实是柳冕。柳冕，字敬叔，贞元中官福州刺史，《全唐文》中录其文。他的文学思想极力反对文学的艺术性，将其视为一种教育和道德准则，从而正式构建出儒家文学的基本框架。因此，他认为屈原、宋玉以下的诗文辞赋，一概在摈弃轻视之列，只看作是一种毫无价值的文字游戏。

他把文学教化与儒道合而为一，其余，如艺术本身上的技巧辞藻，都看作枝叶，因此尧、舜、周、孔成为文学家的正统，屈原、曹植、陶潜都不能同贾谊、董仲舒并列。于是解放了好几百年的文学观念，重回到了古代那种文学与学术不分的阶段，纯文学的地位又被那几部经书压倒了。他基于这种理论，反对政府以诗取士，反对政府重用文人，他认为应当尊经术重儒教，才是正当的办法。

他这种理论，不仅为韩柳所本，也成为中国一千余年来儒家道统文学的定论。纯文学因此永远不能翻身，贵古贱今之说，尊圣宗经之论，也深深刻入读书人士的脑中而不能动摇了。经史一类的杂文学，成为文学界的正统，诗词小说戏曲等类的作品，只能在文学界屈于妾婢的地位。柳冕的理论，在复古运动中算是相当圆满的，但他终究不能得到较高的成就，竟为后人所忽视的原因是在他只有理论，没有创作。他不能依照他的理论，创造出那样的作品来。

韩愈，字退之，河南南阳人。他在中国的散文史文学思想史上占有重要的地位。因为他，六朝时期的骈体文被彻底打破，散文的地位也得到了极大的提升，颠覆了以往的唯美主义，将文学和儒家哲学紧密联系起来，将教育和实践作为文学的核心价值，从而完善并发展了儒家文学理论，并在当今论文领域享有盛誉。韩愈的学术思想是尊儒排佛，他的文学观念是复古明道。因此，他极不满意六朝以来的学术空气与华艳无质的文风。他主张思想要回归古代的儒家，文体也回归那些朴质的经典。他在《进学解》中列举五经子史之书，是他的文学的模范。所谓非三代、两汉之书不敢观，便是这个意思。又因为反对六朝文学中那些色情香艳的内容，所以他主张文学应为贯道之器。文学离开了伦理道德便没有价值，离开了教化便没有功用。仁义、诗书合而为一，便是文、道合而为一。因文见道，因道造文，二者是并重的，分不开的。这便是韩愈的文教主义。

柳宗元论文的意见，虽不与韩愈尽同，但他因为散文创作的优美成绩，成为韩愈古文运动的有力支持者。韩立论过于偏重道，柳则较为重文，然在文体的反六朝与复古这一点上，他俩却是一致的。韩所论的道，是儒家的道，是人伦道德的道，是先圣先贤所讲的治国平天下的道。柳本好佛，虽论文也主宗经，而其思想范围则较韩愈更广泛通达，所以他论文的意见，也没有韩愈那么固执。

柳氏虽一再以“明道”为言，然而他对于“道”的解释，较韩愈所说的要广泛得多。他觉得一面要在古书里求圣人之道，同时又要求其辞。求诸辞而遗其道固然不可，只求诸道而遗其辞也是不可。所以“道”在柳宗元的眼里是二元的。一是古人所讲的道德的道，一是古人作文的艺之道。他所说的取道之原，是本《书》以求质，本《易》以求动，参《孟》《荀》以畅其志，参《老》《庄》以肆其端，这一类都是说的作文之道，是显而易见的。柳氏对于文学复古的见解，一面是反对华靡淫薄的空文，一面是主张应该从古代经典中汲取智慧，避免像韩愈一样将文学视为仅属于伦理道德的工具。韩愈所说的“行事得其宜，出言得其要”，也是文学的见解，但在柳宗元看来是绝不会承认的。在这个方面，可以看出韩愈和宋代道学家的见解只有一箭之遥，而柳宗元却仍不失作为文学家的风度。

韩柳以后，继有李翱、皇甫混的提倡古文。他们也是一面鼓吹，一面创作。他俩的注力方面虽不一致，但对于六朝文体的攻击和散体文的建立有着同一的态度。这一时期，古文运动得到了初步的成就。骈文的地位，不得不让给平实朴质的散文。当代兴起的许多精彩的散文短篇小说也都是这一运动的间接产物。到了晚唐虽又有一度唯美思潮的倾向，如孙樵、刘蜕诸人，但仍是继承着这个运动的余绪。一到了北宋，散文大力发展，完成了韩柳未竟的功业，散文得了文坛的正统地位，连辞赋一类的作品也变为散文的形式。

唐代古文运动的兴起，在文学的发展史上，是一种必然的趋势。从建安时期到初唐，中国文学一直在追求艺术的完美。它的优点在于，纯文学得以独立存在，但也有缺点：它脱离了现实社会的背景，只能停留在表面的美丽和虚无的内容中。当一种思想走向极端时，就会产生一种反抗的力量。唐代君主集权的势力相当稳固，衰落了几百年的儒家思想渐渐抬头，于是宗经、征圣、王道、教化的种种观念，适应着当代的政治环境，而形成明道实用的文学要求。这种运动，虽完成于韩柳，但其前因后果具有一定的时代意义。

## 三、宋代的文学发展

经过晚唐五代的混乱局面，在赵匡胤（宋太祖）、赵光义（太宗）的军事武力中，完成宋帝国的全国一统。宋太祖本是一个很有才略的人，他看见唐的衰亡，完全由于中央政权的旁落。因此命令各州郡于度支所必须外，所有余款全部归京师。特设转运使，管理各路财赋，于是财政权尽归中央。同时使文臣补藩镇缺，各州的强兵，都升为禁军，直隶三衙。残弱的兵队留守本州，谓之厢军，不甚操练，名义虽为兵，其实不过是给役而已。于是军事的大权也归之于中央了。同时他在政治制度上也有所改革。本来历代的宰相，万事都管。到了宋朝，则是中书治民、三司理财、枢密主兵，各不相侵，最后的裁决必得归之于皇帝。这样一来，无论军事、财政还是司法各种大权都集权于中央。宋朝的政治体系以王权至上为核心，实行绝对的专制统治，这种独特的政治模式在汉唐时期从未出现过。

这种政治机构能否推动、能否获得良好的成绩，全在君主的良善与昏庸。太祖、太宗以后，接着是真宗、仁宗的休养生息，打下了稳固的基础，余泽所及，直至徽钦事变以前，北宋一百余年，中原未受干戈之乱，人民安居乐业，农工商业十分发达，社会经济高度繁荣。工商业一发达，经济一繁荣，便导致君主贵族以及市民追求享乐的欢狂，大都会的发达，娼楼妓院的林立，宫廷的奢侈，人民的晏乐。到了徽宗时代，形成前所未有的盛况。

**（一）西昆体**

中国文学的发展历程从汉代开始，在两晋南北朝时期，经历了一段时间的自由和解放，它摆脱了传统的道德约束，不再受到现实社会和人们日常生活的限制。随着时间的推移，中国文学逐渐走向浪漫主义和纯艺术的唯美主义。在内容上，田园山水文学与色情文学大盛；在形式上，骈体文与新体诗兴起；在风格上，属于玄虚与淫靡。这一种风气，一直继续到了初唐的一个世纪。后来当杜甫、张籍、白居易、元微之的社会诗，韩愈、柳宗元诸家散文的提倡与对六朝风气的排挤，在文学思想上才发生了变动。杜甫、白居易、韩愈、柳宗元他们的思想以及所努力的内容虽不全同，但他们对于文学的态度都是要扫清文学上的脂粉而注重文学的实用，要把文学作品与现实社会和民众生活联系起来。因此他们在文体上反对骈四俪六的美文，而主张平浅实用的散体，同时要在文章里表现人伦大道，以合乎讽劝教化之用。在诗教上攻击专写风花雪月的色情文学的淫滥无用。总的来说，文学必是社会生活与时代影子的反映，文学必须顾全民众，文学必须有益于人生。文学除了艺术美的意义以外，还有实用的、道德的、重大的意义。韩柳的古文运动与杜白的社会诗歌思潮，在唐代文坛上确实造成了动人的光彩与伟大的成就。但一到了晚唐，这种思潮又趋于逆转，由于李贺、杜牧、李商隐、段成式、温庭筠诸人的骈文艳诗的煽动，唯美文学得到了复活的机运，加以出于歌喉弦索专写色情的长短句的兴起，更助长唯美文学的气势。于是韩柳提倡的散体变为李商隐辈艳丽绝伦的四六，杜白所创造的充满着血肉与民众情感的诗歌变为李贺、温庭筠辈专写宫妃妓女的诗词。到这时候，文学又由社会的变为个人的，又由民家苦痛的写实变为宫廷贵族的享乐了。这一种风气从五代花间词人的作品，到宋初西昆体的诗文，逐渐达到极盛的状况。

西昆风气当时虽是风行天下，但一般有文学思想的作者并不感觉满意。他们在文坛的名望虽无杨刘辈的浩大，但仍是带着严肃的态度，在创造和西昆体完全不同的作品，如柳开、王禹偁、范仲淹诸人的古文，寇准、林逋、魏野诸人的诗，或以平浅质朴的散体说理记事，或以清真平淡的诗文表现江湖处士田园隐逸的生活情调，一扫西昆台阁体的富贵气与浮艳气，归于质朴无华不事虚语的真实之境。他们因为未曾在文学思想上和理论上积极地反抗西昆，只是在创作上消极地保持不合作的态度，因此他们一时未能在当日的文坛发起有力的运动。

当时与石介选择同一路线，在文学上倡导复古运动，主张文道合一思想的还有柳开、孙复、穆修、尹洙诸人。他们虽非文学家，但他们对于文学的见解在文学思想史上却有重大的影响。在他们的言论里虽难免有繁复之处，归纳起来就是“明道”“致用”“尊韩”“重散体”“反西昆”五点。总之，他们重视圣道与实用的意义与价值是远在艺术价值之上的。

明道这一个观念，在荀子、扬雄、刘勰、文中子的作品里早已出现过，但其意义的解释尚可伸缩。到了韩愈，他一生学道好文，二者并重，于是道统与文统被紧紧地联系起来。韩愈自命为是道统与文统的承继人。在道统上，极力地排击与儒道不相容的释道思想，在文统上，尊经重散，压制和减低纯文学的活动与价值。宋代的文学思想，完全是承继韩愈的运动，到后来更是变本加厉，走到了道统的极端。正因如此，他们最重视的问题便是“明道”这个观点了。

文学能达到“明道”的地步，便可实现“致用”的目的。这种情况，“明道”与“致用”会发生因果的联系，而成为文学的最高准则。一切的艺术美、形式美，都在这准则下牺牲了。韩愈的文章是好的，同时他在作品中又大事宣传圣道，排除异端，谏佛骨，驱鳄鱼，在石介们看来，韩愈确实合了他们的标准，算得是道统与文统的继承人，因此一致发出“尊韩”的论调，被晚唐宋初的唯美风潮压抑了百年的韩愈思想和作品到这时候又复活了。我们试读欧阳修、苏轼、黄山谷诸家所写的浅显的散文和散文体的诗歌，便知道韩愈在宋代文坛的重要影响了。

### （二）欧阳修与古文运动

欧阳修的成功，是因为他不专发议论，同时在作品上表现了优秀的成绩。他不仅是古文大家，诗词赋以及四六骈文，他都是一代的名手。无论赞成他的或是反对他的，都会对他的作品表示钦佩，绝不会把他看作一个迂腐顽固的道学家。由于他在政治、学术和文化圈中享有极高的声望，并且热心指导年轻人，鼓励后进者，因此他成为文坛的领军人物。此外，在尹洙、梅尧臣、苏舜钦等人的帮助和苏轼、曾巩、王安石等人的支持下，古文运动得以发展壮大，比韩柳时期更加完善和普及。欧阳修在文学思想方面，远与韩柳，近与石穆诸人，但大致都是相同的。

可知石介、穆修他们虽是努力地鼓吹“尊韩”，但在那时候，一般人还都是创作杨刘的时文，以图博取科第功名，不仅作韩文者少，就连《昌黎文集》也并不流行。等到欧阳修补缀校定，鼓吹提倡以后，韩愈的灵魂才真正复活，韩文也开始大行于世，达到了“天下学者非韩不学”的盛况。那时候，西昆体已统治了宋初文坛将近半个世纪，随着作风的日益恶化，许多有思想的文学青年感到不安，他们渴望能够进行改变，并且当日的哲学思想也在慢慢发展，他们希望能够找到一种清晰、简洁的文字形式来表达他们的观点，但是这种过分烦琐的骈体却无法得到他们的喜爱。随着印刷技术的普及，人们的教育水平也在提高。然而，传统的文学形式已经无法满足人们的需求和实际使用。欧阳修处在这种时代环境之下，恰好抓住这一成熟的机遇，因此文学的改革运动在他的手下便成功了，再加以许多有力的同志都从事这一个运动，如尹师鲁、苏舜钦、梅尧臣、三苏、曾巩、王安石诸家，或从事诗风的改革，或从事散文的创作，都是宋代文坛上有名的大人物。这样推波助澜，彼呼我应，诗风得到了改变，古文运动成功了。唐宋八家的散文系统由此建立，逐渐成为后人心中不可动摇的典型。因此，在赋中由律赋产生了散文赋，就连“锦心绣口骈四俪六”的骈文也变成散行古雅了。至于宋诗的散文化与平浅化，是人尽皆知的宋代诗歌的特色。在这些方面，我们可以看出这一次的运动在文坛上所产生的重大影响。这种功绩，自然不能归之于欧阳修一人，然而他确实是这一运动最有资格的领导者。因此，苏轼在叙《六一居士集》时，对欧阳修大加称颂。

## 四、宋代诗歌的变迁

在历史上，宋、元时期的诗人对唐诗非常崇敬，把它作为榜样来学习。然而，在不同的历史时期，这些诗人在学习唐诗方面取得了不同的成就。“诗学史”的研究显示，从宗唐到宋代，诗人们在文化、创作和审美上的转变都有着显著的差异。因此，深入探讨宗唐之后的诗歌发展脉络，并从中发现它们独具一格的风格，显得尤为必要。宋朝的诗歌发展可谓是一个复杂的过程，它既受到历史的影响，又受到当下社会的挑战。从北宋到南宋，宋朝的诗歌发生了巨大的变化，从最初的简单模仿到后来的复杂多样，宋朝的诗歌精神也随着这三个时期的演进而发生了巨大的改变。北宋的诗歌在变唐之际，被认为带有一些不协调的元素，并且后人对其进行了严厉的谴责。

### （一）初期：于模仿中初显精神

在北宋初期，尽管五代诗风的影响相当明显，但这种影响更多源自诗人们对唐诗的热爱。宋初的诗坛，由“白体”“昆体”“晚唐体”三种体裁组成，其中“白体”包括李昉、徐铉、徐锴、王禹偁；“昆体”包括杨亿、刘筠、宋祁、钱惟演、丁谓；“晚唐体”包括九僧、寇准、林逋。北宋初期的三大诗派以及它们的宗唐，都成了当时诗歌创作的一个重要参照。它们的宗唐特点体现在两个方面：一是完美复制唐代唐诗，二是通过“变唐人之风”的形式，更加清晰地展示出宋代诗歌的风格和特点。宋初，诗人们纷纷效法唐诗，以形式和技巧的手法来表达自己的情感，并引领当时的文学风气。例如，徐铉的《正初答钟郎中见招》[1]：“高斋迟景雪初晴，风拂乔枝待早莺。南省郎官名籍籍，东邻妓女字英英。流年倏忽成陈事，春物依稀有旧情。新岁相思自过访，不烦虚左远相迎。”它以一种空灵的语言，抒发出深沉的情感，令人耳目一新。杨亿的《无题》一诗：“巫阳归梦融千峰，辟恶香消翠被浓，桂魄渐亏愁晓月，蕉心不展怨春风。遥山黯黯眉长敛，一水盈盈语未通。漫托鹍弦传恨意，云鬟日夕似飞蓬。”这首诗深深地受到李商隐《无题》的启发，它的风格清新优美，充满了李商隐的深刻思想和美妙的语言。然而，由于作者过分关注表面的细节，使得它的内涵变得模糊，缺少了李商隐《无题》的深刻思想和优美文字。“西山乘兴宿，静兴寂寥心。一径杉松老，三更雨雪深。

[1] 张晓蕾，张志烈．唐诗 [M]．成都：四川辞书出版社，2020.

草堂僧语息，云阁磬声沉。未遂长栖此，双峰晓御寻。”是僧文兆的作品，有贾岛诗的风格，但“贾岛格”更加精细、深刻，《宿西山精舍》更加精致，更加富有感染力。

通过对初宋三派诗人的分析，可以看出他们在技巧方面学习唐朝的情况。虽然他们学习唐朝的做法似乎是有意的，因此没有什么新的见解和特色。但值得注意的是，王禹偁学习唐朝的作品，不仅独树一帜，而且也为宋朝的文化发展作出了重要贡献。王禹偁在“韩柳文章李杜诗”和“本与乐天为后进”中都取得了巨大的成功，而“宗白”更是其中最为突出的代表。

**（二）中期：执着而热烈的变唐**

在王禹偁“徒蕲州而卒”30年后，欧阳修领导的北宋中期诗坛，宗唐的作品比宋初更加坚定和热情，“变唐人之风”的特色更加突出，更加富有个性和魅力。因此，宋朝诗人们在改革唐朝作品中所作出的贡献，对建构宋朝诗歌的审美标准和艺术精神，促进宋朝诗歌的兴盛和发展，都具有非常重大的历史意义。总的来说，北宋中期的诗歌受到了唐朝的影响，这种影响体现在三个方面：

其一是“以文为诗”的特点被确定为宋诗的标志，“以文为诗”则是后人用来区分唐诗和宋诗的一个重要标准。“以文为诗”展现出宋诗中广泛使用的散文化手法，这种将议论和说理结合在一起的特点，促成了“以议论为诗”的出现，使宋诗的形象更加清晰。“以文为诗”被王禹偁开启了一个新的创作领域，随着北宋中期诗人们的不断推崇和热衷，它已经成为一种流行的文学风格。其中，欧阳修的作品被誉为唐代文学的杰出代表。他的诗歌风格受到李白、杜甫和韩愈的影响，特别是“古文之法”。在唐代文学史中，“古文之法”的作品被认为是最具代表性的作品，它的出现推动了“古文运动”的发展，也促进了“唐诗之一大变”的出现。北宋中期的诗人们，“用古文章法”和“诗歌复古运动”都受到了欧阳修的影响，苏舜钦、梅尧臣、石介、石延年也都参与其中。他们的努力和贡献使得“宋调”的诞生得以实现，欧阳修也以其独特的风格和思想影响了后世的文学发展。总之，通过欧阳修、苏舜钦、梅尧臣等人的不懈努力，“以诗为文”这一重要的散文化手法，在宋代诗歌中被赋予了独特的色彩。

其二是宋代诗歌在风格上也表现出了多元的特点，远超唐代的丰富多彩。宗唐时期的诗歌创作受到两个重要的影响：首先，它反映了当时诗人的艺术修养和审美趣味；其次，它促使了诗人创作出独特的宗唐作品。在北宋中期，宗唐时期的作品受到了多个师学对象的影响，他们的作品表现出了多样的风格，其中，宗唐时期的作品更加突出。

其三是对《论诗》的传承与发展。在唐朝，《戏为六绝句》《解闷六首》等诗歌被认为是最能体现当时文学水平的作品。随着时间的推移，北宋时期的欧阳修、石介、苏舜钦、梅尧臣、石延年等诗人也都在一定程度上继续探索并发扬《论诗》。欧阳修的论诗，虽然也受到了杜甫的启发，但他的风格和他的前辈们截然不同。杜甫的诗歌通常是七言绝句或更简洁的句子，欧阳修的诗歌通常是五言或七言的长句，并且通常有更长的句子，如《答苏子美离京见寄》一首，它有 52 句，完全是用赋体写作，带有明显的散文风格；欧阳修的“当代诗坛”论诗更加关注“当代诗坛”的变化和发展，而杜甫的《水谷夜行寄子美圣俞》一诗则更加强调苏舜钦和梅尧臣的诗歌，他的论诗不仅涉及古今诗人，还包括当时的诗人，如杜默、苏舜钦、石介、石延年、梅尧臣、刘原父等，他的论诗不仅局限于“当代诗坛”，更是将古今诗人的思想融入《水谷夜行寄子美圣俞》一诗中，使“当代诗坛”的变化和发展得以更加深入地探讨。欧阳修的“宗杜而变杜”的结论被广泛引用，它揭示了诗歌的三个显著差异，这也正是他的作品的重要贡献。

### （三）晚期：宗唐而变唐的高峰

北宋晚期的诗歌，因杰出作品数量庞大、影响深远、成果卓越，从而成为北宋诗歌的巅峰。在此期间，“苏黄诗派”和“江西诗派”更是受到广泛赞誉，“变唐人之风”的形式和内涵更是丰富多彩，王安石、苏轼、黄庭坚等人凭借自己的个性和杰出的成就，在北宋诗坛上占据着重要的地位，得到了广泛的关注和赞誉。由于他们在变唐时期取得的杰出成就，他们在宋朝诗歌史上的地位得到了确立。“宗唐而变唐”和“以才学为诗”都是北宋中期的杰作，但“宗唐而变唐”更加注重艺术技巧的提高，而“以文为诗”则更加注重创新，两者都为宋代诗歌的发展奠定了基础。从宗唐的角度来看，“以文为诗”“以才学为诗”“以议论为诗”和“宗唐而变唐”三个主要特征，都是北宋诗人“宗唐而变唐”的成就。苏轼和黄庭坚的诗歌，更是体现了北宋晚期的变唐趋势。

苏轼是北宋晚期诗人中的佼佼者，他的“以文为诗”“以议论为诗”和“以才学为诗”都受到了广泛的赞誉。尽管苏轼的文学天赋极高，但他在学习唐代诗人的过程中，更倾向于“转益多师”，李白、杜甫、刘禹锡、韩愈、白居易等人都曾成为他的师傅。杜甫的诗歌着重对学习的重视和对书本的珍视，以及对典实和出处的追求，使“读书破万卷，下笔如有神”成了千古流传的经典名句，而苏轼也紧随其后，提出了“读书万卷始通神”的观点，这两者的思想渊源极其相似。苏轼在“以才学为诗”中受到杜甫和韩愈的影响，但他凭借自己的才华和不断的艺术实践，将“以才学为诗”的传统发扬光大，使“以才学为诗”在北宋时期更加受欢迎。苏轼在“以才学为诗”中的发展，主要表现在使用典故、运用诗句、汲取古人句子等方面。

黄庭坚是“江西诗派”的领袖人物，他的作品“一洗唐调”在宗唐和变唐方面都有着卓越的成就，这一点在“一洗唐调”中得到了明显的体现。黄庭坚在宗唐时期，受到孟浩然、李白、杜甫、刘禹锡、韩愈、白居易、李商隐、杜牧等唐代诗人的影响，并从“转益多师”中汲取精华，形成了自己独特的风格。然而，黄庭坚最尊崇、最看重的仍然是杜甫的作品。黄庭坚深入研究杜诗，他的观点与当时的儒家诗教有着显著的不同，他深入挖掘杜诗的创作技巧，并在苏轼“点瓦成金”的基础上，发表了“点铁成金”的论述，以此来推动诗歌的发展。黄庭坚的“换骨”和“夺胎”的提出，为当时的“点铁成金”奠定了坚实的基础，并引发了一场革命性的思想变革，使“点铁成金”的理论更加深入，更加具有普遍性，并成为“江西诗派”的一个重要思想指导。在宗唐的历史背景下，次韵诗在北宋诗坛上被认为是一种不协调的唐代风格，因此遭到了当代人士和后代的批判。

## 第三节　元明清汉语言文学

### 一、元曲

“元曲”通常被称为“散曲”或“杂剧”。这些作品都属于元代的文学形式，其中散曲被认为是一种新的诗体。它们在文字的性质上虽是同源，但在文学的性质上却是异体。虽然两者的关系紧密无间，但它们都拥有自己的诗歌和戏剧般的个性。前人研究元杂剧时，只注意其中的曲辞，用这种曲辞去代表元杂剧全部的生命，因此许多选本，如《词林摘艳》《雍熙乐府》一类的书，只选录其曲辞，而把那些剧本的生命全部毁灭，于是剧本中的曲辞与散曲混杂起来，在这种情状下，元曲便成了散曲与杂剧的总称。

### （一）散曲

#### 1. 曲的产生

曲子可以被看作是词的替代品，它不仅源于音乐，而且有着独特的结构。更具体地讲，它可以被看作元代的新诗，就像宋代的诗歌一样。曲的产生与兴盛，能继承五代、两宋的词运，一跃成为元代韵文史上的主流，绝不是偶然的现象。究其原因，有如下述。

（1）词的衰落

从古至今，词源自民间，最初由妓女和歌手的口头传播，它既能够表达情感，也适合演唱，最初只属于普通的文学形式。五代和北宋初期，词逐渐展示出它的活泼和生机。随后，文人和学者的数量增加，体裁和内容也越来越丰富，因此，对于音乐和语言的修辞也越来越重视，从而使最初从民间流传的歌曲成了文人的专属物，普通的歌曲也变成了雅正典雅的优秀诗篇，普通老百姓无法理解，即使是最擅长词学的专家，也无法完美演绎出歌曲的魅力。南宋时期，词的发展可以说是达到了顶峰。沈义父的《乐府指迷》和张炎的《词源》提供了有关填词的重要信息，使填词不再局限于民间，而是被视为一种专业技能，从而使词的生命力受到严重的削弱。宋末的词，正如后世的试帖诗一样，无论字面如何雅正，音律如何协调，运用典故如何巧妙，刻画事物如何细微，词原来的生命消失了，同民众是隔离了，再没有发展下去的余地了。处在这种词的僵化与贵族古典化的局面下，都市中的娼妓歌伶并不因此就闭住了口。他们仍旧要卖唱谋生，要歌唱以寄抒情意，于是他们在旧的歌曲中求变化，在新起于民间的小调中求资料，在这种去旧翻新的工作中，曲子便慢慢地产生了。随着乐师的演奏和文人的修辞，作者的数量逐渐增加，曲调也变得丰富多彩，最终形成一种独特的文学体裁，这种体裁是由词语发展而来的新兴文学。

（2）散曲的体裁

随着时代的进步，一种新的文学形式也在逐渐形成。从简单到复杂，从不规则到有序，散曲的诞生始于小令，它逐渐演化出了和谐的音乐，并演化出了各种各样的套曲。小令本来指的是民间流传的小调，但在文学的熏陶下，它也被融入了曲子的世界。这种短短的小曲，正如唐代的绝句，五代、北宋的小词，有着独立的诗的生命，可以写景言情，自由活泼，实是散曲中最可爱的一种。

比起唐宋的诗词来，小曲确有其独立的生命与精神。然而我们必须承认，它是从前代歌辞中解放出来的一种新诗，是唐宋以后诗坛上最有力的代表。随着时间的推移，原本简单的小曲逐渐演变成了更加复杂的双重音乐。双重音乐也被称为带过曲，指的是在创作完一首歌后，仍然保留原来的旋律，恰好这两调之间的音律能互相衔接。有时两调不足，也有连用三调者，但最多只能以三调为限，而以二调相合为最通行。

（3）词与散曲

词曲同为合乐的歌辞，形式同为长短句，故在称呼上，时相混合，如元周德清《中原音韵》论《作词十法》及《定格》四十首的举例，赵子昂所谓“倡夫之词名绿巾词”的词，如明涵虚子的《词品》所评者都指的曲。再如燕南芝庵《唱论》中所举的《大乐》十首，都是晏元叔、张子野、苏东坡诸家的词。由此看来，在元代散曲完全形成的时代，词曲的称呼，还是相混的。然按其实际，词曲无论在形式音韵还是精神方面，都有不可相混的地方。

词曲在形式上有着相似的长短句，但在不同的文体中，它们都能够表现出自由和美丽。换句话说，在韵文中，曲是最长的，而词曲则是最短的。《三百篇》以后，诗歌中几乎没有一个字或两个字的句子，除了最冷僻的调子和长调换头处所用的词外，其他的都很少见。但在曲中则与五字七字参互合用，最为普遍。曲中最长之句，有至二三十字者。短句中的一二字，长句中的数十字，这些都是词中不可或缺的元素，而且在曲中添加衬字，使得作者可以在规定的曲谱范围内自由地表达自己的想法，从而使原本有规律的长短句变得更加生动活泼，这种情况在中国传统文学中是从未出现过的。这为创作者提供了极大的便利，使他们能够超越形式的局限，从而更好地展现自己的文学才华。

在音韵上，词曲也有相异之点。曲调中用韵，比其他长短句更密。平仄四声之外，又有阴阳清浊之说，这些严密的格律，未必起于金元之际的曲子的初期。但曲中通首同韵，绝无换韵之例，并且通体句句押韵者，亦时有所见。

人人都知道元曲是通俗文学，却很少有人知道元曲成为通俗文学的原因。口语方言用在诗词中会觉得不自然，但用在曲中便觉得活泼美丽，情趣横生。这原因便是由于曲体的形式与音节的自由接近语调而又宜于采用语料。曲子中的叙事言情，能曲尽其妙，其音调能婉转低昂，适合自然音律的和美。

除形式、音韵以外，在文学的表现上，词曲也有不同的地方。这一种不同，虽不是具体的，但细细体会，它们却有着明显不同的精神。诗歌和曲子的表现方式各有不同，前者通常使用象征性的手法来传递深刻的感受；后者通常使用直接的语言来展示情感，省去了过多的修饰。在文学作品中，诗歌通常具有优美的气质和庄严的风格，而曲调则更注重选择合适的主题。若题材优美，则其文章必然优美；若题材平庸，则其文章必然平庸。当描写山水时，文字会显得非常优美；当描写隐居时，文字会显得非常闲适。诗人用不同的语调来表达自己的情感，既有庄重的气氛，也有滑稽的幽默，甚至还有嘲笑和戏谑的风格。他们擅长捕捉各种人物的口吻和性格。在这里，诗歌被认为更具有象征意义，而曲子则更加真实。我们读元曲时，觉得有些作品非常雅丽与清俊，有的又很浅俗与淫秽，原因便在此。因为如此，曲所能描写的范围比词更广泛，描写的程度也更逼真。元曲的写实性十分浓厚，充分表现出了其通俗文学的真精神。由叙事体的戏剧变为代言体的戏剧，绝非宋词所能胜任，必要待之于曲子的成熟。

2. 元代的散曲作家

曲初起于民间，传唱于妓女、伶工之口，比起正统派的诗文来，曲多被视为别途外道，加以作者多为潦倒文人和无名之士，因此曲的作品极易散佚，就算有名的作家，其生卒年代及其生平事迹，亦多不可考。这在元曲的研究上真是一大损失。近年来，治曲者日益增多，往日难见的曲本，如《阳春白雪》《乐府群玉》《词林摘艳》《雍熙乐府》诸书又重现人世，于是研究曲的资料日益丰富。任中敏所编的《散曲丛刊》，根据《散曲概论》第六章的统计，元代散曲作家共有 227 人，其中不乏官吏遗民、才人名公以及倡夫妓女，他们的作品深受欢迎，成为元代诗坛的主要组成部分。这本书成为研究元代散曲的重要参考资料，为我们了解元代散曲的发展提供了重要的参考。

关于元代散曲的研究，从作品的艺术和精神发展来看，可以将它划分为前期和后期。这两个阶段大约在公元 1290 年，正值元朝统一中国的初期。前期的作品，充分展现了曲子中独特的民间文学风格和普通话语气，同时也体现了北方文学中直率的精神和自然的美感。随着宋朝的衰落，南北文学的融合以及文学的发展，使后期的作品逐渐脱离了普通人的文学精神，并从南方文学中汲取了深刻的思想，达到了一个更加优美、华美的境界。随着时间的推移，关汉卿、马致远等人的作品以及张可久、乔吉等人的作品，都表现出了一种前所未有的高远意境、清新的言语和活跃的生命力，而后期的作品则逐渐淡出人们的视野。从这一点来看，文学的发展可谓发生了巨大转折。在这两个阶段中间，在作风上可作为承前启后的桥梁的是卢挚、姚燧、张养浩、贯云石诸人的作品。

散曲经过了一段时间的演进，达到了拘韵度、讲格律的唯美的阶段。初期曲由词中解放出来，现在又转入一种词曲混合的情况。初期曲中的俚俗生动、质朴、直率的种种特色，到了这时渐渐地丧失殆尽了。初期的作家，大半为北方人，到这时为南方人所领导了，如乔吉虽籍属太原，但他是杭州的寓客，也完全受了南方文学的影响。这种情形是我们研究元代后期的散曲者所必须要注意的。在这一时期也出现了曲学批评以及曲律的研究的书籍。

### （二）元杂剧

#### 1. 杂剧的产生

人人都知道中国真正的戏曲始自元代的杂剧。这种杂剧的产生，在中国的戏曲史上成立了一个新纪元。但这种杂剧并不是偶然出现的，也不是一两个天才作家所创造出来的。他是由前代各种舞曲歌词渐渐演化而成的。前面所叙述的宋金时代的戏曲史料，虽都不能算是真正的戏曲，也都缺少戏曲中的要素，但它们的发展却都一步一步与戏曲接近。宋代歌舞戏中，如大曲、曲破等项，所用曲调，虽单纯少变化，所述情节也多为叙事体，但其中有歌有舞，有念白表演，还有诸宫调的出现，在戏曲史上是很大的进步。据《董西厢》看来，戏曲的形式初步形成。更重要的是，在《董西厢》的散文中，已出现了代言体的倾向。由《董西厢》转入元剧，实已相差不远了。吴梅说元剧的来历，远祖是宋时大曲，近祖是董词，这是不错的。

戏曲是表演于舞台上的综合艺术，音乐歌舞虽为其中要素，但动作与对话却是戏曲必备的条件。更为重要者，因为要把一件故事活跃地在舞台上表演出来，故戏曲的体裁必为代言体。宋金的杂戏院本不能称为真正的戏曲，就是因为缺少这些完整的条件。元代的杂剧纯粹是代言体。有动作、有宾白、有歌曲，再加以角色化妆及布景的讲求，戏曲由从前歌唱说话分工的大曲、曲破等舞曲，由坐而说唱的诸宫调，变为登场扮演的舞台艺术了。

将前代未完成的戏曲加以改革，由叙事体转变为代言体，完成元剧的体裁者，世人多归功于关汉卿。世人都承认关汉卿是元剧的创造者。但是由文体形成的公例，以及关氏所处的时代来看，关创杂剧一说不能令人相信。我们看诗词各种体裁的形成，无不是由多人多时积累合作而成，绝非某一人所独创。至于关的时代，经胡适的考证，我们知道他不是金的遗民，金亡时，他还是一个十三四岁的小孩子。

由五言诗、宋词起于民间的公例，可以推测杂剧也是起于民间的。戏曲是民众娱乐的艺术，与民众发生更密切的关系，在文人没有占领以前，戏曲完全是民众创作、民众欣赏的一种东西。据《辍耕录》所载金院本六百九十种，可见当代戏曲在民间的盛况。在这种情形下，为满足这种需求，所谓专编戏本的才人所组织的书会出现了。当代的元剧作家，或许大半都是书会中人。这些人便是改良旧剧创作新剧的中坚。他们所编的剧本好坏，与剧场的生意及伶人的名誉衣食都有关系。在这种环境下，各书会的编剧者自然都是互相竞争。并且他们都与舞台经常接触，自然都有丰富的舞台经验，他们根据这种实际的经验，知道旧剧本有什么缺点，有什么好处，要怎么样才能迎合民众，要用什么素材才能吸引看客。在这种竞争的状态中，剧本为适合于舞台表演而获得较好的声誉与报酬，自然是时时刻刻在改进中。这种改进工作也不是一时成功的，也不是一人成功的，是当时许多戏团经理，各种演员乐工，以及许多无名编剧家合作多时的成果。这种工作的成熟，便是杂剧的产生。

2. 杂剧兴盛的原因

元剧是元代文学的代表，是当代最流行的一种新文学，英才辈出，盛极一时。文人固无论矣，文官如吴仁卿，武将如杨梓，商人如施惠，医生如萧德祥，优伶如赵文殷、张国宾、红字李二、花李郎，俱为作者。在现存的元剧中，无名氏之作有数十本之多，这些必都是社会民众的作品。戏曲本是一种扮演于舞台的民众艺术，各处表演，各处也都在写作。在那一百多年中，究竟产生多少剧本是无从统计的。钟嗣成在至顺元年所编的《录鬼簿》是中国戏曲史上第一个因重视戏曲而留下的重要文献。在目录中，著录元剧四百五十八本，明初涵虚子作《太和正音谱》，卷首录元人杂剧五百三十五本。因为它的年代稍后，因此在数目上更多。不用说，被为他们所遗漏的元剧自然是不少的，但最有名的或是在社会上较为流行的作品，十之八九都被他们采入了。不过，这五百多本元剧，并没有完全流传下来。根据王国维所作的统计，元剧存者只有一百十六种（见《宋元戏曲史》）。但在此后，前人不见的秘籍时有发现。现由息机子编刊的《元人杂剧选》，臧晋叔编刊的《元曲选》，玉阳仙史编刊的《正续古名家杂剧》，尊生馆刊的《阳春奏》，孟称舜编刊的《古今名剧合选》《柳枝集》《酹江集》，李开先《改定先贤传奇》《脉望馆钞校本古今杂剧》以及《顾曲斋杂剧》《元明杂剧》诸书中所收的元剧，重复者与明初人之作去之，实存全本的在一百六十种左右。这数目也就不算少了。

关于杂剧兴盛的原因，前人所论极多，主要有以下几方面。

（1）新文体的发展

从文学的角度来看，它就像一种生物一样会经历起伏。一种文体，从萌芽到完善，再从完善走向衰败，就像古典诗歌中的骚赋一样。随着时间的推移，一种文体的内涵会变得枯燥乏味，最终会被一种新的文体取代。这个新生的“幼儿”，它的内容形体都是全新的，潜能需要我们的开发和培养。宋金的戏剧作品虽然外观简单，但仍然是新生事物。它的文学才华，需要新人的努力来创新和传承。接下来的时代，恰好是元代，而元代又正是发展戏曲的最好环境。

（2）利于戏曲发展的环境

元朝有最宜于戏曲发达的环境，首先是由物质与精神双方所造成。我们知道戏曲虽是文学中的一种，但它却有独特的性质，不像诗文那样是个人的，戏曲是群众的，如果不在舞台上表演，没有大量的观众来参加，它便失去了生命。所以除了写在纸上的剧本以外，戏曲还需要演员、戏场、用具和观众。这一切都须赖于资本，都须赖于繁荣的社会经济与富饶的大都市。若没有这种经济背景与都市环境的支持，戏剧运动便无从发达。元朝虽为游牧民族的蒙古人所统治，文化程度很低，但由于欧亚大陆的联系日益紧密，国际交通网络日益完善，中国的商业资本取得了史无前例的增长。当时的社会商业工艺发展完善，国家富强，贵族官吏生活奢侈，外商来往频繁。在这种商业资本高度发展之下，必然有繁荣的大都市。在这种环境下，剧本必被大量需要，于是那些困苦于元代政治制度下的穷苦文人，或是那些终日与倡优为伍的浪漫文人，都参加剧本编制的工作。文人参加者日多，剧本的产量自然增多，在质量上也大有进步。于是好的作家与作品就逐渐产生了。这时候，从前纯粹作为娱乐品的戏曲，变成了一种文学的戏曲，成了替代唐宋诗词的一种新文学。这样说来，元代的国际都市与商业资本，是造成元剧兴盛的物质原因，同时我们也可以发现，戏曲绝不是个人的、案头的贵族文学，而是都会的、民众的通俗文学。

其次是当时的精神环境，对于元剧的发展也是极为有利的。元代的文坛，是最自由最放任的时代。随着儒家思想的衰落，唐宋时期建立的文学理论已经彻底消失，文坛上也没有了理论的指引和监督，取而代之的是一个更加自由、更加宽容的时代。戏曲本是载道派认为的卑不足道的东西，恰好在这个自由时代出现，加以当时物质环境佳良，于是便像春风中的野草，蓬勃地发展起来了。

## 二、明代的复古诗派

在明代，诗歌创作经历了长达数百年的沉寂，但在弘治年间，它们重新开始变得活跃起来。其中，李东阳领衔的茶陵诗派是最典型的代表。许多学者认为，茶陵诗派是台阁体和前七子之间的过渡流派，因为李东阳等人仍然处于台阁体作家的狭窄生活环境中。毋庸置疑，李东阳和李梦阳的性格各异，他们的情绪也存在差异。然而，从诗学的角度来看，茶陵派的崛起源于对诗歌审美特质的自觉追求。李东阳在《沧州诗集序》中首次将诗歌与散文明确区分开来，并将诗歌的产生定位为“畅达情思，感发志气”，即抒情性。因此他在《怀麓堂诗话》中，强调诗歌重音律、重节奏、重比兴的文体特征，并以声调为核心，从而形成了一套独特的诗歌理论，这一理论在理论与创作上都有着重要的意义。顾清认为聂豹的论文在理论和气势上都是正确的，但他特别强调体制，并非常重视诗文的形式规范。

茶陵派和台阁体都重视文学与道德的结合，以及追求宁静优雅的美感，但却没有将其充分体现出来。然而，前七子复古派却把诗歌的审美追求提升到了一个新的高度，“文必秦汉，诗必盛唐”成了他们的理念，因此人们一直在以一种批评的眼光来看待它。前七子的诗歌风格兼具李梦阳的雄健和徐祯卿的婉丽，他们的作品“尺尺寸寸”和“舍筏登岸”都展现了独特的艺术魅力。这些作品不仅展现了他们的艺术才华，还为后人提供了一种新颖的艺术表现形式。虽然他们的观念有所不同，但在重要的两个方面却有共通之处：首先，他们都认为应该真诚地表达自己的情感，并且都倡导从民间音乐中汲取灵感；其次，他们都反对宋代的议论性和说教，并且提倡将情境融入文学表达中，并运用比喻的技巧。然而，他们的矛盾之处在于，同时追求汉魏盛唐的风格与表达内心的真挚情感，在一定程度上影响到他们的创作成果。然而在创作方面，前七子复古派经历了两次重大转变：首先，它们从赞扬向批评的过渡，这种转变展现出过人的气魄和鲜明的个性；其次，它们从强调道德规范转向注重音乐、语法、对偶和比喻。由于这些诗人都属于松散型，所以诗风也各不相同。虽然弘治、正德时期的政治动荡和政治纷争让许多人感到困惑，但他们仍然坚守着自己的道德准则，关注着民众的疾苦，展示了一种正直的文人精神；此外，这些人也都曾经历过诗歌的转型。在弘治和正德时期，这个文人群体的诗歌创作和诗学理念都受到了当时政治环境的影响，表现出了强烈的社会意义。因此，这些作品反映了当时的历史背景和社会现实。到正德末年，诗坛在逐渐发生转向，或转向王阳明的心学探究，或转向六朝的华美流丽，而始终坚持盛唐格调者逐渐消失。此乃当时文坛之总体趋势。

后七子延续了前七子的传统，他们既注重格律，又有过人的气势和才华。然而，他们的差异在于，后七子更加关注形式和技巧，并且更加深入地研究诗歌的审美特质。谢榛的《四溟诗话》在情境范畴的探索上取得了卓越的成就，王世贞的《艺苑卮言》则是明代后期诗学研究的精华，他的五律、李攀龙的七律以及王世贞的七古，均展现出卓越的艺术才华。王世贞被认为是杰出的作家，因为他既占据着文学界的主导地位，又具有独到的理论和创造力。他把诗歌的第一要素认为是情感，并且以此来激励读者去探索和欣赏。王世贞认为，格调和才情应该同时存在，而不应该仅仅局限于汉魏时期的理想风格。因此，他的诗歌常常会超越这种理想的格调，从而使得唐宋时期的界限被打破，格调的概念也随之消失。虽然王世贞最初并未完全接受苏轼的观念，但随着时间的推移，他对苏轼的审美情趣越来越感兴趣，并且开始接纳陈献章的观念，同时也开始将“自愉”的诗歌用来表达自己的思想，这表明吴中文人的审美观念正在由单一的观念逐渐转向多样化。

随着晚明公安派的崛起，“中郎之论出，王、李之云雾一扫”这类文学作品的影响力虽然受到削弱，但仍未彻底消亡。万历以后，复古派仍然存在，其中最具影响力的当属陈子龙，他成为云间派的首要代表。陈子龙的作品展现出强烈的当下感，不仅是因为早年对七子派的复兴热情，更是因为他深受晚明文人雅致的熏陶，使他的作品充满着浓郁的文艺色彩。在明清时期，他的诗歌表现出慷慨悲凉的特质。他的诗作富有深度，气势磅礴，远远超过了七子和公安派的平淡无奇。这是因为他将深沉的情感和精湛的语言技巧完美地融合在一起，使他的诗歌达到了高度的艺术水准。陈子龙的代表作能够将李颀、李白、杜甫等人的诗风融为一体，形成了自己沉雄瑰丽的艺术风格。

《寄献石斋先生》[1]五首是其歌行的代表作，兹录其第三首以见一斑："阊阖门开翡翠城，凤凰十二相和鸣。碧血一洒玉阶裂，惊雷急电何时平。门生往往自引匿，故吏不复来通名。贾彪奔走何侧趄，曹鸾上书翻桎梏。钩连几作甘陵部，相将同入黄门狱。绯衣狱吏行生风，黄封小匣排当中。更番榜掠不知数，但称汝罪如山崇。小臣万死不足惜，圣德如天辉简策。带血晨兴写孝经，和枷夜卧编周易。爰书一旦出风尘，薄谴由来湘水滨。万里同声颂明主，海内相看似古人。"

作品既有李白的瑰奇想象，又有李颀的平正畅达，而沉郁悲慨的感情则近乎杜甫。

《种柳篇》[2]是诗人痛定思痛之作，情调由驰骤激荡而转为深沉舒缓："日月逝矣心飘遥，冰霜满眼风萧条。野夫吞声披短褐，天寒野旷随渔樵。终朝惨淡柴门下，有时拾橡还山椒。手砍柳枝作柳树，何年送尔干青霄。长安城外春风起，高梁桥头玉泉水。万缕常垂绣毂旁，千条尽拂朱门里。凤舸龙舟人似云，缇城锦幔山如绮。当年种树属何人，岁岁看花常在此。予时婉娈金门游，走马章台百不忧。三枝戏折灵和殿，带露笼烟拂御沟。黄鸾紫燕无消息，故国三年成古丘。金茎玉树生秋草，桂苑兰台色如槁。三户飘零仅寡妻，五陵游冶无年少。长条短叶日悠悠，飞絮浮萍空渺渺。比来屏迹北山阿，门外毵毵绿渐多。彭泽漫能称傲吏，阳关无处寄悲歌。起看庭树一婆娑，叹息年华奈若何。何日金城重见尔，攀枝流涕问山河。"

前八句平直朴素近乎杜诗，中段二十句借咏柳寄托兴亡之感，表现手法与艺术风格均受到杨慎《垂杨篇》的影响，但杨慎之作系个体沉浮之叹，而此诗则深寓家国沦败之悲。"比来屏迹"以下八句回到现实之中，与开篇八句呼应。诗思

[1] 朱东润. 陈子龙及其时代 [M]. 太原：山西人民出版社，2018.
[2] 同[1].

极度悲慨，但语脉深沉，个人处境的沦落与国家的败亡融为一体，读之令人怆然。

明代自立朝始至沦亡终，复古诗派可以说构成了一个气势强大的诗歌潮流，它与性灵诗派各自展现了独特的审美风貌。论明诗者对复古派的诟病，主要集中于其模拟失真的食古不化，从而对当时诗坛造成了不良的影响。明人在辨别诗体上的眼光成就，至今仍受到多数学者的重视。他们所提出的唐诗初盛中晚四阶段论、古体与近体的异同论、情景交融论等，至今仍是研究诗歌的基本范畴与途径。但是从复古派自身的目标定位，也就是所谓“预设的目标”看，却基本是失败的。因为除了极少数人是以学术研究为目的外，几乎所有的复古派领袖都是以创作出格高调雄、意境浑然的理想诗歌文本作为复古模拟的最终指向。然而遗憾的是，他们并没有成功。从文学经验总结的角度说，此次复古运动向人们提供的只能是一次失败的教训。说它是失败的，并非认为其一无是处。其实，明代复古派的诗歌创作不仅拥有丰富的思想内涵与心灵世界，更体现了他们娴熟的诗歌技巧与写情造景能力。王世贞的《登太白楼》[1]一诗，颇能展现此种特征：“昔闻李供奉，长啸独登楼。此地一垂顾，高名百代留。白云海色曙，明月天门秋。欲觅重来者，潺湲济水流。”本诗的好处在于作者使用大处落笔，虚实结合的手法。前四句突出李白当年的风采，但却并不从具体事件入手，而是将其襟怀风度与太白楼同笔写出，从而显得既传神又精练。五、六二句是虚实结合的写法，黎明曙光中白云飘动，明月当空时辽阔无际，这既是王世贞登楼时的所见景象，也是李白当年在山东时常常写到的诗境，也正是通过这种高远阔大的意境，将作者与李白的精神连接起来。最后两句是作者的深深感叹：当他凭楼远望时，景还是这样的景，楼还是同一座楼，但是却再也没有李白那样的人物来登临长啸，再也没有人能写出像李白那样意境高超的诗作了，所见到的只有那日夜缓缓流动的济水，默默无言、长久不息。至此，一种向往、思慕、惆怅的复杂情感，便通过这一幅“潺湲济水流”的画面生动形象地表现出来了。本诗充分说明王世贞在创作上深得唐人笔法，他不仅用笔灵活多变，而且绝不直接将情写出，而是在叙事写景中见出情来，给人意味深长的美的享受。就此诗看，笔法是唐人笔法，境界是唐诗境界，甚至连作者梦牵魂绕的也是那位可以作为唐诗双子星座之一的太白诗仙。如此的学唐功夫，在一般诗人那里很少有人能够达到。可是，它依然是明代复古派的诗而不是唐诗。

---

[1] 沈德潜. 明诗别裁集 [M]. 长春：吉林出版集团股份有限公司，2017.

他们之间的差别在于在底气的厚薄与境界的高低，而不在于技巧与笔法。王世贞心底里透出的，是盛世不再的遗憾与叹惋，而不是“抽刀断水水更流，举酒浇愁愁更愁”的伟大孤独。从历史的角度讲，身处晚明的王世贞写不出汉唐盛世的诗歌，这是历史的责任而不是王世贞的过错。在一个充满世俗气息与腐烂政治的晚明环境里，却幻想再造一个盛唐那样的诗的世界，这才是复古派的真正悲哀！所以，王世贞只能去默默无言地面对“潺湲济水流”了。

但是从复古诗派的整体情形看，其一头一尾则基本避免了此种模拟失真的弊端。像刘基、高启那样的诗人，其诗歌创作皆情感饱满而风骨凛然，虽有意模仿前人诗歌体貌，却又能显示自我的个性与鲜明的诗风，故而称为明代最有成就的大诗人。而代表了复古诗派尾声的陈子龙，尽管其前期有泥古不化的痕迹，但随着王朝的危机加深与朝代更替的巨变，最终使他将目光转向对现实的反映与慷慨不平之气的抒发，从而形成了真气饱满、骨力劲健的诗风，也真正代表了明代复古诗歌创作的最高水平。不仅他本人的诗歌创作如此，明清易代之际的许多诗人均表现出这种慷慨深沉的诗风，像夏完淳、张煌言、顾炎武诸位抗清志士的诗作，均有慷慨激越的诗风，成为明代诗歌的有力尾声。

在讲究格调的复古派之外，明代诗歌史上还存在着一个重情韵的诗人群体。当今的文学批评史一般都将薛蕙、高叔嗣一概视为格调说的“同调”“羽翼”，其实他们艺术追求的核心不是声宏调邕，而是意象情韵之美。嘉靖时期，还有蜀中的杨慎，长洲的“皇甫四杰”，华亭的徐献忠，无锡华察，昆山周复俊，宝应朱曰藩，德清蔡汝楠，山阴陈鹤等，都表现出重情韵的文学倾向。到晚明时代，出现了邓云霄、谢肇淛、陆时雍等重情韵的重要批评家。从这些人到明清之际的王夫之，再到清初的王士滇，审美观点虽各有异同，但大体可以看成一条线索，最终走向“神韵说”。诗人们对于美的追求往往是鲜艳的颜色、优美的语言、饱满的情绪，而“风骨”则有着浓厚的文化气息。情韵美则注重诗歌中隐藏的深刻思想，强调诗人与周围环境的协调，以维护情绪的宁静。尽管此一线索中的诗人影响不及复古派与性灵派那般显赫，但是数量还是相当大的。

## 三、明代小说的特质

明代的文学史中，小说和传奇占据了重要的地位。中国的白话小说历经宋元两代的发展，在明代取得了巨大的进步，不仅在形式上更加精美，而且在艺术上也更加出色，展示出它强大的活力。

### （一）白话文学的进展

白话文的应用，在唐末的变文与宋人的话本中虽已开始，但除了《京本通俗小说》那样极少数的优美作品以外，其余的大都是文白夹用，粗劣笨拙，算不得是成熟的白话文学。而用白话写作的，几乎全是说话人和书会先生一类人物，把故事记录下来，作为实用的工具。在明朝，文人和学者开始有意识地使用白话来撰写小说和创作白话文学作品。这种文体上的改革，由文言转到白话的文学观念的进展，在中国文学史上实在是一件大事。我们可以说，明朝是我国白话文学的成熟时代。《三国演义》一类的历史小说，虽还用文言，但那是极少数的，《水浒传》《西游记》《金瓶梅》等优秀的作品，都采用了最精湛、最生动的白话表达方式。明朝说话虽不复行，但风气转换，从前许多故事是由说话人的口传给民众，明朝是由文人写出来给民众自己去看。这便是由说话变成小说的时期，也是白话文学发展的时期。通过对话本的改编和修辞，许多明代文学家创造了许多优秀的长篇和短篇小说，为明代文学带来了全新的活力和氛围。此后，无人不承认白话是写小说的最好工具，好的小说大都使用白话创作了。

### （二）对于小说观念的改变

我国文学，历代为儒家载道的思想所统治，抒情之诗歌词曲视为小道，君子不为，对小说更加轻视，但到了明朝，这种观念为之一变。李卓吾、袁中郎、冯梦龙、凌濛初之流，一致赞美小说文章的优美，同时了解小说与群治的关系，其感应效果之大远过于《四书》《五经》，所谓小说的文学价值与社会价值，第一次在中国文坛为人认识。冯梦龙编的三本短篇小说，题为《明言》《通言》《恒言》，序中说："明者取其可以导愚也，通者取其可以适俗也，恒者则习之而不厌，传之而可久也。"这种透彻的对于小说的见解，是到了明朝才有的。

### （三）小说与时代

明朝的时代背景与社会意识，在小说中的反映极为明显。明代因方士僧尼的大盛，报应轮回之说深入民间，因此小说中的思想多言因果，而神魔作品特多。

再以晚明朝纲不振，君主臣僚以至社会各界，无不纵欲荒淫，一时成风，恬不知耻。于是小说中也对男女私事加意铺写。《西游补》中讽刺明末的政治与士风,《西洋记》《精忠传》一类作品的慕古伤今的情感，时代的背景、社会的意识，都很活跃明显。那些正统派的古文不必说，就是比起那些杂剧传奇来，小说都是很现实的。

## 四、清代文学是中国旧体文学的总结束

清朝的学术成就无疑令人瞩目，它不仅是中国学术史上一个重要的里程碑，更被誉为古典学派的朴学，它的影响力远远超越了先秦哲学、两汉经学、魏晋玄学、隋唐佛学和宋明理学，成为当时学术思想的标杆。朴学家都是用严肃的态度、科学的精神和孜孜不息的努力，在学问上用功夫。无论经学、史学、诸子学、校勘学、小学、地理、金石、辨伪、辑佚各方面，都获得了很大的成就。他们从事学问的精神态度，是反对主观的冥想，倾向客观的考察，排斥空论，提倡实践。这种精神的来源是明末王学末流空虚浮浅的反动，于是就有顾亭林、王船山、朱舜水一般的人出来，大声疾呼，攻击明心见性的空谈，提倡经世致用的实学。这些人学问渊博，并且人品道德能表率群伦，一倡百和，学风为之一变。

虽如此说，清代文学也自有其特色。清代文学的重要性不可忽视，它标志着中国三千年来传统文学形式的终结，也为二十世纪中国新文学的发展奠定了坚实的基础。二百多年间，许多拟古派作家的努力挣扎，造成了旧文学结束的光荣场面。无论作诗文还是词曲，他们的态度都非常严肃而认真。但是，不管他们如何努力，旧的总归是过去了，代之而起的是新文学。我们研究清代文学，就是要知道处在结束期间文坛活动的情形。其次，清朝从顺治到嘉庆这一百多年中，国势较为安定，民生较为富裕，反映在文学上的色彩，是典雅富丽，一面是对于帝国威权的颂扬，同时又是对古典文学表示极端的追恋与摹拟。道咸以降，外国人的压迫，内乱的迭起，清帝国的弱点全部暴露出来，从前不管事的民众，渐渐意识到国家的危机。经过戊戌政变，当时先进的知识阶级都变成了热烈的改革分子。辛亥革命终于结束了清帝国的统治。在这晚清的几十年中，无论学术界还是文学界，都有不少变化。由龚、魏到康、梁的今文学派，很明显地体现了学术界风气的转变。这一期的文学，也不比从前了，如郑珍、金和、黄遵宪、康有为诸人的诗，

蒋春霖的词，吴沃尧、李伯元、刘鹗诸人的小说，或映出时代乱离的影子，或表现着民众悲苦的感情，或暴露政府的懦弱与黑暗，或讽刺官吏的腐败与贪污。总而言之，从他们作品中表现出来的风格，都失去了从前那种雍容典雅的色彩与情调。不管是内容还是形式，使用的语言和表达方式都在不断演变，朝着新的方向发展。这一期的文学，是中国新旧文学交界的关口。我们很明显看着旧的由挣扎而毁灭，新的由努力而诞生。这一场大的变动，大的斗争，在中国文学史上过去的时期中都是没有过的，正表现时代的伟大力量。

## 第四节　现代汉语言文学

### 一、新文化运动

新文化运动发生在维新变法和辛亥革命之后的 1915 年。辛亥革命后，国家形势越来越混乱，一批先进的知识分子开始寻求救国的新出路。以陈独秀为代表的一批知识分子将《青年杂志》更名为《新青年》，新文化运动从此拉开序幕，向西方学习成为不可阻挡的浪潮。

新文化运动的先驱们，如陈独秀、李大钊、胡适、鲁迅和蔡元培，在运动初期就已经开始发挥重要作用，引领了中国的文化发展，他们纷纷著文，批评旧社会和旧文化，在当时起到了开路先锋的作用。

新文化运动以“民主与科学”为口号，以“提倡新道德、反对旧道德，提倡新文学、反对旧文学”为旗帜，提出重新估定一切价值，以彻底的反封建为主要精神，极大地启发了人民的民族意识，为 1917 年的文学革命和 1919 年的五四运动奠定了思想基础。

新文化运动是一场重要的思想解放运动，它推动了中国文化的发展，并且在政治、思想、伦理观念、文学、艺术等领域都取得了巨大的成就。它不仅广泛引进和吸收西方文化，还抨击文化专制主义，提倡思想自由，促进了民众的觉醒，并唤起了人们对国家政治事务的关注，从而推动中国文化的发展，为中国社会带来了新的变革与发展机遇，为中国文化的发展作出了重要贡献。但新文化运动认为的“中国的一切文化都是落后的，而西方的一切新文化都是先进的”观点具有片面性。随着俄国十月革命的胜利，中国的进步知识分子不约而同地把眼光转向俄国，开始宣传马克思主义。

## 二、文学革命

文学革命是新文化运动的一个组成部分，从对封建主义的批判转向对封建主义文学的攻击，使新文化运动演变成一场文学革命运动。

文学革命旨在挑战传统的文学观念，并且与当时的政治、经济、社会等各方面的压迫进行抗争。20 世纪 30 年代的文学论战更加强调了新的文学理念、语言的创造性，并且挑战了既有的、僵化的文学传统。

文学革命是一个重要的转折点，它为中国的文学发展带来了前所未有的机遇和挑战，并为我们的未来奠定了坚实的基础。

文学革命首先彻底改变了人们对“文以载道”“代圣贤立言”“游戏消遣”等文学思想的看法，并彻底颠覆了它们所依据的价值观念。它不仅改变了传统的文学观念，还为新的文学理论提供了崭新的框架[1]。“五四”和“人的文学”“为人生”“自我表现”等文学观念代表着一种全新的、充满民主、人性和自由的思维模式，它们满足了当代人对文学的需求，并且为中国文学的发展带来了前所未有的变化，使中国文学不再局限于传统的文化形式，而是融入当代社会的各种文化元素，形成一种全新的、多元的文化格局。

其次，随着现代意识的崛起，人本主义的理念也得到了广泛的认可，这极大地改变了新文学的格局，让创作者的世界观、人生观得到了彻底的改变，他们的思考范围也得到了扩张，思想也得到了自由，不再受到传统的束缚。“五四”时代的新文学家拥有无限的表达空间，他们可以毫无顾忌地表达自己的观点、情绪、思考，并且拥有自己的创作灵感，拥有自己独特的风格，这些都为中国文坛注入了无限的生机，激发出无限的创造潜力。

再次，随着时代的进步，汉语文学的文体形式也在发生着巨大的变化。现代白话文已经取代了传统的文言文，更加灵活多彩的新诗也开始流行，更加注重语法和节奏的现代散文也开始流行。此外，话剧也逐渐成为一种流行的艺术形式，并且在叙事方面也发生了巨大的改变。中国文学正在经历一次重要的转型，这种

---

[1] 袁良骏. 再谈“五四”文学革命的历史功过 [J]. 鲁迅研究月刊，2004，31（9）：4—9.

转型既有意识，又有计划。它既包括个别方面，又涵盖了整个领域。因此，文学革命既为文学家带来了巨大的解放，也为文体带来了改进。

最后，通过五四运动，中国文学终于摆脱了封闭的境地，迈出了走向国际的步伐。这一变化不仅开拓了中国新一代作家的国际化视野，也促进了“五四”新文学的诞生，使中国文学能够更好地融入国际文化，从而更好地反映当代社会的多样性，并且给予当代作品更多的思想内涵，丰富当代作品的艺术表达，使其具有更强的国际性，更加深刻地影响当代社会的发展。中国文学已经成为全球文化的重要组成部分。

文学革命彻底改变了人们对文学的看法：它打破了传统的文笔划分，建立了一种严谨的文学理念；它摒弃了模仿古典的做法，弘扬了追求真理的精神，使文学的审美内容和语言形式更加贴近现实生活；它改善了人们的生活，但也保持了自己的独特性；白话文从边缘走向中心，成为“正宗”的主流；新诗的出现、小说的革新、话剧的引入、美文的推崇，使文体获得了彻底的解放。

## 三、新文学社团与流派

许多作家都受到了当代各种文化思想和艺术手段的影响，他们的创作风格也发生了变化。他们聚集在一起，组织起了许多文学社团，并发行了一些旨在表达个人理念的文艺杂志。这表明，新文学正在从少数人的推动转变为大众的参与。文学研究会和创造社被认为是在各种文艺团体中，对文艺界产生影响最大的两个重要组织。

1921 年 1 月，北京成立了一个由周作人、郑振铎、沈雁冰、王统照、许地山、孙伏园、叶圣陶（叶绍钧）等 12 人组成的文学研究会，并以《小说月报》作为会刊，周作人发表了《文学研究会宣言》，宣告文艺不再局限于娱乐，而是一种对人生有着深远影响的工作。这段宣言显示出他们的共同观点：“为人生”强调文学的社会功能，并将其视为“为人生而艺术”的一部分，或者说是现实主义的一种形式。他们强调文学应反映现实，探讨人生问题并指导人生，因此他们被称为“为人生”派。他们除了努力创作外，也重视翻译介绍俄国和东欧的弱小民族文学。文学研究会是 20 世纪 30 年代我国第一大规模的文学社团，是新文学现实主义的源头，为新文学的发展作出了巨大的贡献。

1921年6月，日本东京成立了一个新的文学组织创造社，由郭沫若、张资平、郁达夫、成仿吾、田汉、穆木天等当时正在日本留学的学者组成，并发行了10余种不同的杂志，包括《创造季刊》《创造周报》《创造月刊》《洪流》等。“为艺术而艺术”和“内心的要求”的初期观点是，文学应该忠实地展示作者的思想，而“直觉”和“灵感”则更加注重文学的审美价值。这些作家的作品多以自我展示为主，充满了深沉的情感。通过直接表达自己的想法、病态的心理状态，作家们展示出自己的内心挣扎与对现状的不满。创造社在后期把重点放在革命文学上。

一些具有独特风格的文学社团，如语丝社、未名社、莽原社，以及南国社、弥洒社、浅草－沉钟社，都为文学事业作出重要的贡献。此外，一些具有鲜明个性的社团，如湖畔诗社，也为文学事业作出了不可磨灭的贡献。1922年3月，杭州的湖畔诗社诞生，其中的应修人、潘漠华、冯雪峰和汪静之四位诗友，因其优美的爱情诗而声名鹊起。4月，这些诗友的作品“真正专心致志作情诗的人”发表，标志着湖畔诗社新篇章的开始。

1923年，新月社由胡适、陈源（陈西滢）、徐志摩、闻一多、梁实秋等英美留学生发起，以聚餐会的形式活动，迅速发展成一个影响力极大的文学社团，即新月俱乐部，在文学界产生了深远的影响。1928年以前，“新格律”诗派提倡新格律诗，并且在诗歌创作上取得了巨大成就，其中包括徐志摩、闻一多、朱湘、饶孟侃、孙大雨等杰出的诗人。

总之，“五四”运动后的大小文学社团有各种创作方法和风格，以现实主义、浪漫主义为主，唯美主义、表现主义、颓废主义、新感觉派、象征派为辅，共同组成了气象万千的新文学。

## 第五节　当代汉语言文学

中国当代文学，一方面继承了“五四”新文学的精髓和传统，另一方面又不断借鉴、吸取了世界文学的营养。同时，以民族化、大众化为己任，力图走向更高的文学境界。

中国当代文学的发展始终是与相应的时代背景密切相关的，时代、社会对文学的影响更加明显和突出。1949年，中华人民共和国成立。社会的根本变化也带来了文学的巨大转折。当代的汉语言文学在坚持“五四”文学传统的同时，更强调了文学的社会政治功能。主要内容有两类：一是回顾中国共产党的斗争历史；二是展现中华人民共和国成立后，中国人民由衷的幸福感和对新生活的美好向往。

回顾中国共产党领导的革命历程的作品，如杜鹏程的《保卫延安》、曲波的《林海雪原》、罗广斌和杨益言的《红岩》、吴强的《红日》、杨沫的《青春之歌》、梁斌的《红旗谱》等长篇小说，以及王愿坚的《七根火柴》、峻青的《黎明的河边》等短篇小说，这些作品后来被学者称为“红色经典”。

表现中国人民的生活热情和中华人民共和国美好生活的作品，主要有赵树理的《三里湾》、周立波的《山乡巨变》、柳青的《创业史》、李准的《李双双小传》和浩然的《艳阳天》等小说，还有郭小川的《白雪的赞歌》、李季的《生活之歌》、闻捷的《天山牧歌》以及贺敬之的《雷锋之歌》、郭小川的《致青年公民》等诗歌。

此外，这一时期的戏剧创作也有较大的收获，既有郭沫若的《蔡文姬》、田汉的《关汉卿》、老舍的《茶馆》等历史剧，也有老舍的《龙须沟》、曹禺的《明朗的天》、胡万春的《激流勇进》等现实题材的剧作。

在 1976 年之后，逐步发展出了新时期文学。新时期文学的发生是继“五四”以后 20 世纪中国文学又一次重大的转折。新时期作家队伍空前壮大，文学创作十分繁荣，题材丰富，形式多样。无论是小说、诗歌，还是散文、戏剧，都出现了大量具有艺术价值的作品。这一时期的文学作品依然以现实主义为主流，探索创作方法，反映现实生活，有的吸收了西方现代主义的经验和技巧，开掘人的精神世界，表现人性的复杂性。象征主义、意识流、魔幻现实主义、荒诞派等国外近一百年的文学思潮特征，在新时期的作品中都有一定程度的体现。

新时期诗歌创作在思想解放的浪潮中大放异彩。老一辈诗人，如艾青等，在 20 世纪 80 年代的创作中，努力恢复和发展现实主义传统，直面人生，沉思历史，揭示真实的社会现实。1980 年，艾青发表了他“归来”后的第一本诗集《归来》，被读者看作是诗歌复苏的标志。另一部分年轻的诗人，在西方现代主义思潮和东方古典美学的双重影响下，创作出了一些很有特色的诗歌，“朦胧诗”是其重要代表，如舒婷、北岛、顾城等，他们将西方现代主义的意象、变形、蒙太奇等元素运用到诗歌创作中。“朦胧诗”之所以称为“朦胧”，是因为读者很难判断这些诗作的确定意义，但它们又具有十足的美感。主要作品有舒婷的《鸢尾花》、北岛的《一切》《回答》等。更年轻的海子也是新时期著名的诗人之一。他有着传奇的人生经历，像谜一般吸引着读者，其代表作有《面朝大海，春暖花开》《麦地》《春天，十个海子》等。

新时期散文回归到个人生活和情感体验上。首先是一批老作家的创作，如巴金、孙犁、杨绛、汪曾祺、萧乾等，他们从悼念性散文开始，大多抒发个人感受。

新时期话剧的成就主要体现在现实主义内容与新表现形式之间的相互交融方面。此前，老舍创作于50年代的《茶馆》是中国当代话剧的经典之作，成为“京味”现实主义话剧艺术的丰碑。而“探索话剧”的出现，则显示了当代话剧对新表现形式的探索，其最重要的特色是深入挖掘人性，展示人物的内心世界。在形式上，探索话剧不拘泥于传统的表现方法，在剧场设计、灯光舞美上争取最大的创作自由，具有强大的感官冲击力，使观众耳目一新。这类话剧的代表作家是高行健，他的《绝对信号》《野人》等都是具有开创意义的作品。

新时期文学在中国当代文学史上占有举足轻重的地位，但也有一些局限和不足。由于新时期处于中国社会改革初期的热潮中，很多作家富有创作激情，却未能深入理解现代生活，未能真正走入现代人的内心世界；由于过分追求写作形式和技巧的丰富性，往往忽略了本民族固有的、优秀的文学传统；还有的作家为了追求新奇而过度重视文学的自我表现，忽略了文学的社会功能与作家自身的社会责任。

20世纪90年代至今，随着市场经济的全面展开，网络新媒体、移动新媒体等媒体形式的日益繁荣，文学也出现了很多新的变化：文学刊物、出版业运作模式发生了改变，有稳定收入的“专业作家”少了，而利用新媒体发表作品的作者逐渐多了起来。近几年来，电子阅读器的持续热销，也使读者的阅读方式发生着深刻的变革。这一时期的文学从内容到形式包罗万象，不拘一格，人们对文学的理解和需求越来越多样化。

20世纪90年代以来，一个重要的文学现象是“长篇小说热”，出现了大量优秀的长篇小说作品，如贾平凹的《废都》《秦腔》、余华的《活着》《兄弟》、莫言的《丰乳肥臀》《蛙》、陈忠实的《白鹿原》、王安忆的《长恨歌》、苏童的《妻妾成群》、迟子建的《额尔古纳河右岸》、二月河的《雍正王朝》及凌力的《少年天子》等，都受到读者的喜爱和关注。小说创作的繁荣，特别是长篇小说的流行，显示了中国当代文学的纵深发展和进一步成熟。2012 年，莫言获得诺贝尔文学奖，又从另一个侧面表明中国当代文学正越来越多地受到世界的关注。

这一时期的散文创作也出现了明显的热潮，余秋雨的《文化苦旅》、王安忆的《漂泊的语言》、史铁生的《我与地坛》，以及汪曾祺的《蒲桥集》等，都很受读者喜爱。另外，很多台湾作家的散文也受到读者的喜爱，如林清玄、刘墉、李放、龙应台等人的作品。

20 世纪 90 年代以来的诗歌，依然侧重对新锐性与探索性的追求。代表诗人有西川、王家新、欧阳江河等，西川的《虚构的家谱》《远景与近景》、王家新的《帕斯捷尔纳克》等都是很有深度和创意的作品。

20 世纪 90 年代以来的戏剧，除了以北京人民艺术剧院林兆华、李六乙、张广天等人为代表的“京味”戏剧创作以外，一些具有先锋性的戏剧也很活跃，如孟京辉的《恋爱的犀牛》《初恋》等，在戏剧市场上也占有一席之地。

20 世纪 90 年代中后期，当代文坛掀起了一场“女性文学”热潮，最引人关注的是“个人化写作”，或称为“私人写作”。她们大多从女性视角出发，以第一人称来书写女性在成长过程中的性别体验、身体欲望和隐秘的心理体验等。代表作有陈染的《私人生活》、林白的《一个人的战争》等，这些作品在拓展叙事方式上具有独特的意义。

新世纪以来，还有两个现象值得注意。一是“80 后”作家的出现，韩寒、郭敬明、蒋方舟等一些出生于 20 世纪 80 年代的作家此时初露锋芒，如韩寒的《三重门》等作品，戏谑中不乏深度，冷漠中充满热情，在看似消极颓废的叙事背后，表达的是对社会、人生的热爱，受到很多年轻读者的喜爱；二是“网络文学”的升温，穿越、玄幻、言情类的网络小说不断受到关注，很多网络小说作家逐渐形成自己独特的写作风格，网络文学逐渐培育了自己特定的读者群。但目前来看，网络小说的问题在于质量参差不齐，发展还不平衡、不成熟。

# 第三章　汉语言文学教学与实践

本章的主要内容为汉语言文学教学与实践，共分为四节，分别是汉语言文学的教学研究、“互联网 +”背景下的汉语言教学新模式、汉语言文学教学中对微课与慕课的应用，以及新媒体环境中汉语言文学教学路径探索。

## 第一节　汉语言文学的教学研究

### 一、当前汉语言文学教学中存在的问题及对策

汉语言文学在古今中外都具有举足轻重的地位。为了中国语言的继承与发展，我们必须重视汉语语言教学这个重大课题。汉语言教学质量的高低，关系到学习者汉语能力的高低，也关系到对中华传统文化传承能力的高低。汉语言文学教学目前的确存在着许多亟待解决的问题，如语文教师的职业素质参差不齐、语文课程体系松散、语文教学观念不明确、语文教学与应用脱节等。如果这些问题得不到及时的解决，就会给汉语教学带来很大的阻碍。因此，本书将从这些问题出发，对其进行分析并提出相应的对策，希望使汉语教学中存在的问题得以改进，从而弘扬中华优秀的传统文化，弘扬中国的优良传统，弘扬汉字。

#### （一）汉语言文学教育中存在的问题

不管是什么科目，都会有一些问题需要我们自己去发现和解决，汉语言文学也不例外。从古代的儒家经典教育，到如今的新课程标准改革，汉语言文学也在随着时代的推进而不断地更新。本书将从以下几个方面对汉语言文学教学中出现的一些问题进行讨论。

1. 汉语言文学教师队伍方面的问题

首先，在汉语教学中，教师是展示汉语言文学的主体，更是汉语言文学教学中不可或缺的一部分。汉语言文学教学中的传译与阐释都离不开老师。因此，汉语言文学教学的成败离不开师资力量的支持，而师资力量的强弱又对汉语言文学教学的成败有直接的影响。目前我国的汉语言文学教学中普遍存在着一些问题，如很多老师没有掌握好应有的语文知识，教学水平良莠不齐，很多老师还沿用着传统的、过时的教学方式和方法，这必然会导致课堂枯燥无味，学生厌倦，不能激发学生对汉语言文学的兴趣，难以达到预期的教学效果。

其次，一些教师的教学策略也存在着许多问题，比如在课堂上，师生之间的互动和交流不足，学生的学习热情不高，从而造成了学生对语文和文学的排斥。在很多初中、高中和大学的课堂上，我们常会看到老师在课堂上喋喋不休，但只是简单地讲解书本知识；学生的反应大多是消极的，睡觉、玩手机、讲小话等现象时有发生。从汉语言文学的教育本质上说，它是一种语言的教育。在本质上，语言的教育归根结底就是一种与学生进行交流沟通的过程。老师的滔滔不绝和一味地传授，对学生的思维能力和独立思考能力造成了很大的影响。此外，学生缺少表现和互动的机会，这对他们的语言口语也会产生严重的限制。教师队伍中还存在着一个问题，那就是教师的专业素养和教学能力良莠不齐，还有很多汉语言文学教师的职业素养比较低。一些学校由于缺少足够的师资，导致很多老师身兼数职，需要承担多门课程的教学工作。由于汉语言文学自身所具有的独特性和普遍性，与其他科目相比更易于上手，这就导致了很多非语言文学专业的老师都加入了汉语言文学的教学中，这部分老师没有专门的语文教学技巧，也没有专门的语文专业知识，他们的教学方法也采用了传统的教学方式，这也成了限制汉语言文学教育发展的一个重要原因。

最后，教师在专业素养上的差异也很大。有的老师缺少基本的专业素养，在上课的时候不注意自己的言行举止，对于自己不好的一面也不会加以控制。老师们很容易对学生的行为和语言产生影响，并在不知不觉中将他们转化为自己。这样下去，不仅会严重地违背汉语言文学教育的目标，还会对学生的其他方面的发展产生不利的影响。

2. 学生方面存在的问题

学生既是学习的主体，也是教育的主要接受者和继承者，学生学习的质量和所学到的知识数量，都直接反映了教育的成功与否。当前，汉语语文教学中存在着许多问题，这一问题反映在学生的身上，就是他们的学习热情不高、参与度不高、对汉语语文教学的认识不深、自身的文学素养不够牢固。首先是学生的参与度问题。许多同学都把语文当成了一门可有可无的科目，因为它很好学，而且我们从小就和汉语打交道，这就导致一些同学对该科目的学习态度不端正，有些同学对该科目的学习态度不积极，甚至有些学生对该科目漠不关心。这种对语文和文学的研究态度，势必会造成语文教学的不顺利。因为语言文学自身的特点，部分学生又急于短时间内在这门课程上取得进步，当他们达不到自己的目标时，就会产生一些消极的情绪，进而对语文产生抗拒和反感。事实上，语文是一门需要长时间、持续地坚持下去的课程，它的进步和效果在短时间内很难显现出来，这就更需要学生的坚持不懈，才能看到成果。另外，还有一部分同学，他们对学习汉语言文学没有兴趣，不喜欢阅读有关语文、文学的书籍。这就导致他们在汉语言文学方面的素质偏低，这对于汉语言文学的教育也是极其不利的。

## （二）汉语言文学教育中问题的解决措施

首先，针对目前师资队伍中存在的“良莠不齐”的现状与问题，我们可以从内部和外部两个方面加以改进与提升。针对部分教师存在职业素养缺乏的问题，我们能够通过专业的技术和职业素质的训练，让老师们真正地感受到使命感和责任感，以及身为一名语文老师需要关注的问题，让他们的言行举止与自己的专业特征相一致。在知识水平上，可以在校方的培养和自身的努力下，通过学习、看书、思考等方式，提高自己的专业知识和专业技能，精心设计好每一节课，让学生真正地参与到课堂中，并对语言文学产生浓厚的兴趣。

其次，从学生接纳的角度来看，对于某些学生的顽皮、缺乏学习兴趣等问题，老师要及时与他们进行交流，并通过各种形式的活动提高他们的学习兴趣。例如，可以举办一场文学知识的团体竞赛，也可以组织学生去收集素材，写出自己的感想。同时，学生也应该调整好自己的学习心态，语言和文学作为一门重要的学科，应该受到学生们的关注和尊重。在日常生活中，可以通过读、写等方法来加强和深化自己的文化素养。

最后，针对社会、家庭、学校等方面存在的问题，应调动全社会进行汉语言文学的学习。中华文化博大精深，一直为世人所称道，学习汉语的热潮也让许多外国人爱上了中国的语言与文化。身为中国人，我们更有责任与义务学好自己的语言与文化。在家庭，家长要注重对孩子进行这方面的教育，可以举办家庭活动、家庭读书日等，和孩子一起学习。学校也要采取相应的对策来解决这个问题，在课程设置上采用合适的方法，在教材的选择上要考虑到学生的学习特征和兴趣，还可以引入多媒体设备，并配备先进的专业师资，以保证在足够的外部环境下，可以激发学生对汉语言文学的热爱。

1. 搞好教育理念的培训工作

面向教师开展科学合理的教育理念培训，以便统一汉语言文学教学的指导思想。教育理念是广大教师在深刻领会教育工作实质的前提下产生的有关教育的基本观点以及信念。汉语言文学有四个方面的教育理念：提升学生的语文素养；准确把握语文教育的核心；努力提倡协作、自主以及探究的学习方法；构建开放而又充满活力的语文课程体系。对于这种指导性的纲领，广大教师必须系统而全面地学习，在准确掌握基本发展方向的基础上，遵循理念指导汉语言文学的教学工作，并非在肤浅的学习过后，根据以往的教学经验随意制定教学方法。汉语言是一门基础性课程，其教学工作更加应当遵循教学改革的理念，在统一的教学指导思想下，根据具体实际制订切实可行的顺应汉语言文学发展趋势的对策。

目前有不少教师为了适应课改的趋势，发明了一些独具特色的教学方法，并取得了一定的效果，但这种创新发展汉语言文学教学观念的可行性还有待检验。

2. 掌握汉语言文学教学的实质

可以通过分析研究汉语言文学教学的实质，并据此制定切实可行的教学方法。针对汉语言文学教学实质的说法众多，事实上汉语言文学教学的本质是以言语为核心的一种教学活动，工具性是其最主要的特征，符号性以及人文性是其辅助的特征。尤其是在教学改革的背景下，汉语言文学教学中的工具性就显得越来越重要，努力培养学生以语言作为工具，有效运用到实际生活以及工作过程中是其关键所在。而并非在应试教育中通过考试、升学，唯分数论成败。所以，教师的首要职责是根据汉语言文学教学的基本特征，制定科学可行的教学方法。

应试教育下教学的根本目的是取得较好的考试成绩，主要体现在考试分数的高低。教师教学的本质是为了学生能够取得好成绩，分数是根本，对学校而言升学率是教学的根本目标。而通过教学改革的汉语言文学教学本质应当是提高学生的文学素养、思维能力等，由之前有形的表现形式转化为有着极为深刻内涵的内在无形形式，按照这种本质转变来制订科学可行的教学法，做到有的放矢。例如，目标教学法，让学生成为学习的主人，在教师的指导下，充分调动学生的主观能动性，学生在学习过程中能获得享受，提高他们的学习效果，教师围绕教学目标开展导向性的教学活动，学生围绕教学目标进行多样化探究式的学习。

3. 确定理论指导实践的教学思想

将教学法的研究在实践教学过程中得到有效运用。许多教师理论研究的能力很强，熟悉各种教学策略，各种理论如数家珍，发表了不少论文、成果，然而在实践教学活动中效果并不明显，主要原因在于理论的研究与实践教学活动相互脱离，片面地对教改理念进行解读，制订的理论方案不切实际，不重视知识的实用性肯定无法获得明显的教学成效。汉语言文学教学绝不能空口白话，教学方法必须经过长期的教学实践才能形成，汉语言文学教学的传统根基非常深厚，能够汲取的教学经验也是非常丰富的。同时要想在新时代汉语言文学教学改革过程中不断取得新的进步，教师必须在教学实践活动过程中根据学生反馈的情况，不断进行分析与总结才能够取得良好的效果。教师必须在全面分析与总结实践教学经验的基础上，根据学生的具体实际制定科学可行的教学策略，才能切实发挥教学策略的实际价值。

俗话说，万丈高楼平地起。汉语言文学教学方法的探索与研究，绝对不可凭空想象，只有深入领会教改的教育理念，准确掌握汉语言文学教学的本质，在教学实践过程中反复分析、不断总结与提炼，才能归纳出适应汉语言文学教学发展趋势的教学方法。汉语言文学的教学改革是一场持续改进的工作，不会有终结的时候，必须以发展的眼光才能顺应时代发展的需要。

通过对汉语言文学教育存在的问题的探讨和加强措施的提出，希望在一定程度上能够改善汉语言文学教育的现状，同时也能将中华民族的传统文化发扬出去，把中国语言的魅力散发出去。

## 二、汉语言教学中文化教学的必要性

### （一）语言与文化的关系

语言是人类特有的信息交流工具。它与制造工具的劳动一样，是区别人和其他动物最重要的特征。它首先是一种社会现象，是社会交际的工具。语言和社会有着密切的关系，语言随着社会产生而产生，随着社会的发展而发展。每一种语言都是在具体、特定的社会、历史环境中产生并发展起来的。每一种语言中的形象意义都是在自己独特的历史背景、社会条件和民族风俗语境下形成的。与语言的发展很相似，文化也是社会发展到一定阶段的产物，各民族的文化既有共性，又有个性。共性来自人类共有的客观大自然，对于大局的认识基本相同，而个性则是由于各民族所处的小环境各不相同，民族区域生态环境不同，文化积累和传播方式不同，社会和经济生活不同等，从而产生了文化的差异和各个民族文化的鲜明个性。因此，语言与文化的关系，包含语言的文化性质和语言的文化价值两方面内容。语言的文化性质指语言本身就是一种文化现象，是文化总体的组成部分，是自成体系的特殊文化；语言的文化价值是指语言包含着丰富的文化内容，是体现和认识文化的一个信息系统。也就是说，语言与文化既是部分与整体的包含关系，又是形式与内容的制约关系。

一般来说，语言属于制度文化的层次，但一切文化知识又都是靠语言来记载与传播的，即使是属于文化物质层面的现象，也只有通过语言的命名和阐释才有意义。这主要是因为语言是文化的一个组成部分，文化包括语言。文化社会学认为，文化涉及人类生活的各个方面，任何人类社会都离不开文化，而语言只是构成文化大系统的要素之一。语言是语义结合词汇和语法的体系。词汇是语言的基础，词汇的核心是语义，而语义又是文化的一种体现。语义反映了人们对客观世界独特的认识和态度，记载了该民族历史发展过程中长期积累下来根深蒂固的生活方式、传统习惯、思维方法。不同的语言社团各有独特看待世界的方式，形成了各自个性化的语言。同时，他们的语言也为我们提供了理解他们文化系统的线索。语言作为文化的一部分，又是文化的镜像反映，它忠实而全面地反映出民族文化的特征。反过来，一个民族的文化必然体现在其语言的各个层面上，即语音、词汇、语法、语义和语用等。透过一个民族的语言层面，展现在眼前的就是这个民族绚丽多彩的文化形态。索绪尔在《普通语言学教程》中曾举过一个很好的例子，“语言还可以比作一张纸，思想是正面，声音是反面”[1]，其中，思想是指文化观念，声音就是表达该文化观念的语言符号。语言与文化的关系，也正是这种声音符号与文化观念的关系，它们就像纸的两面。通过分析语言的结构可以分析阐述语言所反映的文化内容。

### （二）汉语教学中的语言文化因素

汉语言文化因素是与汉语教学关系最紧密的文化教学内容。包括语构文化、语义文化和语用文化。

1. 语构文化

语构文化是指词、词组、句子和话语篇章的构造所体现的文化特点，反映了民族的心理模式和思维方式。汉语结构最大的特点是重意合而不重形式，不是用严格的形态变化来体现语法关系和语义信息，而是遵照一定的结构规则，只要在上下文中语义搭配合乎事理，就可以合在一起组成句子、语段。很多学者认为这与中国人善于概括、综合，以及从整体上把握事物而疏于对局部的客观分析和逻辑推理的传统思维方式有关。中国传统哲学思想的主要特点之一是“天人合一”的主客体统一观，强调人与自然客体的和谐、融合，注重对客观世界通过直觉体验领悟和把握，而不是把自然和客观世界看作是要与之争斗的对立面，进而从事物的内里进行冷静的客观剖析。这种文化心理反映到汉语的词、词组、句子和篇章结构上，就形成了不注重形式的标志、强调语言结构内部意义关系“意合”的特点。

汉语的意合性必然带来语言结构的灵活性和简约性。在构词上体现为非常灵活的词根复合方式。两个词根只要意义上能结合，就可按一定的句法关系组成新词，如“动”和“静”这两个语素本身是单纯词，采用并列方式合在一起就成了另一个合成词“动静”。而“动”又可以和别的语素通过不同的句法关系组成“动物”“动手”“动心”等不同的词。汉语词类的功能也有很强的灵活性，造成大量的“兼类”现象。汉语句子由于主要通过语义和语序来表达意义，因而词语位置也有很大的灵活性，如：“苹果多少钱一斤？”“苹果一斤多少钱？”“一斤苹

[1] （瑞士）费尔迪南·德·索绪尔．普通语言学教程[M]．高名凯，译．北京：商务印书馆，1980.

果多少钱？”“多少钱一斤苹果？”这几个句子语序不同，但基本意思一样。又如“三个人吃一斤饺子”与“一斤饺子三个人吃”、“衣服淋湿了”与“淋湿衣服了”等句子只要从意义上总体把握，施动者与受动者的换位并不会产生歧义或误解。

综上所述，我们可以看到汉语有重意合、多灵活性的结构特点，但这并不意味着汉语无规律可言。与汉语结构科学性（规则系统）同时存在的还有其深厚的人文性，或者说仅用少数语言的语法概念和理论框架无法全面地、准确地揭示出汉语结构的规律。对汉语结构的研究与教学，要充分考虑到汉语言文化背景知识的影响，找出能真正揭示汉语特点和规律的语言理论和方法。

2. 语义文化

语义文化指语言的语义系统，主要是词汇中所包含的社会文化含义，它反映了一个民族的心理模式和思维模式。这是语言中文化因素最基本、最大量的表现形式，也是语言教学中文化因素教学的重点之一。语义文化常常和词汇教学结合在一起。首先是汉民族文化中特有的事物和概念体现在词汇中，而在少数民族的语言中没有对应的词语，如不加解释，学生就难以理解。

3. 语用文化

语用文化指语言用于交际中的语用规则和文化规约，是由不同民族的文化特别是习俗文化决定的。语用文化是培养语言交际能力的主要内容，是对少数民族汉语教学中文化因素教学的重点。在问候与道别、道谢与道歉、敬语与谦辞、宴请与送礼等方面，少数民族与汉族的用词有很多不同，这类语用规则突出地体现了中国文化的和谐思想。

### （三）汉语教学中的文化教学原则

语言与文化相互依存、密不可分，是一个整体。要真正理解或研究一种文化，必须掌握作为该文化符号的语言；而要习得和运用一种语言，必须同时学习该语言所负载的文化。对目的语的文化了解越多，越有利于语言交际能力的提高。但也不能过分强调文化教育，需遵循以下原则。

1. 要为语言教学服务，要与语言教学的阶段相适应

文化教学必须为语言教学服务，为培养语言交际能力的教学目标服务，这是本学科、本专业的性质决定的。脱离语言教学的文化，不是本学科、本专业所需

要的文化教学，也远远超过了本学科、本专业所承担的任务。文化教学要为语言教学服务就必须与语言教学的阶段相适应，文化项目的选择也不能脱离语言教学阶段，要体现由浅入深、由近及远、由简到繁、循序渐进的原则，而且要适度，不能借题发挥、喧宾夺主，把语言课上成文化知识课。

2. 要有针对性

文化教学要针对学生在交际中出现的障碍和困难，确定应教的项目并作出解释和说明。

3. 要有代表性

中国幅员辽阔，人口众多，汉民族分布广。汉文化也呈现多元化的态势，南北之间、城乡之间存在着文化的差异。文化教学中所介绍的汉文化应该是主流文化。

4. 要把文化知识转化为交际能力

一般文化教学的目的是让学习者掌握有关的文化知识，而学生的汉语教学中文化教学的目的就不仅是掌握知识，更重要的是把这些知识转化为跨文化交际中的交际能力，也就是能正确理解语言中的文化内涵，自觉遵守社会规约。这就需要在教学中进行大量的练习与实践，并掌握一定的策略。

### （四）汉语言教学中的文化教学方法

文化因素是语言的一个组成部分，文化知识是由语言负载的，那么文化教学的作用就应该是把语言中已有的文化内涵揭示出来。文化教学的方法主要有以下几种。

1. 通过注释直接阐述文化知识

这一方法比较灵活简便，在语言学习的各个阶段都可以用。开始甚至可以用学生的本民族语言来注释，随着学生汉语水平的提高，可逐渐用汉语注释，由学生自己阅读，可以省去课堂上讲解的时间。

2. 将文化内容融汇到课文中去

课文本身就可以介绍某一文化习俗，学习语言的同时也就学到了文化，这是比较理想、效果较好的文化解释方法，如汉语言专业学生所学的《中华文化》课就是以文化为纲、结合语言点教学的语言材料，在教学中取得了一定的成效。

3. 通过语言实践培养交际能力

课堂中引进有关文化项目的练习，对于把文化知识转化为技能来说是非常必要的。但要想真正培养语言交际能力，还必须在真实的社会语言环境中进行语言实践。

学习一种语言与学习和了解这种语言所属的文化有着辩证的关系。语言是文化的象征，是文化的一种表现形式，所以我们要学习一种语言，当然要重视学习这种语言所属的文化。学习语言要和学习并了解文化相互依存，如果只是单纯地埋头学习语言而不重视学习和了解文化，就不能有效地提高学习该语言的水平。

## 三、语文教育与汉语言文学教育的对接性思考

语文教育是教授学生交际的工具性学科，汉语言文学教育从根本上来说属于语文教学的范畴。但由于在较长时间内受到应试教育观念的影响，在语文教育中，缺乏对汉语言文学教学的重视，更多地注重理论知识的学习，而忽视了对学生文学素养的培育。因此，在新时代发展的背景下，为提高语言教育的质量，优化学生的综合素质，必须实现汉语言文学教育与语文教育的有效对接，将汉语言文学的精髓注入现代语文教育中，从教学方法与技术运用等方面实施对接思考，将汉语言文学教育信息融入语文课程教育中，转变教育观念，以开放的思想正视汉语言文学与语文教育的对接。

汉语言文学本身就属于语文教学内容的一部分，但在应试教育模式下的语文教学并没有重点把握对汉语言文学的学习，反而更多的是为考试而学习，而不是为文学学习。因此，语文教育和汉语言文学教育应该实现更多方面的共通和交流，应实现语言教育和汉语言文学的对接性教育，这样才能促进我国现代语文教育的高素质和高质量发展，也才能更好地弘扬我国的汉语言文学精髓。语文教育与汉语言文学教育的对接需要综合考虑多个方面，如在语文知识的运用和教学方式或者计算机信息技术等的运用，都要进行对接性思考，这样才能够把汉语言文学的一些信息反馈到语文课堂教育中去。另外，我们应该抱着开放的心态来看待汉语言文学与语文教育的对接，特别是现在教学理念越来越宽容、开放的情况下，我们更应该以乐观、积极的心态来正确理解语文教育和汉语言文学的对接问题。

### （一）语文教育的重要性

1. 语言是交际的工具

人类之所以区别于动物，就是因为人类会使用工具，而语言作为人类社会一种重要的工具，良好的表达能力就显得尤为重要了。语言成为人类交流的重要工具，主要是因为语言的交流不需要任何媒介，人们可以任意地进行交流，在人类使用的各种工具中，交流沟通仍然是最重要的工具。

2. 有助于锻炼学生的思维能力

众所周知，沟通的过程就是把内心的想法通过一定的语法结构转化为外部语言。因此，在这个过程中，人们通常是边想边说，或者是想了之后通过思维组织，最后再将想法表达出来。所以，培养学生良好的语言表达能力也能提高学生思维的敏捷和活跃度，促进智力的发展。一个思维非常混乱的人，是不可能说出很有条理的话的。因此，语文教师要意识到语言表达能力的重要性，并在教学中重点注重这方面的培养。

3. 语言可作为定向的交流工具

语言具有独特的定向表述作用，是指人们在特定的场合与特定的对象进行交谈的，为了使交谈达到最佳效果，通常要求讲话者注意场合和交谈对象的身份等各方面因素，就是说在进行语言交流时要根据交谈场合和交谈对象的身份等因素选择合适的谈话方式，什么话适合用什么言语直接表达出来，什么言语不适合直接表达，要想掌握好这个尺度，就必须拥有一定的语言表达能力。

### （二）积极提升实践能力，重视语文教育与汉语言文学教育之间的应用与发展

1. 整合语文教育与汉语言文学教育综合发展的实践优势

教学活动的目的主要是为社会提供复合型人才。因此，语文教育与汉语言文学教育的最终目的便是提升学生的实践能力与综合素养，使其能够更好地迎合社会对人才的需求，两者在培养目标方面有一定的共通性。因而，为提高其对接的有效性，首先，应开设汉语言文学教学实践课堂，为学生开展文学实践创造必要的条件，在此过程中要深化对学生实践能力的培养；其次，创设语文教育与汉语言教育文学综合发展模式，在提升学生语言表达能力的同时，提高学生专业应用方面的能力；最后，从其就业方向考虑，重视对学生读、写、说三方面技能的培

养，关注其理解能力、调研能力的提升，整合有效课程，拓宽语言教学的广度，丰富汉语言文学教育的内容。

2. 丰富汉语言及语文教育中学生的创新能力

计算机技术的迅猛发展催生了多媒体技术的普及。当前多媒体教学已广泛应用于不同高校的课堂教学之中，它在实现汉语言文学教育与语文教育有效对接方面也有一定的积极意义。因此在语文教育中，需以多媒体作为媒介，将更多汉语言文学教育的素材与内容融入语文教育中，激发学生的学习兴趣，提升学生的想象能力，激发其在文学写作方面的兴趣，提高学生汉语言文学的鉴赏能力，培养学生的自主学习能力。在实施多媒体教学后，能够将汉语言文学知识普及于中小学课堂中，强化对学生文学素养的培养，使其积累深厚的文学底蕴。因此，为实现语文教育与汉语言文学的对接，教师还需树立开放的教学思想，善于利用最新技术成果，掌握现代化教学手段，激发学生的创造性，在语文教育中注入更多的汉语言文学元素，提高学习的创新性与有效性。

3. 提高学生的语言实践能力

新课程改革标准要求，在语文课程教学中要重视课程环节的设计，根据教材内容选择适当的教学活动，确保教学组织形式的多元化，通过开展编排相关课本剧、语文游戏、诗文朗诵等活动，加深学生对课文内容的理解，深化其文学修养。同时，可适当组织有关汉语言文学作品的鉴赏活动，培养学生的人文精神与文学素养。让学生在阅读与鉴赏的过程中，感受文学作品的魅力，充分发挥文学育人的作用，使学生在活动中体验到学习文学作品的乐趣，丰富其实践体验，进而提高学生的听、说、读、写能力，实现教育的有效对接。

### （三）以语言现象为基础，实现语文教育与汉语言文学教育的对接

汉语言文学是语言的艺术表现。它承担着传播人文精神风貌的责任，担当着提高整个民族语言文化水平的社会职责。汉语言文学教育注重语言的人类生存与发展的意义，它关注的是学生人文素质的培养，并不注重实际性的经济效益，而是更为重视社会精神文明方面的培育效果。文学艺术作品有别于实用性文体，对比议论文、科普读物来说，它有情感表达方面的独特优势，能够以情动人、以美学教育人。因此，要实现汉语言文学教育与语文教育的对接，首先必须将语言现

象作为其对接的基础，将文学作为语言学习的养料，实现语文教育与汉语言教学中对学生人文关怀的培养。语文教育与汉语言文学教育之间的共通性不仅在于文学知识的教育方面，两者在课堂教学、教学观念、师生关系等方面同样存在一定的联系，两者同样关注对学生人文关怀的教育，将文学教育融入学生的观念与生活。因此，为实现两者的有效对接，还需重视对学生人文关怀的教育，给予学生必要的情感关怀，在课程教学时，注重丰富学生的情感，陶冶情操，进而提升学生的人文修养与品格。此外，在师生关系的建构方面，教师需转变传统的教学方式，采取多元化的教学手段，可将辩论赛、讨论、游戏等形式纳入课堂教学中，活跃课堂气氛，增强课程的趣味性，促使学生与教师之间建立和谐的师生关系，促进两者之间的交流，同时能够从根本上调动学生的学习积极性，使学生掌握更多语文知识、完善文学素养，从而促进文化的传承与发展。

**（四）以情感体验作为媒介，实现语文教育与汉语言文学教育的对接**

语文教育与汉语言文学教育均充满着强烈的情感，蕴含着丰富的情感体验。在语文教育方面，古人很早就提出意、情、行、知四者相互交融、渗透的观念，同时也表明在语文课程中，情感体验是学生知识来源及学习体验的主要部分。一般语文课本中包含许多文学作品，这些作品中也富含各类情愫，有不同的情感纽带。因此，在语文教学中，应该重视情感体验的作用，让学生进入作者创设的情感意境中，体会文章创作的感情，让学生在优秀的文学作品中体验到生活中的不同情绪，感受到大千世界的不同表现——真实、善良与美感。改革后的语文课程教学标准中提出文学作品的价值主要通过阅读与鉴赏过程体现。这便要求教师在语文教学过程中，善于引导学生进入作品情境。在教学中，注重对文学形象的把握与感知，关注作品内涵，督促学生用创新思维解剖课文。汉语言文学的教学过程应打破现实生活限制，使学生能够在更为广阔的时空范围内体验生活、感受情感。它体现了语文教学的美，能够使学生打破环境的限制，体验到实际生活中的真实情感。因此，在语文教学过程中，教师需引导学生全身心地投入教学情境，丰富其情感体验，让学生真切感受到文学作品中人物的情感与心理感受，从人物表现中领会文章的中心，把握文章结构，以情感体验作为媒介，完成语文教育与汉语言文学教育的有效对接。

教师的人文关怀在一定程度上可以弥补远程教育中人气不足、友情缺乏等短板，也可以纠正教育的知识化倾向，同时还可以激发、培养学生自主学习的积极性。文学是人学，只有当它真正进入人的心灵，才能让人体会各种生活滋味，从而丰富情感、陶冶性情、塑造灵魂。因此，汉语言文学教师应通过营造欣赏氛围，让优美的文学作品陶冶人、塑造人，同时增加教学情趣，用多种指导形式关注学生、引导学生，如教师在答疑时，首先应先问候学生，在答疑过程中做到热情、耐心，语言风趣、优美，尽量赞赏学生的进步与收获，鼓励学生的不懈努力，体现出教师对学生的关心和以学生为本的高度认真负责的师德风范。构建交往互动的教学机制，以对话合作方式激发人、解放人，这样有助于建立学生的学习集体感，使他们逐渐养成互相关心、平等合作的学习习惯。这与中小学语文教育强调的语文教学要注重人文性和构建师生民主关系是一脉相承的，有利于语文教师向学生展示美好的一面，并自觉培养学生丰厚的人文关爱意识，发展其人文品格。

### （五）以基础知识为前提，建构语文教育与汉语言文学教育的对接

以现代文学专题教育为例，在教学过程中，首先必须让学生明确当代文学发展的主要轨迹，整理发展的基本阶段，列举各阶段的代表性作家和作品，分析其所属流派，辨别各流派的代表特点、艺术特色，明确流派之间的联系与区别，使学生能够自主勾画出现代文学发展的主要轨迹。因此，在语文课程教学中，需要充分把握与课程相关的教学资源，在明确课程基本内容后，设计完善的框架结构，整合相关课外题材，帮助学生多角度、多方面地解读不同作品，设置专题开展文学作品讨论活动，分析同时期不同作品的文学特点，使学生能够清晰掌握课程讲授的脉络，深化其自主学习的能力，建构新的知识结构，提高语文课程教学的新颖性与灵活性。新课程标准下的语文教学要求教师面向社会与生活，重视学生的情感体验与思想意识教学。这在一定程度上打破了传统教学中将语文课程视为工具教学的封闭特征，呈现出语文教学的开放性。

因此，汉语言文学教学需从知识构建方面强化与语文教学的联系，重视两者对接的有效性，强化新时代背景下，开放教育意识与宣传理念的灌注，使学生掌握建构知识的方法，明确语文学习的特征。将学生作为课堂教学主体，注重学生学习精神及能力的培养，激发学生在语文学习方面的欲望，使其树立终身学习的

思想，进而实现语文教学与汉语言文学教育的对接。

综上所述，语文教育是帮助学生掌握交际工具的主要途径，是人们交流的媒介，是提高学生表达水平、锻炼其思维能力的主要依托，它有独特的表述作用，能够发挥充分的交流作用。现代语言教育与汉语言教学并不存在本质上的冲突，汉语言文学教育同样属于语文教学的范畴，两者均承载着传播语文知识与人文精神的神圣职责，共同目的都是向社会输送所需求的相关人才。因此，必须树立语文终身教育观念，实现语文教育与汉语言文学教育的有效对接，以语言现象作为基础，以实践能力的提升作为探索对象，以情感体验作为媒介，以基础知识作为前提，实现两者之间的有效对接。

## 四、现代媒体对汉语言教学的影响

我们将信息的载体称为媒体（Medium）。例如，文字、声音、图形、图像、动画和影像等都是信息的媒体。在传统的教学中，媒体一般通过语言、黑板、课本等来呈现。但是随着信息技术的迅猛发展，媒体不仅是一个技术名词，更是一种教学工具，媒体在教学中发挥的作用越来越突出，对教学方式乃至教学模式都产生了巨大的影响。

### （一）多媒体技术的特点

多媒体技术作为一个多学科、多功能的学习工具具有以下几个特点。

1. 信息的交互性

多媒体为教师授课和学生学习提供了图文、声像并茂的学习环境，突破视觉的限制，并且能够突出要点，使学生更加直观、更加生动地接收和反馈信息，产生深刻的知识认知，学生有更多的机会参与教学环节，学习也更为主动。

2. 信息源的丰富性

运用多媒体教学能够更客观地呈现事物的空间结构和特征，复杂的过程可以通过多媒体展示而简化，使人们能够更加直观地感受并接收到立体的、多彩的空间结构。

3. 极大的共享性

利用多媒体教学可以有效地传输信息，实现资源共享；有效地改善了媒体教学的表现力和交互性，优化了课堂教学内容、教学方法和教学过程。

### （二）现代媒体的发展对汉语言教学模式的影响

1. 现代媒体的发展对汉语言教学的推进

印刷媒体是汉语言教学最原始的依托，从而奠定了传统的“教师、课堂、书本”三中心的灌输式教学模式，而学生常充当着机械服从者、被动接收者的角色。同时，传统授课只有一张嘴、一支粉笔、一块黑板，这时候的教学主要是运用视觉媒体来进行，传授的知识是抽象的，画的图形是平面的、静态的，并在时空上受到限制。但是在多媒体教学中，尤其在语言的语音教学中，发每个音时，各发音器官所处的位置，发一个字音所形成的动作，都可以通过生动、具体、形象的多媒体图像来展示发音的方法，能让学生准确地认识发音部位的成阻位置和发音方法的除阻方式。

视听媒体将视听结合，并以生动逼真、充满动感的画面效果在教学中发挥巨大的作用。通过这一媒体的运用，可以解决动态画面以及语音与画面合成的问题。但视听媒体信息量不易控制、不易剪裁，而且拍摄和制作非常专业化，因此视听媒体虽然能克服视觉媒体的不足，为语言教学带来具体可感的图像，但由于它操作的专业性强，不能让教师根据教学的需要来制作教学图像内容，对汉语言教学的帮助亦未能凸显，人机互动性亦不强。

随着媒体技术特别是多媒体计算机以及基于网络的教学多媒体的飞速发展，汉语言教学环境发生了明显的变化。且计算机多媒体克服了视听媒体的缺陷，使学生可从视觉、听觉、感觉三方面来获取信息，它跨越了时空的限制，而且易接收、易剪裁，制作课件简单、操作简便，人机交互性强，教师可根据教学需要来制作课件。多媒体可以把不同语音的发音动程情况通过图像和规范的读音配合，把发音部位、发音方法用生动、准确的图像表现出来，让学生能清楚地模仿，同时对发音的整个动程能清楚地掌握。这解决了语音学习发音部位不易把握的难点，对语音的教学有着很强的针对性和可感性。尤其是在普通话语音的学习中，首先我们通过课件制作，把我们母语方言的发音部位和发音情况通过课件展示清楚，然后展示普通话语音发音时发音部位和发音方法的画面，并把两种语音进行比较，有针对性、有目的地纠正和掌握发音，从而达到最佳的教学效果。

2. 现代媒体的运用促进汉语言“教”与“学”模式的改变

多媒体辅助语言教学的应用，可以实现文字、图画、声音、影像的有机结合，创造一个立体的语言环境，为学生提供一个生动而逼真的教学场景，使学生能够充分利用视觉、听觉的认知，产生对语言学习的亲切感和兴趣感，从而激发对汉语言学习的热情，同时也促使基于这一环境下的传统教学模式乃至教师角色的变化。

（1）在教学方面

多媒体计算机辅助手段的使用，有动态效果和非线性顺序，有时可以打破循序渐进的教学程序，灵活调整、按需取用，或分类呈现素材，或归纳整理素材，可将各设计模块运用于各个不同的教学环节中，交换使用不同的设计方案，在不同阶段突出不同重点，使教学形式灵活多样。教师可根据学生的实际情况，设计不同的教学程序，真正做到因材施教。

（2）在学习方面

一切设计安排都是以学生能充分理解、易于接受、激发兴趣、乐于参与为前提，能最大限度地发挥学生的主体作用，从而提高学习效率。利用计算机实现汉语言教学信息的表达和人机对话，彻底改变了传统教学中以教师为中心而忽视学生自主发展的状况。多媒体辅助语言教学的应用，让学生可以根据自己的兴趣爱好，结合自己的知识能力水平，选择相应的教学程序进行学习。如果遇到疑难问题，可以通过计算机直接查询，也可以通过邮件与教师及时进行交流，尽快得到解决。学生还可以根据反馈的信息了解自己的学习情况，分析自己在学习中的成败得失，改进学习方法，调整学习目标，使学生个性化发展达到最适宜自己的程度，即学生发展的最佳水平。

### （三）多媒体技术在汉语言教学中的积极作用

1. 生动教学，激发学生对汉语言学习的兴趣

多媒体教学能够有效地弥补文字学科枯燥、乏味的不足。教学方法生动而形象，把枯燥乏味的教学内容借助多媒体形象通过生动的画面展现出来，来激发学生学习的热情。

2. 增大信息量，有效扩展课时容量

多媒体教学方法节省了大量的手写步骤，能够加大教学内容容量。同时，省

去了大量板书的时间和内容限制。多媒体教学让学生能够在较短时间内接收大量信息，扩大学习范围，完成学习任务。

3. 开阔视野，培养和提高学生的综合能力

能够引导学生运用信息技术和技能多方位地开展学习活动，培养学生的信息搜索、分析和处理能力，开阔视野，提升学生的思维能力和信息技术素养等综合能力。

4. 提高教学效果，改善教学质量

多媒体技术的应用可以降低学生对授课老师的依赖，让教师的授课水平与多媒体技术的优势结合起来以提高教学质量。

### （四）多媒体技术在汉语言教学中应用的局限性

1. 过多地依赖多媒体技术降低了教师自身的示范作用

虽然在教学中利用多媒体技术能够改善教学质量，但多媒体教学的手法在一定程度上也会让教师失去主导地位。

2. 过多地依赖多媒体技术妨碍了师生之间的知识与情感交流

教学活动是师生之间的一种双向沟通，大量地运用多媒体教学方法，课堂的教学程序会由最初的教师主导变成现在很大程度上的被多媒体课件控制，因此妨碍了师生之间的交流。

3. 过多地依赖多媒体技术降低了语言和文字的基础地位

多媒体课件更多是课外拓展性的内容，虽然会使学生开阔眼界，但教师若过多地依赖多媒体课件就会忽视课本语言和文字的基础作用。

总的来说，现代媒体的发展对语言教学的模式有着深远的影响，尤其是在语音教学中语音的发音模仿和语音发音动程的展示方面，对语音的学习和掌握有很大的帮助。而在教学上，我们对多媒体课件的制作、运用及其教学效果要有一个认识、观察、检验和不断完善的过程。重视对“教”与“学”过程的探索与研究，可以给师生极大的自我反思和自我调节的空间。只有在教学实践中本着求实进取的精神，我们才能走出一条切实可行的路来。

## 第二节　“互联网 +”背景下的汉语言教学新模式

随着“互联网 +”时代的到来，社会大环境发生了很大的变化。社交网络、大数据、云计算、智慧地球的出现和发展，都对培养社会需求型人才提出了更高的要求，尤其高校汉语言文学专业教学新模式的探究已经成为高校教学的主要内容之一。本节基于这一背景首先阐述“互联网 +”时代汉语言文学专业培养人才的背景、分析汉语言文学教学现状，并针对现状提出“互联网 +”时代创新汉语言文学教学新模式的主要策略。

### 一、汉语言文学教学与“互联网 +”

汉语言文学专业主要是培养学生汉语言文学基本理论、基础知识和基本技能，使其能在新闻文艺出版部门、科研机构和事业单位从事文学评论、汉语言文学教学与研究工作。而“互联网 +”代表一种新的经济形态，即充分发挥互联网在生产要素配置中的优化和集成作用，将互联网的创新成果深度融入社会的各个领域，提供实体经济的创新力和生产力，形成更广泛的经济发展新形态。其重点是以云计算、大数据等为代表的新一代信息技术的融合和创新。

### 二、“互联网 +”背景下汉语言文学专业人才培养

汉语言文学具有传统性强的特点，汉语言文学专业历史悠久，它本身涵盖了很多文化，因此汉语言文学课程教学体系较为科学和健全。但是随着时代的发展和进步，要想满足社会对汉语言文学人才的需求，汉语言文学教学应该顺应时代的发展趋势，更新教学理念、改革教学方式，根据社会对汉语言文学人才的需求进行针对性教学，从而提高教学的专业性和实效性。另外，在“互联网 +”时代背景下，汉语言文学教学不仅要不断改革，还要在改革的基础上保留精华，针对社会需求建立汉语言文学人才培养新模式，这对培养时代型人才有重要意义。

在“互联网 +”背景下汉语言文学教学仍然存在一些不足之处。一方面，汉语言文学教学仍然采用传统的教学理念，教师按照自己的理解给学生讲解，存在一定的局限性。教学仍然停留在对文字和文章简单的解读，这在一定程度上导致了汉语言文学人才培养的目标难以实现。因此，学生只有掌握专业的理论知识，

跟随时代的脚步不断提升自己，才能真正实现自身的价值，成为社会需要的人才。另一方面，教师缺乏对学生的情感教育。在教学中，课堂以教师为主体，学生的课堂参与积极性不高，学生和教师存在距离感，教师没有充分了解学生的学习需求，以至于学生的学习积极性不高，影响汉语言文学教学质量和学生的学习效率。

## 三、“互联网 +”背景下创新汉语言文学教学新模式的策略

### （一）教师应该转变教学理念和教学模式

在传统教学中，教师是课堂的主体，学生的学习积极性难以发挥，甚至会使一些学生对汉语言文学的学习产生抵触心理。为此，教师应该顺应时代的发展潮流，尊重学生的主体地位，满足学生个性化发展的需求。在“互联网 +”背景下，教师可以充分发挥互联网的优势，借助信息技术充分发挥学生的主观能动性，这也是提高学生课堂学习效率的重要方式。

### （二）提高教师的综合素质，注重对学生的情感教育

教师是课堂的引导者，是教学目标和教学内容的制定者，在整个教学过程中发挥着不可替代的作用，因此教师的综合素质是决定教学质量的重要因素。为此，教师除了要具备专业的理论知识之外，还要不断地提升自己的综合素质。一方面，教师在教学中应该利用网络资源共享的优势更新教学理念、创新教学方法、建立引导式教学模式；另一方面，教师应该让学生感受到教师的热情和关怀，多鼓励学生，利用网络多和学生交流和沟通，拉近与学生的距离。

### （三）注重教学目标的培养，提高学生就业能力

在“互联网 +”背景下，高校学生面临越来越大的就业压力，社会对人才的要求也越来越高，因此高校在汉语言文学教学中应该以社会对人才的要求为教学的主要目标，将学生培养成全面发展的人才。为此，学校应该针对需求对教学模式进行改革和创新，为汉语言文学教学建立系统的教学体系，包括提高学生的写作能力和语言组织能力、将理论应用于实践的能力和课堂互动能力等，让学生运用所学知识解决现实生活中遇到的问题，为学生今后的成长和工作奠定基础。

在“互联网＋”背景下，加强社会主义精神文明建设对提高文明程度有重要意义。汉语言文学教学模式的改革和创新应该成为汉语言文学教学的主要内容，这也是提高汉语言文学教学水平和教学质量的重要途径。为此，高校可以通过转变教学理念、丰富教学方法、提高教师的综合素质以及促进学生就业能力等途径来创新汉语言文学教学模式，为社会培养汉语言文学人才。

## 第三节　汉语言文学教学中对微课与慕课的应用

### 一、微课在汉语言文学教学中的应用

当前，随着现代应用技术的发展，微课成了一种新型教育教学模式。微课是在科技时代发展潮流下应运而生的一种教学方式，它的运用效果正符合新课标及教学实践的要求，在未来的教育领域有非常广阔的运用前景。下面我们将从微课的概念、运用的优势以及实际运用中遇到的问题如何解决等方面展开研究。

微课是一种以录制视频为载体传授教学内容的教学模式，其核心内容是课堂教学视频，主要包括教学设计、素材整理、教师总结、学习反馈等。微课除了可以作为学生学习的资源，也可以作为教师教学训练和反思总结的资源。微课是学生自主学习的优良载体，更是传统课堂教学的一种补充和拓展。因此，在汉语言文学教学中，微课可以让教师逐渐明确自己的教学质量定位，并进行课后反思，然后逐步将教学方式加以改进，从而使课堂更加高效，更好地实现教学目标。

#### （一）微课的概念

微课，即微型课程，一般指在十分钟之内的视频课程。它是按照新课程标准而产生的一种新型教学模式。这种教学模式的主要特点是视频简短、内容片段化。因为微课很明显是以学生为中心，所以需要学生自主选择微课视频进行观看和学习。微课并非单向的灌输和传授，而是可以培养学生的思维能力。简短的视频时长也是微课能在学生中更受青睐的主要原因。微课将内容缩短在一个仅为几分钟的课时内，不仅知识点讲得精炼，而且可以让学生提起学习兴趣。所以，在新课标要求下设计的微课，实际上也反向提高了学生的自我学习能力。

## （二）运用优势

1. 迎合该阶段学生学习情况

从大学学科的专业性来看，微课的特点能在教学过程中起到非常大的作用。对刚进入大学的学生来说，专业性强的课程，很可能是他们刚开始步入专业学习的障碍。而微课能够把教师在课堂上所要突出的重点、难点和疑点进行记录，并注重反映课堂的某一个教学环节，使学生在利用其学习时，能够自己抓住这些重点，从而更好、更快地跟上教师的教学进度。

2. 微课自身的优势

微课利用人在最开始十分钟注意力最为集中的这一特点，将每节课主要内容的讲解控制在十分钟之内，以此达到提高学习效率的目的。将知识点细分，可以通过各类形式进行讲解。以动画形式设计微课的方式更能激发学生的学习兴趣，也能时刻吸引学生的注意力。

汉语言文学作为一门人文学科，有时内容比较抽象，如一些意境的描写全都依靠学生自己的想象力来体会。学生要想准确地掌握、理解作者当时创作的情感和思想并不是很容易，这要求学生具备较强的理解能力和丰富的想象力。因此，教师如何在短时间内向学生展示汉语言文学的魅力以及自己所要表达的内容是汉语言文学专业教学的难点，这也是广大师生需要解决的问题。微课可以很好地解决这一难题，它可以把抽象的问题利用视频、画面展现出来，有利于学生从感官角度去理解所学内容，使学生容易理解，从而提高学生的学习效率。

3. 符合专业要求

本科阶段的汉语言文学专业在一定程度上偏向于对职业教师的培养。尤其是在一些师范类的汉语言文学专业中，学校重视培养语文教师。而微课本身是一种教学模式，如果教师在课堂上利用微课将知识展示给学生，这同样能够作为一种教学资源。学生既可以以微课中的教学内容为学习资源，也可以用微课这种模式对有关教学方面的内容进行研究。除此之外，学生在实习或是在参加教师资格证面试考试的时候，可以将微课作为自我学习进步和锻炼教师专业素养的途径。

微课教学在汉语言文学专业中的应用应注重培养学生学习汉语言的兴趣和积极性，为学生以后的自主学习提供良好的基础。同时，教师在微课教学中要注重创新，注重培养学生的文学素养，突出学生这一主体，运用自己的丰富教学经验来引导和培养学生对文学的感知能力，利用现有的多媒体以及发达的网络营造出轻松愉悦的教学氛围。教师做的这些都有利于培养学生对该专业的热爱和学习积极性。同时，微课还可以拓展学生乃至教师专业课以外的内容，帮助学生拓展自己的知识面，这一特点符合现代发展要求，符合现代教学目标，符合汉语言专业的教学特征。因此，微课教学对完成汉语言文学专业教学任务有积极意义。

### （三）优化微课应用

微课是教与学全过程的体现，在教师制作和学生选择学习方面还需要重视一些问题。

1. 教师制作微课

这里的教师制作微课，是指该教师倘若想设计一个微课课程所应该选择的方式。因为微课的类型多样，所以制作方可能不止一个人。例如，当微课是以动画的形式进行讲解知识点的内容时，它的设计方就是一个教研团队。虽然微课已经有了时间短、能够抓住学生注意力等优势，但在制作微课时，仍要求保证微课的质量。现在许多教师制作的微课质量还有待提升，究其原因则是他们没有从传统的课堂里面解放出来。因此，教师需要进行更进一步的探讨研究，不仅在知识方面，还应在学生学习状况方面多加了解。只有抓住授课主体，才能真正地将微课制作好，使其更加有质量。另外，教师要注意不要过于利益化，不要逼迫学生进行视频学习，因为这样往往会导致学生完成任务式地进行刷课，反而失去了制作微课的真正意义。

2. 学生选择微课

由于微课在一定程度上是需要学生进行自我选择的，所以他们不仅需要选择各类、各阶层的教师，还需要辨别该课程的优劣性，即要选择好的教师和好的课程，这样才能将微课所能带来的价值体现出来。因此，在学生选择微课时，教师应该给予学生正确的指引，防止学生选择的方向有误，而耽误了学生良好的学习时期。除此之外，学生应该在这方面具备一定的识别能力，在大量的课程当中，选择最优质的课程进行学习。此时学校应该提供一个资源共享的平台帮学生选好课程，及时更新微课的教学资源，广泛采用多所学校、多名优秀教师的微课，也可以增加一些提建议或者意见的渠道，让学生逐渐学会如何挑选好的微课。

### （四）实施微课的意义

1. 提高学生学习的主动性和自主性

微课视频能满足学生对不同学习内容、知识点的个性化学习要求，既有共性又有个性。每个学生在学习期间可以按自己所需有选择性地学习，在学习的时候既可以查漏补缺，又能强化巩固已学知识点。

另外，微课作为一种新型的教学模式，是学生课堂学习外的一种延伸，以一种全新的方式激发了学生的学习热情。微课教学打破了以往传统教师站在讲台上的授课方式，而使教师真正成为身边的领路人。

2. 提高教师专业化教学水平

汉语言文学相对来说有一定的高度和深度，在实际的教学过程中，要求教师注重教学方式方法。教师在教学中可以从文学内容的选取和设计上考虑如何优化微课课程。教师可以从文学作品的写作背景、时代背景着手，再根据文学作品主题、主线、主要内容依次展开。最终，达到课件内容丰富有趣、通俗易懂，降低学生的学习难度，更大程度地激发学生的学习兴趣。

教师制作微课视频时，一般会选取设计课题、课件主题等，这就要求教师明确自己的教学目标以及教学内容，或有针对性地讲解某个重点、难点等，使整个教学过程更加灵活有趣，这对教师也是一次学习和提高的过程，可以加深对该知识点的进一步理解。

另外，微课制作可以开阔教师的视野。要想制作优良的视频，教师必须掌握足够的知识点，必须翻阅大量的资料，所以说这是一个拓展教师知识面的过程，同时也是对教师专业化水平提升的过程。

还有，微课的制作需要掌握现代化的技术，如计算机操作和应用技术、录制以及各种软件的运用等。这就要求教师与时俱进，努力学习新知识、新技能，随着社会的发展完善自己的知识体系。所以对教师来说，知识面拓宽了，应用技术掌握得更全面了，才能够更加自如地在教学中展现出自己的水平。

通过微课教学，教师丰富了自己的教学经验，提升了自己的研究能力和专业教学水平，促进了教师的自身成长，这是一个良性循环、循序渐进的过程。

3. 符合时代发展要求

在汉语言文学专业实施微课教学，符合当今社会时代发展的潮流，这也是当今社会新型应用技术下应运而生的产物。网络的发展为微课在教学中的运用奠定了技术基础和支持，让微课的传播和使用更加方便和广泛，是对传统教学模式不足的有力增补和革新。微课为广大学生学习降低了门槛，有利于推进教育教学的发展。

微课也在不断地发展，教师和学生都是推动它发展的力量，它不仅在玩转课堂，也在创新课堂，能让教学质量得到进一步的提升。教师用心制作微课，那么微课的应用价值也将在教学质量上明显体现出来。将微课应用于汉语言文学教学当中，也将是提升该专业教学质量的良好策略。

## 二、慕课在汉语言文学专业教学中的应用

现代信息技术以及网络技术的迅速发展和广泛应用促进了社会各方面的发展，这也使现代教育从教学理念、教学内容和教学方式上都产生了翻天覆地的变化。慕课作为在线教育中最热门的教育模式，以其大规模和开放性的特点满足了人们自身发展的个性化需求。随着慕课的影响范围越来越广泛，众多的教育学家开始重视对慕课教学的研究。

大规模开放性的在线教育给传统汉语言文学专业教学带来了很大的影响，慕课作为一种线上教学模式，既颠覆了传统的大学教学模式，又在一定意义上促进了汉语言文学专业教学的现代教育转型发展。从国内外研究的现状来看，国内外学者就慕课对高等教育影响的研究很丰富，但是单就慕课对汉语言文学专业教学影响的研究总体上来说还较少。慕课作为新型的学习方式，肯定会影响到传统汉语言文学教学活动。那么，具体的影响是什么，传统汉语言文学专业的教学工作应该怎样应对，如何进行传统汉语言文学专业教学的现代教学改革等问题是我们论述的主要内容。

### （一）慕课的主要特点及其影响

论述慕课的主要特点，目的是突出慕课的新型教育模式，同样这些特点也是慕课井喷式发展的最主要的原因。对慕课主要特点的分析能够让我们更加清楚地认识到慕课为传统汉语言文学教育带来的挑战以及它的现实应用价值，从而更加主动地去探索传统汉语言文学的教学改革。

1. 慕课的主要特点

第一，高度的互动性。交互式教学是慕课与传统网络课程最主要的区别之一，整个教学过程融入了师生互动、生生互动，使得教学更具有针对性。第二，学习的便捷性。学习的便捷性主要体现在慕课网络平台的平台特性上，慕课能够不受时间和空间的限制，随时随地进行教学和学习，同时，便捷性还体现在学习理念的变化上，学生成为整个教学活动的主体，教师只发挥引导与辅导的作用。第三，受众的广泛性。慕课网络平台的开放性和规模化的特点能够迎合广大网络用户生活和学习的个性化发展需求，没有人数的限制，同样也没有条件的限制，让慕课的受众更广泛。第四，慕课的免费性。开放教育资源，实现终身教育是慕课的目标和宗旨。慕课通过各个大学联合开设的网络学习平台，面向所有人免费提供优质的教育课程。

2. 慕课对汉语言文学专业教学的影响

（1）慕课与传统教学模式的关系探讨

慕课与传统教学作为教育的两种教学模式，性质是一样的，都是实现学习者的个体成长，但是性能不一样，这就好比网络之于电视，汽车之于自行车。电视行业通过把网络技术应用到电视设备中为电视行业的发展带来了新的活力，汽车的电气性能通过应用到自行车行业产生了摩托车、电动车等衍生产品，同样也实现了自身的发展。慕课对传统教学模式的影响既具有颠覆性，同时也为传统教学模式的发展带来了新的动力。因此，慕课与传统教学的关系本身是一种竞争融合的关系，并且融合大于竞争本身。而且，慕课的发展离不开拥有完善教学体系的传统教学的支持，其产生以及发展的历程都能够证实这一点。

根据慕课与传统教学模式关系的阐述，就慕课对汉语言文学的影响而言，主要包括两个方面。一方面是对传统教学的颠覆，主要表现为以下几点：首先是对传统教学固定场所的颠覆，慕课突破了时间和空间的限制，把高校汉语言文学的教学资源通过网络学习平台呈现给所有人；其次是对传统教学模式的颠覆，学生根据自己的需要选择课程，而不是统一制订学习内容，进行统一的教学，学习者成为教学的主体，拥有选择学习内容的权利；最后是慕课教学模式能够实现个性化发展需要，使教育因材施教得到更充分的发挥，改变了传统汉语言文学专业教师资源缺乏而不能够充分重视个体发展需要的现状。另一方面，慕课这种学习方式更能够提高学生的学习能动性和学习效率，这也是目前我国汉语言文学专业教学课程内容设置所不能比拟的。当然，慕课相比传统汉语言教学模式也有很多的缺陷需要进行完善和改进。因此，新旧教学模式的相互借鉴才能够更好地实现当前我国汉语言文学的发展。

（2）慕课对汉语言文学教学的启示

慕课通过对全世界教育资源进行整合，把优质的教育资源通过开放式网络学习平台免费提供给社会所有人，既推动了教育资源的优化配置，也促进了全球知识共享的发展。对我国汉语言文学教育来说，要结合我国教育资源建设的实际情况，迎合教育发展的趋势，在高等教育改革纲要的指导下，深化我国汉语言文学的教学模式改革，特别是网络平台开放式的汉语言文学教育资源的利用方面。具体启示主要体现在以下几点。

第一，加强高校间汉语言文学教育等相关领域的合作。慕课的快速发展是教育发展的必然选择，是知识共享式教育发展的主题。各高校要牢牢把握住这个现代教育发展的趋势，深化在汉语言文学专业教育领域的合作，通过高校间的优势互补，采用强强联合的方式打造优质的汉语言文学教育资源。同时，高校间还要加强汉语言教学经验的交流，尤其是网络在线教学的交流，并鼓励教师进行网络在线教学的积极探索，从形式到内容全方位地打造汉语言文学教育优质资源。

第二，推进教学理念的改革。汉语言文学教学要改变过去传统的以教师为中心的教学理念，尊重学生的个性化学习选择，把以学生为主体的教学理念贯彻到课程选择、课堂教学、教学评估等各个教学环节中。

第三，重视网络在线教育资源的利用。汉语言文学教学要重视国家精品课程以及网络公开课等丰富的网络在线教育资源的开发与利用，把网络在线教育资源作为学生自我学习和教学课程开展的重要基地进行建设，探索开发我国汉语言文学专业慕课教学模式。

### （二）慕课模式下的汉语言文学教学

#### 1. 教学课程设计理念

慕课教学课程以小专题为模块，通过配备讲义以及小视频的形式进行授课。在作业设置上主要集中在重点知识点的测试反馈，作业反馈方式把同伴互评与自动批改相结合，通过论坛、学习小组进行课堂讨论。专题短小精悍的特性能够让学习者快速抓住重点，通过视频的讲解和测试反馈提高学生对知识点的理解程度。频繁的交流互动能够让学习者紧跟课程节奏，提高学习者学习的热情和自我学习的主动能力。因此，在慕课教学过程中，教师要把知识点进行浓缩并使之专题化，通过小单元的方式进行慕课视频的讲解和作业的布置，并通过网络社交软件广泛开展学习上的师生互动、生生互动，这样才能保证学习的质量。

2. 利用大数据进行分析

分析是教学活动中非常重要的组成部分，它能够在促进学生学习反馈、深化教师教学研究等方面起到极为重要的作用。教师通过对汉语言文学专业学生的数据调查分析，总结汉语言文学专业学生的兴趣点在哪里、爱好集中在什么方面等。同时，针对学生能力状况以及整体学习状况的分析总结，在国家高等教育改革纲要的指导下，教师要重新进行汉语言文学教学内容的编排，将实际生活融入汉语言文学的教学内容中，然后通过层次性的课程设置，对汉语言文学学生进行差别化教学。在这里，教师要注意对学生的学习效果进行必要的分析，通过大数据分析的结果，及时调整课程内容，只有这样才能够保证整个慕课汉语言文学教学的有效性。

3. 重视交互式教学方式的运用

在一定意义上，慕课模式无不体现交互和分享的学习特点，交互式教学方式能够通过师生之间、学生之间的学习交流，促进学生的学习热情、加深学生对知识点的理解。同时，交互式教学本身就体现了对学生主体地位的肯定和对个性化选择的尊重。在慕课汉语言文学的教学活动中，教师可以通过整理风格各异的优质教学资源，通过课程的优化设计，多方位地引导学生自主选择教学资源内容；通过加强师生之间的互动辅导学生难点、重点的学习，这样既有针对性，提高了课堂效率，又能够节省自己开发的时间与精力。引导、互动、交流以及共享，要作为汉语言文学教学慕课探索的重点来抓，只有这样才能升华对现代教育理念认识、丰富现代教学经验、实现现代化教学探索。

慕课作为信息化时代的必然产物符合人们日益多样的生活需求，它的出现和快速发展必然会使传统汉语言文学专业教学模式面临挑战，而且这种挑战是具有颠覆性的。对此教师也需要换个角度来思考，慕课作为新型教育模式意味着它同样也是传统汉语言文学专业教学发展的机遇。在我国高等教育改革的大背景下，教师要保持清醒的头脑，理性分析慕课模式的优势，从长远发展角度，不断汲取慕课的先进教学成果，适时地把慕课模式引入汉语言文学专业，改变传统汉语言文学教学思路，通过优势互补，实现高校汉语言文学教学的巨大发展。

## 第四节　新媒体环境中汉语言文学教学路径探索

### 一、当前网络环境给汉语言发展带来的影响

第一，网络流行语给汉语言的发展带来的影响。新媒体带来的冲击和条件是汉语言文学专业发展必须要思考的一个重要问题。新媒体的发展使网络流行语大行其道，达到了网络群众交流和沟通的目的，丰富了人们的交流形式和效果。丰富的网络语言对现代汉语的发展和词汇量的增加具有积极的作用，使现阶段的汉语言发展经历着翻天覆地的变化。但是从另一个层面来讲，网络流行语展现的是年轻人的个性和独特性，在表达方式上独具一格。相较于传统的语言来说，网络流行语在表现形式上更加符合网友们的内心感受和内心情绪，更容易引起广大受众的理解和关注，极大地丰富了语言文学的内涵和发展趋势。近年来，流行的咆哮体和校内体恰恰体现了网络流行语的多样性和丰富性。

第二，信息受众和地位发生了本质变化。在新媒体时代，网络语言的使用使信息的受众和地位都发生了很大的转变，这使得网络平台和传统的信息交流平台扮演的角色存在着本质上的差异。在传统的汉语言文学教学中，学生作为受众一直接受的是大众媒体传递的信息，这是一种单方面的信息传输，受众难以和传播媒体之间进行平等的、充分的沟通和交流，受众想要发声既没有渠道也没有权利，新媒体的使用彻底颠覆了这一点。另外，网络流行语的快速发展使人们的语言习惯和书写习惯也发生了重大变化，在当今时代人们已经习惯了电子书写的方式进行交流，对传统纸质媒介的依赖感和尊重度大大减弱，当前人们普遍存在的一种现象就是提笔忘字，“稀饭”这个网络流行语表达的是“喜欢、喜爱”的含义，它的流行就是因为他们在计算机上打字错误造成的。汉语言文学的发展在人们对电子媒介的依赖程度日益加深的前提下受到极大的阻碍，当人们不能从纸质媒介中感受汉语言文字及其内涵时，汉字独特的魅力也就难以展现。另外，当前媒体

表达的“把关人”尚处于缺位状态，网络传播自媒体化倾向日益明显，每一个在网络上的人都渴望自由地表达。但从目前的情况来看，网络传播内容谣言化趋势日益明显，微博和微信等传播媒介在信息传播时常断章取义，导致信息传递不真实、不完整、不严肃，这就会给受众带来消极负面的影响。网络上的垃圾信息和碎片化的信息会让受众的思维方式也变得碎片化，导致人们在思考问题时缺乏逻辑和深度，这不利于汉语言文学思维方式的延续和发展。新媒体的受众群体大多是“90后”“00后”的年轻人，他们已经成为或者即将成为社会发展的中坚力量，碎片化的思维方式直接阻碍了汉语言文学人才的培养。

第三，汉语言文学教学和现实生活脱节。在汉语言文学的教学过程中，我们不难发现大多数情况下其教学形式是一种平面式的教学方式，这种教学方式决定了汉语言专业基础教学必然以理论知识为主。这就和语言学教学的本质相背离了，因为语言来自生活，还要回归到生活中。汉语言文学专业学习的就是人们在历史长河中总结生活词汇的过程，这在教学过程中很容易忽视新一代学生对汉语言独特的感知和把握方式。

## 二、在网络平台中传播汉语言文学知识的特征

第一，网络教学资源具有高效性和便利性的特点。新媒体环境下，网络资源已经成为汉语言文学教学资源的重要组成部分。互联网的连接使各种教学资源都可以即时高效地共享，这就可以为汉语言文学的发展提供一大助力。我们可以借助网络找到一切所需的资源，学生可以通过云盘、录像、光盘等多种形式进行专业知识的学习，形成自己独特的汉语言知识结构体系，深刻地体会到自主学习的重要意义。

第二，网络教学资源具有高度的可塑性。高校教师可以按照教学大纲的要求来合理地编排网络上的教学资源，多样化的网络教学资源可以被教师以多元化的结构和顺序呈现出来。从这个层面来讲，网络资源本身就是汉语言教学资源的一部分，是汉语言文学知识的数据库。比如说在加强汉语言文学口语知识的学习过程中，教师可以将诸多名家口语的集锦放在学生都可以触碰得到的地方，也就是在网络平台中教师需要对所需的资料进行重新整合，从而变成学生和教师自己的数据库。教师可以在汉语言文学的教学课堂上进行练习解读。

第三，网络教学资源和汉语言文学专业具有高度的互动性。在新媒体时代，人与人之间的人际交往、沟通互动都变得微妙起来，这种微妙的变化也给汉语言文学的发展带来了深远的影响。汉语言文学的发展需要依靠网络资源已经成为板上钉钉的事情，教师要意识到这一趋势，学会通过网络进行教学任务安排，节省课堂教学时间，提升课堂教学效率，为汉语言文学的发展带来决定性的变革力量。

## 三、新媒体环境下汉语言文学教学改革路径选择

现今，新媒体发展迅速，为了使汉语言文学教学能够跟上时代的发展步伐，在平时的教学过程中，教师一定要懂得利用网络资源来给自身进行一定的优化。在新媒体环境下，网络教学资源是极为丰富的，教师可以抓住这一点，利用网络资源丰富汉语言文学的教学内容，结合汉语言文学题材、教学目标等，以文字、图片、视频、动画等多种载体形式，将汉语言文学更加生动、形象地呈现出来，便于学生对其中的人物特点、故事背景等内容进行深层剖析；并将当下网络热点话题与汉语言文学教学相结合，使汉语言文学教学回归生活，帮助学生养成良好的汉语言思维方式以及规范的用语习惯。

回顾以往的汉语言文学教学经历，我们可以发现，由于受到传统思想的束缚，教师的教学方式一般都是采用“传输—接收”的“填鸭式”教学，偶有互动，也是浅尝辄止。这样的教学方式对调动学生学习兴趣以及突显学生主体性地位有不利影响，甚至在一定程度上会限制汉语言文学的发展。在这样的情况下，必须对汉语言文学的教学方式进行优化，利用网络资源使用多元化以及多样化的教学方式。

网络教学资源具有较强的可塑性，能够实现对汉语言文学教学课程的优化。通过调整教学内容、结构和顺序，能够利用丰富的网络资源，使汉语言文学教学更加灵活多变，实现对教学空间的拓展和延伸。比如，在汉语言文学鉴赏教学中，可以让学生代替老师站在讲台上，暂时成为主讲人，借助网络丰富的资源做出自己的教案，进行班级讲授，讲授者在班级内随机挑选。这样一场实验性的课堂，不仅能够增强学生的信息整合能力、文学鉴赏能力和语言表现能力，还可以让年龄偏高的讲师体会新生代学生的心理态势和语言系统，一举两得。

在新媒体环境中，当代汉语言文学教学面临巨大的挑战。根据当代汉语言文

学的学科特点，教师可以变单一的课前准备为师生双向互动的备课模式，将教学内容和方式与时代紧密联系，将考核模式多元化；在整个教学过程中，利用新媒体完善教学体系，达到理想的教学效果。新媒体环境下，传统的教学理念和教学模式已经无法满足当代大学生教育的需要。数字杂志、数字报纸、数字广播、数字电影、手机短信、微博、微信等新媒体的出现，使学生获取知识的途径和交流思想的方式发生了根本性的转变。因此，教师如果固守之前“教—听”的单一模式，显然是不合时宜的。所谓“穷则变，变则通，通则久”，各类学科都应该探寻新环境中教学的新模式。就当代文学而言，它是大多数中文系学生的必修课，重要性自不必多言。从时间范围来看，当代文学延续到当下，在新媒体环境下面临更多的挑战。如何利用新媒体完善当代文学教学体系，达到更好的教学效果是教师探讨的重点。

**（一）教学内容与方式实现多样化**

一般而言，当代文学是多理论、少实践的一门课程。传统意义上的教学准备仅是教师授课前在教学目标的指导下，在研究、掌握教材的基础上，针对学生的具体情况，确定教学内容和教学方法并书面写下教案的过程。这是一个单方面的准备，学生基本不参与其中。而新媒体海量的、迅捷的信息极大地拓展了学生获得信息的渠道和容量。这有助于提高学生的学习效率，激发学生的学习兴趣；但同时导致学生在浩如烟海的网络信息中难于甄别真伪好坏。

教师可以在课前准备阶段，变单向准备为双向互动，充分利用新媒体带给学生的便捷激发学生自主学习的能力，同时及时纠正学生查询的不准确信息。比如，在讲授当代文学作品选的时候，教师首先会简介作家生平及代表作品，这些内容学生完全可以做到自主学习和了解。以当代作家汪曾祺为例，在不同的搜索引擎中搜到的内容有差别，“百度百科”与“好搜百科”在介绍人物生平、主要作品、文学特点、家世成员、人物评价等几个方面基本一致，但“百度百科”中多了人物关系这一点。这项下面，有汪曾祺的配偶施松卿和老师沈从文两人。沈从文对汪曾祺的影响非常重要，直接关系到新时期汪曾祺的代表作品《受戒》的抒情艺术风格。因此，材料搜集要全面翔实并且能抓住重点，这就需要同学之间相互合作共享，在有限的时间内达到事半功倍的学习效果。学生如果在课前做了这些文献资料的搜集整理，配合教师在课堂上的深入讲解，他们会更加透彻地了解作品。

此外，除了多种搜索引擎，学生还应该充分利用学校的数字资源，比如中国知网、读秀学术搜索、超星电子图书，对与作家作品相关的学术评论文章多加了解。这对本科生教育而言，是一种高层次的要求，但它能够培养学生的学术眼光，帮助学生拓展思维。所以，课堂上的作家简介这一环节就可以交由学生讲解，一般控制在5～10分钟。他们不仅要会找，还要会说。教师从旁辅助、补充，并梳理重点。这种双向互动的课前准备，充分利用网络媒体，不仅能激发学生自我探索的能力，还能培养他们的逻辑思维和表达能力。这种模式改变了传统被动接受的方式，让学生真正参与到学习中。

大学生对网络文学和新媒体文学的兴趣要远大于对当代传统文学经典的兴趣。在学生接受的知识及接受渠道发生变革的新媒体环境下，如果不改变传统的讲授方式，学生的学习积极性得不到提高，教学效果必定不理想。

如果说教学方式要解决的是“教师如何教，学生如何学”的问题，那么教学内容就是解决“教师教什么，学生学什么”的问题。虽然每个学校的当代文学课程都有相对固定的教材和教学篇目，但也并不是绝对不变的。在新媒体环境下，学生不断接受新知识，当代汉语言文学作为一门紧跟时代的课程，教学内容和方式理所应当要不断更新。具体可以从以下几个方面促进教学内容和方式的多样化。

一是还原现场式教学。教师可以利用网络或者图书馆的各种数字资源搜集图片，特别是影音资料，将单纯的讲解变为“看图说话”，让学生切身体会当时的政治环境，正确理解特殊环境中的特殊文学。

二是现身说法式教学。新时期以来的文学作家，特别是一些后起新秀，比如刘心武、舒婷、北岛、莫言、韩少功、贾平凹、池莉等，至今仍活跃在文坛。在新媒体环境中，作家也在紧跟潮流，通过各种新媒体全方位地与读者沟通，有点退却了作家“神秘”面纱的味道。教师应该充分利用各种访谈视频、语录谈话、学术讲座，让他们“现身说法”，消除学生与作家之间的距离感。甚至可以让学生通过关注这些作家的微博，加入论坛等方式，更加直观地与之交流。再者，如果学校周围有这些作家在任教，可以鼓励学生去面对面交流，比如莫言在北师大任教，阎真在中南大学任教，王安忆在复旦大学任教，毕飞宇在南京大学任教等。俗话说“百闻不如一见”，与作家零距离接触，相信定能让学生对他们的作品，甚至是当代文学有新的认识。

三是“反恶搞”教学。“恶搞”一词，随着新媒体的发展悄然流行，不仅渗透到生活的方方面面，还延伸到了教学的课堂。学生从来不缺乏想象力，教师不能一味地回避，关键在于正确的引导。当代文学中的“红色经典”是“恶搞”的重灾区，给教学带来了很大的困难。比如有些网络“恶搞”把《白毛女》中的喜儿嫁给了黄世仁，把《沙家浜》中的阿庆嫂变成了风流寡妇，把《闪闪的红星》中的潘冬子变成了贪财好色之徒，如此种种不胜枚举。教师在教学过程中，可以将这些素材拿来用作反面教材，让学生找出其中改编的荒谬之处，还原经典。这里要紧扣两点：一是时代，二是环境。让学生在寻找中找到原来的主旨和作品的意义。

至于如何使新媒体融入教学过程，则可以从以下几个方面着手。

首先，充分利用新媒体，加强学生课前自主学习与课后巩固复习的能力。教师在传统授课模式中占主体，但如今互联网改变了信息与知识的传播方式，学生比之前更容易搜集学习资料，时间缩短、效率提高，因此教师应该充分利用这种便利条件，改变传统“满堂灌”的授课模式。在教学实践中，一堂课开始之前，教师指定某些学生重点预习，并要求其将所搜集的资料共享到网络平台，比如班级群，便于其他同学查阅。这样在课堂教学中，被要求重点预习的同学会代替教师讲解一些常识性内容，教师可以纠正和补充；教师在课堂的主要任务是讲解重点，攻克难点，教学目标更加明确。针对中国当代文学教学中学生作品阅读量不够的问题，除了鼓励学生去图书馆借阅之外，还可以分享一些电子书，利用一系列电子阅读设备进行阅读，这些设备容量大、方便携带。此外，还可以利用一些听书软件，比如“喜马拉雅”“酷我听书”“懒人听书”等，让学生以“听”的方式了解那些借不到或特别不爱看的作品。多数学生表示，在“听书”之后，愿意再去阅读纸质版本，而且认真程度有所增加。在一堂课结束以后，教师可将相关音频、影视等资料分享给学生，比如超星视频中的名师课堂、国家级或省级中国当代文学精品课程等，让学生在“第二课堂”中加强理解，巩固所学的内容。另外，有条件的还可以设计学习软件，比如中南民族大学文学与新闻传播学院教授王兆鹏主持牵头与搜韵诗词共同打造了“唐宋文学编年地图”平台，一百余位唐宋著名文学家一生的行迹、何时何地写下了哪些诗文，都一览无余。他们还可以在平台中加入音频和视频，比如加入作者的画像、书法作品、诗词吟唱等，孩子们利用这个平台学习古典诗词，一定既方便又有趣。这些都是可借鉴的教学改革方向。

其次，在课堂教学中，教师除了运用多媒体等视听、影音手段外，还可以借助互动软件让学生参与其中。大学生在课堂上的自律性较差，有些高校提倡“无手机课堂”，通过“手机入袋”等方式规避学生在课堂上玩手机的不良习惯，但效果实际并不好。只有疏堵结合、打防并举才能标本兼治，提高教学质量和学生积极性。目前，课堂中利用互动软件，让学生拿起手中的手机，与教师一起进行参与性学习的教学方式还比较少，这是我们教学改革中需要努力探索的方向。文学类专业由于专业限制，直接设计软件并不现实，但教师可以结合教学实践提出设想，联合其他软件开发专业的教师一起设计相应课堂互动软件，例如上面提到的“唐宋文学编年地图”平台就非常受欢迎。在中国当代文学小说的教学中，学生比较喜欢听故事情节，但有时也只愿意听情节，并不求深入理解思想主题与艺术特色，因为教师在举例时，学生之前没有读过，理解就不深入，所以设计一种整合并能迅速查找作品的演示软件对文学类课堂教学非常有帮助。

最后，教师可以借助新媒体布置作业，检验教学效果。中国当代文学的平时作业无非是要求学生写一些作品鉴赏、作品解析等，网上资料随处可见，对于自觉性差的学生来说，这种作业就能应付了事。所以我们可以借新媒体改变传统的作业布置方式。前面提到的一些听书软件大多是交互性软件，学生作为用户，不仅可以听还可以读，因此对中国当代文学中的“诗歌”教学，完全可以布置学生在某个“听书”软件中上传自己的音频资料。作为共享资源，听众的点击率和好评是教师考核的重要指标。这种作业在一定程度上激发了学生的阅读兴趣。

“新媒体”是把双刃剑，教师应该正确认识其利弊，并恰当地引入教学。文学教学借助新媒体是为了让学生更好地学习文学，因此教师要把握一定的“度”，不能舍本求末。

### （二）构建形式多样的互动式教学课堂

传统的现代汉语课程的课堂教学模式一般是教师台上讲、学生台下记。这种模式导致的结果常常是学生参与度低，对很多知识的理解流于表面，动手能力差。要切实提高课程的教学效果，学生的主动参与至关重要。为此，应该采用形式丰富的互动式课堂教学。本书提出如下几种课堂互动模式以资参考。

1. 语言实践互动教学：以学生为主体

汉语言文学的教学应该改变脱离实际生活的状况，引导学生关注身边的、社会的各种语言现象，让所学落到实处。基于此，教师可以有意识地引导学生将课堂理论与日常学习生活的实践、未来职业联系起来，帮助学生设定实践目标，展开相关调查，在调查的过程中将所学的理论与现实结合起来，发现问题并通过师生间的互动、小组成员的交流和文献资料的查阅等方式寻找问题的根源和解决的思路，并将调查学习成果总结成报告或 PPT 在班内进行交流。比如，汉语拼音方案的内容和学生未来的教师职业相关。它是小学语文教学和国际汉语教学的重要部分。本部分内容可以分为两步，第一步，引导学生对拼音教学进行文献研究；第二步，布置学生进行汉语拼音教学的实践活动，让学生将学到的知识真正落到实处。

2. 案例收集互动教学：让学生参与教学过程

案例分析式教学是汉语言文学课程日常教学常用的方式。汉语言文学实质上是用一套抽象的规则描写语言体系，对规则的理解离不开案例分析。所以，案例的选择对汉语言文学课程的教学效果有重要影响。教材因为修改滞后的原因，提供的案例经常比较陈旧，缺乏时代气息，无法引起学生共鸣。要想达到好的教学效果，一方面，需要教师与时俱进，精选电视、报纸、书刊等媒体上的相关案例开展教学；另一方面，鼓励学生一起收集生活中、媒体上的相关案例共享。在这个教学过程中，学生直接参与进来，与教师共同经营教学，既能有效激发学生的学习兴趣和深度思考，又增强了内容的现实感和实践感。比如，在语音部分，可以动员学生收集身边同学不规范语音现象；在词汇部分，引导学生收集自己在网络语言生活中的语言案例等。

3. 专题讨论互动教学：关注重点、难点、热点

教师根据学生的学习情况，结合多年教学经验，确定每章的重点和难点，同时根据学生的接受程度适当引入学科热点，组织学生围绕这些问题展开讨论，通过师生之间、生生之间的讨论、交流，深化学生对重点、难点内容的理解，激发学生对热点问题的思考。比如，汉字部分，繁简字是教学的重点和难点，也是社会讨论的热点，教师可以引导学生查找汉字简化运动历史、主要规则等资料，较深入地了解汉字的发展历史；引导学生开展实践活动，读一篇繁体字古文，将一

篇简体字文章转换为繁体字文章等，在实践过程中，让学生亲自感受汉字简化运动的利与弊、繁简字的复杂对应关系；最后，组织学生展开讨论，根据自己收集的资料和实践感受形成自己的关于汉字简化运动利弊的认识。

4. 自查自测的互动课堂作业：在自主测试中深化理解

汉语言文学课程的学习效果与练习的形式和数量大有关系。以往的课堂作业一般由教师布置或教材提供，作业和练习起到一定的作用，但是也常常出现学生应付、没有实现巩固所学效果的现象。因此教师应该改革课堂作业形式，让学生自查自测。每章内容结束后，教师提供一份作业或测试题目样板，由学生分组自行另出一份作业或试题，各组交换试题进行解答，出题组负责批分，答题组对批改情况进行复查，两组就相关问题讨论。这样的课堂练习模式能够很好地调动学生的学习热情，促使他们在一连串的环节中细化、深化所学内容。

### （三）采用新媒体技术创建课程微信辅助教学平台

大学生熟悉各种网络交流媒介，也喜欢尝试新鲜事物。微信兴起后，一跃成为大学生的新宠，使用微信进行碎片化阅读也成为大学生新的阅读方式。基于此，在课堂教学时间有限和空间受限的情况下，教师可以充分利用微信平台将现代汉语的课堂延伸到课外，教师与学生之间在课后也可以开展广泛、深层次的沟通、交流和互动。目前，利用微信平台可以实现以下多种形式的辅助教学功能。

1. 通过平台发布教学资源

教师可以利用微信的信息发布功能将课程的教学资料发布在平台上，学生可以随时浏览，反复阅读。

（1）章节要点

章节要点包括章节学习重点、难点。教师将一些需要重点复习的章节要点发布到平台，学生可以随时使用手机进行复习浏览。比如，汉语教学的内容，教师在课堂讲解示例后，把要点发布到平台；语法章节的教学结束后，把章节要点发布到平台。

（2）作业、练习

这一部分包括章节练习发布、各类拓展作业、实践活动作业的布置。现代汉语课程的学习需要较多地练习。除了课堂练习和课本的练习外，教师可以收集或自拟练习和测试，章节学习后、考试前发布到平台，由学生课后训练。一些要求比较繁复的实践作业也会提前发布在平台，方便学生严格按照要求准备。

（3）拓展材料

拓展资料包括语言类、学习方法类等参考资料。教师根据教学内容选择相关的阅读文章、资料发布到平台，引导学生通过阅读较为深入地了解现代汉语的相关内容。比如，在讲词典时，教师可以推荐《现代汉语词典》修订历史的资料，让学生很具体地体会语言研究怎么做；针对学生对语言学家很陌生的情况，推荐介绍语言学家的文章等。

此外，教师也可以通过微信的“关键词”回复功能，设计专门的试题，学生通过“关键词”提取后进行测试。

2. 通过平台进行辅导答疑

微信平台设有用户管理功能，利用该功能可以将学生用户实名登记并分组。用户登记完成后，可以利用“回复”功能与学生进行互动。学生可以发送作业，教师回复批改；学生也可以提问疑难问题，教师回复解答。

3. 通过平台展示学习成果

平台发布的内容可以非常丰富。发布学生写作的作业、教学活动报道等可以更好地激发学生的学习和参与热情，让平台真正成为学生学习的平台。

总的来说，想要在新媒体环境下不被淘汰，汉语言文学就必须要认清现状、结合现状并利用新媒体来对自身进行优化，通过这样的方式来推动汉语言文学教学的进步。

# 第四章 汉语言文学的审美教育

审美教育是汉语言文学发展的重要途径。本章主要对汉语言文学的审美教育进行不同角度的阐述，包括汉语的语言与审美功能、汉语的口语与审美特征、汉语文字创作与节律美三个方面。

## 第一节 汉语的语言与审美功能

### 一、汉语声母及其审美功能

汉语音节是由声、韵、调配合组成的。声即声母。汉语声母有其特殊的性质，且对汉语诗文节奏、汉语修辞以及主体情思的表达，具有重要的美学功能。

#### （一）汉语声母的性质

声母指汉语音节开头的部分，一般由辅音充当，如“中国”这两个音节的开头部分就是辅音 zh 和 g。没有辅音开头的音节，也虚设一个声母，称为“零声母”，如古代的影字母、喻字母，现代以半元音 y、w、yu 和元音开头的字。

传统音韵学所谓的“声”“声纽”“声类”“音纽”“字母”“母”等，即指声母。声母，是由口腔里发音器官构成阻碍的某两个部位发出的。按声母的发音部位分类，传统上有“五音”（喉、牙、舌、齿、唇）和“七音”（五音基础上，外加半舌、半齿）之说；普通话声母分成了双唇音、齿唇音、舌尖前音、舌尖中音、舌尖后音、舌面音、舌根音七类。

声母的发音方法包括发音时构成阻碍和克服阻碍的方法，气流强弱的情况以及声带是否颤动等几个方面。按声母的发音方法分类，传统上有清、浊之分，然后又细分为全清、次清、全浊和次浊；普通话有塞音、擦音、塞擦音、鼻音和边音之分。

古代没有音标，归纳出的声母就用同一声纽中的某个汉字来做代表，这个字就称“字母”。传统音韵学归纳出36个字母，或称“守温字母”；普通话有21个辅音声母，1个零声母；开头为元音的音节、汉语拼音开头写成y和w的音节都假设其声母为“零”。

汉语声母，因其各具不同的音值，而各具某种特殊的表现性。

### （二）汉语声母的审美功能

汉语声母之不同的音值，各自不同的表现功能，使其具有如下审美功能。

1. 汉语声母与汉语节奏规律

先看如下几段文字。

（1）六王毕，四海一。蜀山兀，阿房出。覆压三百余里，隔离天日。骊山北构而西折，直走咸阳。二川溶溶，流入宫墙。五步一楼，十步一阁；廊腰缦回，檐牙高啄；各抱地势，钩心斗角。盘盘焉，囷囷焉，蜂房水涡，矗不知其几千万落。

（2）真的猛士，敢于直面惨淡的人生，敢于正视淋漓的鲜血。

上面的例子中，存在大量的双声词和叠音词。有的句子，句式整齐，双声、叠音，两两相对，朗读起来有一种整齐的声韵美；有的句子，句式错综，朗读起来，波澜起伏，有一种参差的音乐美。可见，恰当地运用双声、叠音词，对形成汉语的音乐美有非常重要的作用。

双声、叠音词之所以好听，是因为在此类双音节音步中存在着声韵律，使声母和韵母的组合产生了声韵对立统一的节奏周期。如下所示。

“渺茫”（miǎo máng）的声韵母组合序列是：“同声母 + 异韵母 + 同声母 + 异韵母”。

“蜿蜒”（wān yán）的声韵母组合序列是：“异声母 + 同韵母 + 异声母 + 同韵母”。

双声、叠音词（包括叠韵词）最早出现于连绵字中。连绵字是古人为追求语音美而创造的双音节单纯词：双声如“参差”“踟蹰”“犹豫”等，叠韵如“窈窕”“忧受”“夭绍”“须臾”“婵媛”等，双声兼叠韵的如“辗转”等。连绵字虽然也有不属于双声叠韵的（如“浩荡”“滂沱”），但属于双声叠韵的连绵字占绝大多数。古人利用这样的连绵字来加强诗歌的音乐性。《关雎》用了一个叠音词和八个双声叠韵的连绵字;《月出》是一首具有特殊风格的双声叠韵诗，三章内容雷同，只是运用双声叠韵法，化一章为三章，从而取得回环美的艺术效果。

后来，随着语音的演变，又产生了大量的双声、叠韵、叠音复合词或词组。在这些双音节词中，因其存在声韵律音步节奏而极富美感。在现实生活中，这些极富美感的双音节词已渗透在各个领域，尤其是通过表演艺术走入了千家万户。如车行作词、戚建波作曲、陈红演唱的《常回家看看》已进入亿万人的心田。个中原因，除了平实的旋律、亲切的演唱外，还与歌词的声韵律节奏分不开。

对双声、叠韵和叠音的运用规律，前人曾做过一些有益的探索。刘勰的《文心雕龙·声律》指出了其运用方法:“双声隔字而每舛，叠韵杂句而必睽。”[1]意思是双声不能被别的字隔开，叠韵字也不可以无规则地杂处句中，否则就成语病。如杜甫《戏为六绝句》有“王杨卢骆当时体”一句，“王杨”叠韵，“卢骆”双声，若将其改为“王卢杨骆”就不顺口了。这是因为，无论“双声隔字”，还是“叠韵杂句”，都会破坏双声叠韵自身的声韵律音步节奏。因此，双声叠韵和叠音，必须与声韵律节奏配合，不能跨节奏使用，以免拗口，破坏美感。同时，汉语语音链中也不宜连续使用过多的双声字或叠韵字，否则就会显得单调、呆板，成为文字游戏。

2. 汉语声母与创作主体之情思意趣

先看曹植的《七步诗》:[2]

煮豆燃豆萁，豆在釜中泣。
本是同根生，相煎何太急?

据《世说新语》记载，曹丕曾命曹植七步中为诗，不成则将行大法，曹植故有《七步诗》。仅仅20字，诗人写出了自己备受迫害和压抑的处境，充分传达出他对手足相煎的沉痛悲愤之情。这样的艺术效果，得益于诗人对韵脚字的锤炼。《七步诗》全是入声韵脚:“萁、泣、急”等韵脚字的声母是“q、j”，均为塞擦音。另外，“煮、在、中、煎”等字，也以塞擦音“zh、z、j”为其声母。发塞擦音时，发音部位的某两个部分完全闭合，气流受阻；然后闭合部分逐步放开，形

[1] （南北朝）刘勰. 文心雕龙[M]. 北京：作家出版社，2017.
[2] 李景华. 建安诗传[M]. 长春：吉林人民出版社，2005.

成一条窄缝，让气流从窄缝挤出。所以，塞擦音有明显的摩擦、挤压感，《七步诗》的20个字中，塞擦音占了7个，因而能充分传达出对手足相煎的沉痛悲愤之情。

再看李清照的《声声慢》：

> 寻寻觅觅，冷冷清清，凄凄惨惨戚戚。乍暖还寒时候，最难将息。三杯两盏淡酒，怎敌他，晚来风急。雁过也，正伤心，却是旧时相识。满地黄花堆积，憔悴损，如今有谁堪摘？守着窗儿，独自怎生得黑？梧桐更兼细雨，到黄昏，点点滴滴。这次第，怎一个愁字了得！[1]

计用舌声的15字："淡""敌他""地""堆""独""得""桐""到""点点滴滴""第""得"。用齿声的42字："寻寻""清清""凄凄""惨惨""戚戚""乍""时""最""将息""三""盏""酒""怎""正伤心""是""时""相识""积""憔悴损""谁""守""窗""自""怎生""细""这次""怎""愁字"。全词97个字，而这两声却多至57个字，占半数以上，尤其是末了几句"梧桐更兼细雨，到黄昏，点点滴滴。这次第，怎一个愁字了得！"二十多字里舌齿两声交加重叠，这应是有意用啮齿叮咛的口吻，写自己忧郁的心情。不但读来明白如画，听来也有明显的声调美，充分表现乐章的特色。这里把57个舌齿声与词人那"忧郁的心情"联系在一起。据统计，在57个舌齿声字中，有30个字的声母为塞擦音"q、j、zh、ch、z、c"。

由以上二例，我们似乎可以得出结论：发塞擦音"q、j、zh、ch、z、c"的字，往往颇能表达悲怆、感慨、沉郁、忧愤之类的情感。依传统观念，这类字（舌音和齿音）常带有比较低沉、纤细的感情色彩，宜于表现凄凉悲哀的情感。

## 二、汉语韵母及其审美功能

汉语音节是由声、韵、调配合组成的。韵即韵母。汉语韵母有其特殊的性质，且对汉语诗文节奏和结构、汉语修辞以及汉语文学风格的形成具有重要的美学功能。

---

[1] 冯慧娟. 宋词 [M]. 长春：吉林出版集团有限责任公司，2015.

### （一）汉语韵母的性质

韵母是指汉语音节中声母以后的部分，包括韵头、韵腹、韵尾三部分，如 uan；但并非所有的韵母都具有这三部分，如 a 只有韵腹，an 只有韵腹和韵尾，ua 只有韵头、韵腹。其中，韵头和韵腹都由元音来充当；韵尾既可以是元音，也可以是辅音。韵母，必有韵腹；故，汉语韵母中，没有不带元音的。

韵母，传统音韵学称为“韵”，古代的韵，有时不止一个韵母，而包括了多个韵母。如中舌音系中的“麻”韵，就包括了 a、ia、ua 三个韵母。古代韵书的编者，将同韵的字编成一组，选其中一个字为该组同韵字的代表，称为“韵目”，如“东”韵，就包括了 330 个同韵字，“东”是韵目。六朝至唐代出现的一些韵书，多为私家著作。北宋陈彭年等奉诏修订的《广韵》集六朝以来韵书之大成，是我国第一部官修韵书，分四声，凡 206 韵。南宋平水人刘渊增归并《广韵》的 206 韵为 107 韵，人称“平水韵”，元末阴时夫又归并 107 韵为 106 韵。

古代韵母比较繁复。古韵母到今韵母，发生了一些变化，如等呼和韵尾的简化，韵部的合并及分化等。今天，普通话中的韵母仅 39 个，单韵母 10 个，复合元音韵母 13 个，韵尾为辅音的鼻韵母 16 个。

不论古代音系，还是普通话音系，汉语音节的韵感十分强烈。可以毫不夸张地说，汉语音节的这一审美特征，正是韵母的乐音性质赋予的。

### （二）汉语韵母的审美功能

由于汉语韵母的乐音性质，使之具有重要的审美功能。现论述如下。

#### 1. 汉语韵母与汉语诗文节奏

宇宙间的事物没有一样是没有节奏的，譬如：寒往则暑来，暑往则寒来，寒暑相推，四时代序，这便是时令上的节奏；又如高而为山陵，低而为溪谷，陵谷相间，岭脉蜿蜒，这便是地壳上的节奏。宇宙内的东西没有一样是死的，就因为都有一种节奏（可以说就是生命）在里面流贯着。文艺家的任务就在于表现事物的节奏，在一切死的东西里面看出生命，在一切平板的东西里面看出节奏来。从这个意义上讲，艺术的生命正在于其运动变化的节奏。真正的艺术，是不可以没有节奏的。诗，而没有节奏，是不可想象的，汉语诗文的节奏规律与汉语的特点关系密切，尤其与汉语韵母的关系最为密切。汉语诗歌以押韵为常例。所谓押韵

（或压韵），是以汉语韵母为基础，把两个以上韵母相同或相近的字放在诗句的同一位置上，使声音和谐悦耳。用来押韵的字称为“韵字”。安排在句末的韵字称为“韵脚”。句中的称“句中韵”，句首的称“句头韵”。汉语诗歌以句末押韵最为常见，一般人所说的押韵，主要指“脚韵”。

押韵是形成汉诗韵律节奏的重要手段，是由声韵异同对立统一产生的往复型节奏群。凡押韵的句式，可以使第一个韵唤起对再次出现的韵的期待和悬念，再次出现的韵又唤起对前一个韵的回忆。这就不但出现了语音上的往复，也产生了感情上的联系。

押韵是以多个字的相同或相近的韵母为基础的，由于汉语音节的韵尾均由具有乐音性质的元音或浊鼻音（n，ng）充当，故使押韵的诗句读来分外和谐悦耳。一般而言，中国古典诗歌尤其是近体诗在押韵上有严格的要求，因此读来朗朗上口、节奏感很强。五四运动以后的白话新诗，由于受西方诗的影响，做了大胆的废韵尝试。以艾青的诗为例，他前期的诗常是首先就离弃了韵的羁绊的。但到了后期，诗人则在注重情绪节奏的同时，也很注重音响节奏，能押韵的尽量押韵。

净化过的口语，流畅、纯净；大致整齐的脚韵，上口、悦耳。借此，我们可以咀嚼出丰富的情感内涵。优秀的现代诗人，一般都能继承古典诗词讲究往复型声韵律节奏的传统，锤炼诗作的节奏。

散文的句式虽然长短不一，但优秀的散文也往往利用汉语韵母的乐音性质，创造往复型声韵律节奏。

白话散文尚且利用汉语韵母的乐音性质形成文句中的声韵律节奏，古代散文中的优秀篇章更是利用汉语韵母特性锤炼了不可胜计的、优秀和谐的声韵节奏，这里就不一一举例了。

2. 汉语韵母与作家主体情思

（1）韵语与情感对应说存在偏颇

从语言与言说主体的关系看，可以说语言是情感的符号：汉语表达，尤其是汉语音节中的韵母，的确与人的主观情思存在一定的关系。《韵语的选用与欣赏》把汉语诗文中的韵语完全与作品的思想感情一一对应，认为：凡“佳、洽”韵的韵语，都有悲哀的情感；凡“微、灰”韵的韵语，都含有气馁抑郁的情思；凡

“萧、肴、豪”韵的韵语，都含有轻佻、妖娆之意；凡“尤、侯”韵的韵语，都似乎含有千般愁怨、无法申诉的意味；凡“寒、桓”韵的韵语，都含有黯然神伤、偷弹双泪的情愫；凡“真、文、魂”韵的韵语，都含有苦闷、深沉、怨恨的情调；凡“庚、青、蒸”韵的韵语，都含有淡淡的哀愁、似乎又有相当的理智的情愫；凡“鱼、虞、模”韵的韵语，都含有日暮途穷、极端失意的情感。事实上，在某一首诗里，某韵语与某一特定感情相一致是很有可能的。但若据此就认定一个韵部只能表达某种特定的感情，就难免有些牵强了。比如，孟浩然的《过故人庄》、高启的《寻胡隐君》、叶绍翁的《游园不值》、张志和的《渔歌子》、欧阳修的《采桑子》等，或用“佳”韵，或用“微”韵，但并未都含有悲哀的情感或抑郁的情思。

所以，韵语与情感对应说存在一定的偏颇。

（2）韵的音响类型与情感表达

①洪、细音与情感表达。韵语与情感虽然不是一一对应的，但韵的音响类型与情感表达确有一定的联系。

洪音、细音是等韵学中常用的概念。凡是舌位较低较后的元音听起来响亮一些的就是洪音；凡是舌位较高的元音听起来低沉一些的就是细音。这当然是相对的，所以洪音又可分为洪大、次大，细音又可分为细和更细。分析秦观的《满庭芳》会发现这样一种现象：细音之字代表了狭小的观念，如纤细、逼测等。秦观原作押的“文”韵，就属细音。这种韵字发音时口型小、响度弱、声韵较细，吟诵时念到这类字时自然要缩小口型，发出细弱的声音。这样的音响类型正与作品中哀伤愁苦、离愁别绪、人生感慨的情状相一致，这里的音与义是统一吻合的。而琴操的修改之作用的“阳”韵，属于洪音。这种韵字发音时口型张大、响度也最强，由这类韵字构成的高亢嘹亮的音响节奏，显然偏离了原作的情感基调。这里的音与义是分离的。可见，洪音之字代表的是宏大的观念，如崇高、宽阔等。洪音、细音各自代表的情感色彩不是个别现象，而是带有某种普遍性。

先看杜甫的《蜀相》：

> 丞相祠堂何处寻？锦官城外柏森森。
> 映阶碧草自春色，隔叶黄鹂空好音。
> 三顾频烦天下计，两朝开济老臣心。

出师未捷身先死，长使英雄泪满襟。[1]

再看杜甫的《闻官军收河南河北》：

剑外忽传收蓟北，初闻涕泪满衣裳。
却看妻子愁何在？漫卷诗书喜欲狂。
白日放歌须纵酒，青春作伴好还乡。
即从巴峡穿巫峡，却下襄阳向洛阳。[2]

前一首诗写杜甫流落西南，走谒祠庙，心念武侯，感慨万千。诗中选用“侵”韵，较适宜表达作者忧国忧民、心怀天下的愁苦情怀，凡读此篇者无不流涕。另外，“花近高楼伤客心，万方多难此登临”“国破山河在，城春草木深。感时花溅泪，恨别鸟惊心”等都选用了“侵、覃”韵。从等韵学的角度看，“尤、幽、侵、覃”等韵都属细音，较适合表达忧愁的情绪或宣泄哀伤的情感。

后一首诗写漂泊异乡的杜甫，忽闻叛军已平，惊喜万分、喜极而狂的情状。诗中选用的“阳”韵，较适宜表达作者的惊喜之情，被诗论家称为杜甫“生平第一首快诗也”。从等韵学角度看，平声中“东、冬、江、阳”等韵均属洪音，此类韵字较适合表达欢乐、开朗的情绪。

②平、仄韵与情感表达。韵语，除了以韵母中元音的响亮度的大、小为依据分为洪音、细音外，还可根据韵字的平、上、去、入等四声分为平声韵和仄声韵。古典汉语诗歌，尤其是词的创作，除了选择词调外，还要选韵，即选择平声韵还是仄声韵。有的词调，用平声韵和仄声韵，声情就大不相同。例如《忆秦娥》通常用入声韵。

如李白所作《忆秦娥·萧声咽》：

箫声咽，秦娥梦断秦楼月。秦楼月，年年柳色，霸陵伤别。乐游原上清秋节，咸阳古道音尘绝。音尘绝，西风残照，汉家陵阙。[3]

但也有用平声韵者，如贺铸所作《忆秦娥·晓朦胧》：

---

[1] 张晓蕾，张志烈．唐诗 [M]．成都：四川辞书出版社，2020.
[2] 同[1]。
[3] 同[1]。

晓朦胧，前溪百鸟啼匆匆。啼匆匆，凌波人去，拜月楼空。去年今日东门东，鲜妆辉映桃花红。桃花红，吹开吹落，一任东风。❶

相比之下，李白的词意境阔大、情感深沉；贺铸的词绮丽婉转、情感缠绵。同一词调，情调迥异，除了二人营造了不同的艺术意象外，还与他们所选韵脚有关。

一般而言，诗词作品中，凡音节安排拗怒多于和谐，句尾又多用仄声字者，曲调就显得慷慨激越，如上引李白词中的“月、别、绝、阙”，古为入声，再如岳飞《满江红》中的“歇、烈、月、切、雪、灭、缺、血、阙”等均为入声，声情与诗情是谐和的；音节和谐，每句多用平声字，或句脚连用平声字者，其音调就趋向低沉，曲调就显得悱恻哀婉，如上引贺铸词的“匆、空、红、风”，均为平声，再如宋人史达祖的《寿楼春》，有连用三平的，有五字全平的，句中的12个韵脚字皆为平声，全词平声字占去了半数以上，该词低沉平缓的音调，正宜于表达生离死别的孤凄情绪。

事实上，认识到韵语同情感表达的联系，并不意味着创作者就能处理好二者的关系。前文已述，情与韵并不是一一对应的关系。创作过程中，诗人、作家在处理“韵”与“情”的关系时，应当遵循以情为主的原则。然而，有些诗人并未摆正二者的关系，在韵与情发生矛盾时，往往迁情就韵或迁意就韵，不惜影响情感的表现来一味押韵。

如龚自珍的《己亥杂诗》第83首：

只筹一缆十夫多，细算千艘渡此河。
我亦曾糜太仓粟，夜闻邪许泪滂沱。❷

清时，东南各省的漕粮主要经运河北运。入黄河前，运河的水流高低不同，故设有多座水闸。船只过闸时，需由纤夫拉船，每船需十多人。诗人抵淮浦，目睹此景，震动很大：一艘船要十多位纤夫，一千艘又得多少纤夫；自己也曾消耗过北京官仓的粮食，夜闻纤夫的劳动号子，不禁涕泗滂沱。从龚自珍的思想境界来看，这首诗表达的情感中，有对纤夫的关切、同情，也有因自己“曾靡太仓粟”

❶ 冯慧娟. 宋词 [M]. 长春：吉林出版集团有限责任公司，2015.
❷ （清）龚自珍. 龚自珍己亥杂诗注 [M]. 北京：中华书局，2019.

而加重了纤夫们悲苦命运而产生的自责与惭愧。但因作者将这样的感情境界形容为“泪滂沱”的程度，反失其真，给人以矫饰不实之感。这里，诗人之所以要夸大自己感情的浓度，显然是因为“泪滂沱”三字既现成又合辙押韵。这种以韵害意、迁情就韵的情况，在汉诗史上时有发生。类似的诗例还有苏轼的《次韵代留别》、陈师道的《次韵夜雨》等。当然，我们绝不能因此主张“废韵”。我们既反对因韵害意、迁情就韵，也反对因意废韵，尚质乏文。正确的做法应该是作诗必先命意，意正则思生，然后择韵而用。诗歌创作，既要以情、意为主，又要束之以韵，二者相辅相成、相得益彰。

（3）小说中的用韵

古诗文尤其是古代汉语诗歌之音韵类型与情感表达的关系，已如上述。即使在现代汉语小说的创作中，亦有创作者追求语言的音韵美，或为了加强思想感情的表达力量，或为了适应感情的起伏变化。比如，陆文夫的不少小说就很讲究语言的音乐美，押韵的片段经常可见。

这一次看得真切：修长、苗条（ao），穿一件白泡泡纱的旗袍（ao），上面罩着淡蓝色开司米外套（ao）。

华家乙啃着大饼回来，觉得这个城市像一架超负荷的老机器，到处轧轧作响，漏油漏气（i）。在这个车间里工作的人好像心情都很烦躁，说话也不客气（i）。公共汽车上不停地有人吵架：“我挤了你呀，怕挤去坐小包车，你没那个福气（i）！”

这姑娘生得苗条、修长（ang），短短的头发烫了几个波浪（ang），内穿一件鹅黄色琵琶襟的短褂，外罩一件银灰色没有领子的春装（uang）。

第一个例子连押三个“ao”韵，突出了青年范萍的美貌和华家乙对她的爱慕；第二个例子连用三个“气”字，突出了华家乙对城市生活的烦腻；第三个例子连用三个洪亮的“唐”韵，表达了对姑娘的美貌及青春的赞美。以上三例，属于一韵到底和一字韵，既增强了语言的音乐美，又加强了思想感情的表达力量。此外，还有换韵的方式。

我再回过头来看她（a），活像孔碧霞（ia），孔碧霞年轻的时候（ou），也该是一代风流（iou）！

够了（e）。这一大篇吃经念下来，已经快到码头了（e）。我也不想打断他的话，也不再希望他有什么转变，这人是本性难移（i）！让你去画饼充饥吧，我可要改变主意（i）。我本来想把南瓜分给他一半，现在重新决定：分给他三分之一（i）！

换韵，可以使小说语言更好地适应叙写中心的转换和思想感情的起伏变化，也可以增强语音的错综美。第四个例子的换韵适应了叙写中心（人物）的转换；第五个例子适应了“我”思想感情的变化。现代小说中的用韵，除了适应情感的表达外，还对语言内在节奏和作品风格的形成产生了积极的影响。

3. 汉语韵母与作家作品风格

清代学者赵翼在《瓯北诗话》中，从用韵的角度来把握韩愈、苏轼、陆游的不同诗风。

昌黎之后，放翁之前，东坡自成一家，不可方物。昌黎好用险韵，以尽其锻炼；东坡则不择韵，而但抒其意之所欲言。放翁古诗好用俪句，以炫其绚烂；东坡则行墨间多单行，而不屑于对属。[1]

诗语是韵语，押韵是其基本特性之一，“诗中韵脚，如大厦之有柱石”，故“工诗者未有不留意于韵”，不同诗人在用韵上的不同追求，往往直接影响了其作品风格的形成。一般而言，用韵与诗文风格的关系主要表现在以下两个方面。

（1）韵式的确定与文学风格

所谓“韵式”即指安排韵字的方式，诗、词、散文，各有不同的韵式；同为诗、词，不同风格的作品也以确定不同的韵式为宜。

一般而言，诗的韵式有三种：隔句押韵、句句押韵和不断转韵。

①隔句押韵。隔句押韵，韵位均匀，所表现的情感比较舒缓从容。如《诗经·周南·桃夭》：

桃之夭夭，灼灼其华。
之子于归，宜其室家。
桃之夭夭，有蕡其实。

[1] （清）赵翼. 瓯北诗话 [M]. 南京：凤凰出版社，2009.

之子于归，宜其家室。
桃之夭夭，其叶蓁蓁。
之子于归，宜其家人。[1]

此诗每章都是隔句押韵，三章之间，平韵和仄韵相间而押，显得娴静和谐，风格以优美柔和见长。

②句句押韵。如元代姚燧的《凭栏人·寄征衣》曲：

欲寄君衣君不还，
不寄君衣君又寒。
寄予不寄间，
妾身千万难。[2]

四句皆韵，又押凄婉的“寒山”韵，就很贴切、很详尽地表现了闺中少妇寄征衣的矛盾心理和对征夫的关切思念之情。此类作品，多为抒情短制，内容单纯、辞义详尽，把抒情主体的情思描述得淋漓尽致，可以使人充分明了。这类作品，往往具有单纯质朴、明白晓畅的风格。又如白居易的《长相思》，亦属此类。

汴水流，泗水流，流到瓜州古渡头，吴山点点愁。
思悠悠，恨悠悠，恨到归时方始休，月明人倚楼。[3]

另如韦庄的《谒金门》、李重元的《忆王孙·春词》等，都属于此类作品。

③不断转韵。韵部转换的格式，匹配曲折委婉的格调。比如，张若虚的《春江花月夜》，胡应麟称其“流畅婉转”。这一婉转的诗风，除了与其表现内容相关外，也可从其音节的流美婉转得到说明。该诗音节的流美婉转又主要体现在它的转韵上。

春江潮水连海平，海上明月共潮生。
滟滟随波千万里，何处春江无月明。
江流宛转绕芳甸，月照花林皆似霰。

[1] 崔钟雷．诗经 [M]．哈尔滨：哈尔滨出版社，2010.
[2] 任讷，卢前，何乔锁．元曲三百首 [M]．太原：山西古籍出版社，2003.
[3] 张晓蕾，张志烈．唐诗 [M]．成都：四川辞书出版社，2020.

空里流霜不觉飞，汀上白沙看不见。
江天一色无纤尘，皎皎空中孤月轮。
江畔何人初见月，江月何年初照人。
人生代代无穷已，江月年年只相似。
不知江月待何人，但见长江送流水。[1]

就上引的句子看，该诗每四句押一个韵，四句一转韵。全诗共三十六句，四句一换韵，共换九韵。以平声庚韵起首，中间为仄声霰韵、平声真韵、仄声纸韵、平声尤韵、灰韵、文韵、麻韵，最后以仄声遇韵结束。诗人把阳辙韵与阴辙韵交互杂沓，高低音相间，依次为：洪亮级（庚、霰、真）—细微级（纸）—柔和级（尤、灰）—洪亮级（文、麻）—细微级（遇）。全诗随着韵脚的转换变化，仄平的交错运用，一唱三叹，前呼后应，既回环往复，又层出不穷，音乐节奏感强烈而优美。这种韵脚的变化，因切合了诗情的起伏，而形成了婉转流美的诗风。

再如，杜甫《石壕吏》沉郁顿挫的诗风，也与其韵式的确定密切相关。全诗共二十四句，首句"暮投石壕村"平起，其后的"人、看"均为平声；第五句"吏呼一何怒"到"死者长已矣"的韵脚"怒、苦、戍、至、死、矣"为仄声；从"室中更无人"以后的"人、孙、裙、衰、归、炊"又为平声；最后四句的"绝、咽、别"又为仄平。全篇的韵脚由平变仄，由仄返平，再由平趋仄而后收束；特别是写"致辞"内容的十三句诗，多次换韵，明显地表现出多次转折，既暗示了县吏的多次怒呼、逼问，又表现了老妇由诉苦到辩解、由辩解到无奈从军的心路历程。韵脚转换的结果，形成了似扬又抑，欲引还止，舒缓与阻塞交互的坎坷音韵效果，正与作者沉郁顿挫的诗风相仿佛。

（2）韵部的选用与文学风格

韵部，一般即指韵，如东韵，也可称东部，《广韵》中的 206 韵亦称 206 部；有时又指某韵按平上去（不包括入声）排列在一起的韵类，所谓"举平上以赅上去"，如东部，包括东、董、送三个韵。这里，我们主要指前者。按说，韵部本身只有音质的区别，并不与文学风格相关；但人们利用韵的一些发音特征，使某类韵部与人们的特定情感发生了联系（已如前述），因而韵部的选用也就与作家

[1] 张晓蕾，张志烈．唐诗 [M]．成都：四川辞书出版社，2020.

诗文风格有了关联。拿诗歌的用韵来说，在诗歌中选用不同的韵就可以表现出不同的思想感情，而使作品具有不同的气氛和格调。诗的风貌、格调与其所用韵脚的韵母中元音的开口度大小很有关系，开口度大的元音响度大，诸如 a、ao、an、ang 等韵宜于表达雄壮激昂的情感；开口度小的元音响度小，像 ei、i、ü 等韵宜于表达低沉悲凄的情感。例如贺敬之、阮章竞等诗人是以风格豪放见长的，他们的诗就比较少用 ei、i、ü 等韵。又如郭沫若的历史剧《屈原》，具有明朗之风、豪放之情。这一风格，与其对韵部的选用密切相关。请看第五幕第二场里屈原的一段独白：

风！你咆哮吧！咆哮吧！尽力地咆哮吧！在这暗无天日的时候，一切都睡着了，都沉在梦里，都死了的时候，正是应该你咆哮的时候，应该你尽力咆哮的时候！

尽管你是怎样的咆哮，你也不能把他们从梦中叫醒，不能把死的吹活转来，不能吹掉这比铁还沉重的眼前的黑暗，但你至少可以吹去一些灰尘，吹去一些砂石，至少可以吹动一些花草树木。你可以使那洞庭湖，使那长江，使那东海，为你翻波涌浪，和你一同地大声咆哮呵！啊，我思念那洞庭湖，我思念那长江，我思念那东海，那浩浩荡荡的无边无际的波澜呀！那浩浩荡荡的无边无际的伟大的力呀！那是自由，是跳舞，是音乐，是诗！❶

作者用了许多洪音字，如“咆哮”（出现 7 次）、“洞庭湖”（2 次）、“长江”（2 次）、“东海”（2 次）、“翻波涌浪”“大声”“伟大”“浩浩荡荡”（2 次）、“波澜”“风”“啊”等，加上呼告、反复、排比和长短相间的句式，组成了一首充满战斗激情、豪放明朗的诗篇。

再如，小说家陆文夫很重视小说中的用韵，在韵部的选择上很是讲究。据王文强、王国娟统计分析：陆文夫有的小说，通篇在段末或句末大面积或续或断地使用“支齐”辙和与之通押的“灰堆”辙。例如，《围墙》全篇 165 个自然段中，以“支齐”辙收尾的 62 段，以“灰堆”辙收尾的 12 段，共 74 段，占小说的 45% 左右。《圈套》全篇约 380 句，以上述二辙收尾的约 150 句，占 40% 左右。猜想陆文夫多用上述二辙的原因可能有二：第一，“支齐”辙是一个宽辙，

❶ 郭沫若．屈原 [M]．北京：人民文学出版社，2000.

又与"灰堆"辙通押，便有五韵之多，使用便利：第二，从韵的响亮度看，"支齐"辙和"灰堆"辙都属于韵类中的细音韵部，大量使用它们，读起来柔和轻盈、袅袅如缕，便于形成那种娓娓动听的调子，跟陆文夫轻柔优雅的语言风格相一致。

总之，韵母对作家作品风格的影响，主要表现如何用韵上。具体而言，就是韵式的确定和韵部的选用两个方面。古代诗文善于用韵是有目共睹的，现代诗文虽有废韵之趋向，但随着人们对母语诗性特质的进一步体认、对文学艺术的审美本质高度自觉，我们有理由相信，汉语韵母的诗性功能必定会发扬光大。

## 三、汉语声调及其审美功能

语言学家把世界上的语言按声调的有无分类，把有声调的语言称为声调语言；反之，则称为非声调语言。汉语是有声调的语言。汉语声调有自己的性质，且对汉语表达、汉语诗文创作与欣赏具有特殊的意义和重要的功能。

### （一）汉语声调的性质

汉语字音的音调分别，古已有之：上古（周秦、两汉时期）声调只有平声和入声两类，中古（包括魏晋、南北朝、隋唐宋）才有了上声（大部由平声变来，小部由入声变来）和去声（大部由入声变来，小部由平声变来），但直到魏晋以前尚无人发现汉语声调。自魏晋以来，中国声韵学由于受印度梵音学的影响，有了新的发展。齐永明年间，沈约、周顺等人发现了汉字有四种声调。古四声又称平仄，平指其中的平声，仄指上、去、入三声。随着汉语语音的演进，到了现代汉语的普通话中，古四声为"新四声"所取代，就有了阴平、阳平、上声、去声四类声调，也称一、二、三、四声，外加一个轻声。对于普通话的四声，汉语拼音在每个音节的韵腹上分别用"—、/、V、\"四种符号标志；对于轻声，汉语拼音方案中没有专门的符号表示。有人这样描绘普通话的四声："一声高高一路平，二声由低往上扬，三声先降再升起，四声由高降到低。"

无论古今，汉语声调无非是整个字音的高低升降，而主要是音高的变化。音调的分别，是由于发音时声带的松紧。发音时声带越紧，在一定时间内颤动的次数越多，声音就越高；声带越松，在一定时间内颤动的次数越少，声音就越低。

在发音过程中，声带可以自始至终保持一样的松紧度，也可以先松后紧，或先紧后松，也可以松紧相间，这样造成的种种不同的音高变化，就构成各种不同的声调。音高在汉语中具有重要作用，声调的不同，主要是音高的变化。

汉语的声调同音强、音长也有一定的关系。音强是指声音的强弱。它取决于发音体振动的幅度：我们发音时，用力大，气流就强，振幅就大；用力小，气流弱，声音就小。在普通话中，有些音节相同的词是依靠声音的强弱或轻重来区别词义和词性的。音长是指声音的长短，它取决于发音体振动的时间。汉语声调与音长存在一定的联系。

总之，汉语的声调，主要是音高的变化，也同音强、音长有一些关系。普通话声调的实际读法，即声调的高低升降的变化（主要指音高的具体变化），就是调值。目前，描写和记录汉语声调调值的最好的方法是五度制声调表示法：先画一条竖线作比较线，分成四格五点，确定五个坐标点，分别用 1、2、3、4、5 自下而上表示低、半低、中、半高、高五度音高；然后在比较线的左边用横线、斜线、曲线等表示声调的音高变化。普通话四种声调的调值分别为：一声是 55（高平），二声是 35（高升），三声为 214（降升），四声为 51（全降）。

### （二）汉语声调的审美功能

汉语声调的审美功能，主要表现在其对汉语诗文节奏的形成、对创作主体的情感表现具有重要的意义。

#### 1. 汉语声调与汉语诗文节奏的关系

一般而言，诗文主要是靠声调，小说主要是靠情节。过去一般读者大概都会吟诵，他们吟诵诗文，从那吟诵的声调或吟诵的音乐中得到趣味或快感，意义的关系很少；只要懂得字面意思，全篇的意义弄不清楚也不要紧的。梁启超先生说过李义山的一些诗，虽然不懂得究竟是什么意思，可是读起来还是很有趣味。这种趣味大概一部分在那些字面的影像上，一部分就在那七言律诗的音乐上。这里，一般读者吟诵诗文，在弄不清全篇意义的情况下，之所以会从中“得到趣味或快感”，是因为靠了诗文的声调。声调，因直接诉诸听觉，很容易唤起读者的趣味和快感。但不是所有的组合的声调都能唤起读者的快感，只有那些按照一定的规律排列组合起来的声调才具有这样的美感效应。也就是说，只有具有节奏美的声调组合（即平仄律节奏），才会给人以美的感受。

汉语是具有声调的语言，其中，各种对立的声调因素在诗文中成周期性组合的结果便形成了平仄律节奏，这正是汉语节奏规律的一大特色。

现代汉语有阴、阳、上、去四声（或四类），根据部分学者的意见（如赵元任），可以把阴平、阳平归为高调，把上声、去声归为低调。由高调和低调两种对立因素进行有规律地组合，就形成了高低平仄律。声调，必须进行有规律的组合，才有节奏，才有美感。抑扬、高低、长短、轻重若不能交错，就会违反节奏规律。

中国古诗，特别是近体诗，取得了很高的音韵美成就。其中，汉语的声调，即四声做出了不可小觑的贡献。近体诗声律的总原则，是平声和仄声的交替使用。近体诗除每句尾字外，都是两字为一音步，这两字中的后一字为“节奏点”，所谓平仄交替就是相邻的节奏点上的字的声调必须平仄相对。比如杜甫的《春望》。读这首诗，仅从其平仄相间的声调、抑扬交错的节奏，就足以受其感染：读来，觉得“口腔是舒服的”；听罢，如闻音乐般的旋律。读者之所以从那吟诵的声调或吟诵的音乐得到趣味或快感，是因为那平仄相间的声调构成的抑扬顿挫的节奏。没有声调的高低曲直，汉语诗歌的节奏美就会大打折扣。

古诗的美感得益于此，文学史上的那些音意俱佳的骈体文也不例外。早期的骈体文，对平仄还缺乏严格的规定。齐梁以后，受声律学的影响，骈体文的平仄形成了一套较严格的规则：讲究一句之中，节奏点上的平仄交错；骈句之间，平仄要对立。

同近体诗一样，骈体文也充分运用了汉语声调的审美特性，形成了整齐均衡的美感节奏，平仄交错，句式华美。骈体文正是以其优美的音律、华美的藻饰，对我国文学产生了深远影响，从而确定了其在文学史上不可取代的地位。

古代诗文有平仄律节奏，现代散文也有这样的节奏。汉语平仄律节奏不只存在于韵文中。美学家朱光潜早就强调过散文节奏的重要性。事实上，在现代散文家的作品中，时时处处都有对平仄律节奏的追求，展现着对生命的执着。真正的艺术家，就在于能够从一切死的东西里面看出生命，从一切平板的东西里面发现节奏、表现节奏。

另外，利用语词声调的飞沉，亦可调节小说语言的节奏。如鲁迅先生的名篇——《伤逝》，虽不属韵文，但其语言在声调的搭配上却十分讲究：“寂静和空虚”是仄仄对平平；“骤然生动”是仄平对平仄。又如：“因为她爱我，是这样的热烈，这样的纯真。”其中，“热烈”仄仄，“纯真”平平，仄平交替，两两相对。“那是怎样的宁静而幸福的夜啊！”这里的“宁静而幸福”是平仄对仄平，高低相配，抑扬有致。

节奏，是创造艺术形象的一种重要手段。文学语言中的节奏，正如音乐、舞蹈的节奏一样，可以调节旋律，把读者引入激越、舒展等不同的艺术境界之中。汉语声调，在汉语诗文节奏的构建中具有至关重要的作用。

2. 汉语声调与汉语诗词作品中情感表现的关系

（1）汉语声调与创作主体：以声传情

在诗文创作过程中，诗人为了传达诗情，寻找合适的文字，其中汉语声调想必也在寻找、推敲之列。因为，在古典诗文作品中，四声各有其情调，如平声之悠扬、上声之曲折、去声之有力、入声之决绝。诗文作者对文字及其声调的探求，就是对诗情的探求，探求诗情的不可言喻性。例如，曹操《步出夏门行》诗第四章："神龟虽寿，犹有竟时；腾蛇乘雾，终为土灰。老骥伏枥，志在千里；烈士暮年，壮心不已。盈缩之期，不但在天；养怡之福，可得永年。”[1] 其中，“老骥伏枥”四句，壮怀激烈，慷慨激昂。将“老骥伏枥”四句与前后几句进行对照可知：《步出夏门行》第四章，大部分用平声韵，唯独这四句变为仄声韵，而且这四句 16 个字中，就有 13 个仄声字，仅有“千、里、心”三个平声字，加上四言诗句式节奏上的固有特点，使这四句诗的音型短促有力，沉郁顿挫，唱出了诗人雄视千古、心怀天下、建功立业的襟怀。如果改变了这首诗的音韵节律，将繁音促节的四言改为音情较为舒缓的七言，中间四句也由仄声韵改为平声韵，并改其中大部分仄声字为平声字，那么诗人那壮怀激烈、高亢悲昂的情怀将杳无踪影。

可见，改变一首诗的平仄律节奏，不只是语言形式问题，而且是诗情诗意问题。总而言之，文字传神大半要靠声音节奏，并且音与义不能强分，更改了声音就连带地更改了意义。

声调的分辨以及对其审美特性的开掘、利用，对词家更为重要。诗一般只讲究平仄，词则不然。因为词的作者在创作时，不仅把四声分为平仄，而且平声要论阴阳，仄声要论上、去、入，甚至要辨“清”“浊”，要辨“开”“齐”“合”“撮”等，关键处绝不随便挪用。一个字的声调考虑未当，词家往往会沉吟终日。词家们懂

[1] 袁行霈. 好诗不厌百回读 [M]. 北京：北京出版社，2019.

得：表现柔婉缠绵或悠扬凄清之情可以多用平声字，表现幽咽沉郁之情可以多用入声字；上声字常用来表现矫健峭拔的风格，去声字常用来表现宏阔悲壮的情调。所以，当人们寄托悲壮豪迈的情怀时，常常选用《满江红》这样的词牌。

而秦观的《满庭芳》一词，平仄安排就与《满江红》完全不同了。

山抹微云，天粘衰草，画角声断谯门。暂停征棹，聊共引离尊。多少蓬莱旧事，空回首、烟霭纷纷。斜阳外，寒鸦数点，流水绕孤村。销魂当此际，香囊暗解，罗带轻分。谩赢得青楼，薄幸名存。此去何时见也，襟袖上、空惹啼痕。伤情处，高城望断，灯火已黄昏。[1]

在这首词中，平声字多于仄声字，特别是句脚字都是前平后仄，收缩时显得舒缓轻柔。这样的平仄安排，与离别时的伤感情绪和寒鸦流水、灯火黄昏等凄清景象特别吻合。

当我们强调汉语声调的平仄律具有表情功能时，不可人为地夸大声调的作用；分析诗文作品时，亦不可离开作品内容，去孤立地谈平、上、去、入。作家创作时锤炼汉语的声文之美，是为了表达思想感情而进行的语音锤炼，而不是孤立地找平仄来表达情感和思想；是为了达到思想内容与语言形式的高度统一，而不是抽象地安排平、上、去、入。

（2）汉语声调与欣赏主体：以声会情

对于诗文，中国古代有悠久的“诵读”传统。古人如此重视诗文的吟咏朗读，强调诗文作品的声气音节，的确极有见地。因为，对于诗文的“诵读”过程，正是体认与把握诗文作品音乐性的过程。诗之声与乐之声相似，都同人的情感节奏息息相通。汉语诗文创作，作者的吟哦，正是探求、锻造诗情诗意的过程，目的是以声传情；汉语诗文的欣赏，读者的诵读，正是体认、把捉诗情诗意的过程，目的是以声会情。其中，作者对平仄的锤炼，读者对声调的吟咏，莫不关乎情性。

## 四、语音修辞与汉语节奏

修辞是一种调整语言的活动，是综合运用语言诸要素（语音、词汇、语法、

[1] 冯慧娟. 宋词 [M]. 长春：吉林出版集团有限责任公司，2015.

文字等）进行交际的有效表达手段。汉语语音与汉语修辞的关系非常密切。如前所述，汉语是独具声、韵、调的语言，它的音节中，元音占优势，没有复辅音，容易合辙押韵；再加上声调的平仄变化和音节的长短配合，极易形成抑扬顿挫、优美动听的音韵美。正是汉语音节的上述特性，成为汉语语音修辞的客观基础。据此，前人创造了许多讲究声音美的语言形式。以欧阳修的《醉翁亭记》为例：

> 环滁皆山也。其西南诸峰，林壑尤美。望之蔚然而深秀者，琅琊也。山行六七里，渐闻水声潺潺，而泻出于两峰之间者，酿泉也。峰回路转，有亭翼然临于泉上者，醉翁亭也。作亭者谁？山之僧曰智仙也。名之者谁？太守自谓也。太守与客来饮于此，饮少辄醉，而年又最高，故自号曰醉翁也。醉翁之意不在酒，在乎山水之间也。山水之乐，得之心而寓之酒也。❶

这段文字写得精练圆熟，疏朗而有韵致。若从语音修辞的角度看，它的语句长短相间，错落有致，音节上给人疏密协和、从容委婉的感觉；它的字调平仄相谐、轻重悉宜；特别是九个“也”字的使用，造成往复回环的声韵律节奏，形成了平易流畅、委曲婉转的语言风格。

今人老舍，对汉语的音乐美亦有相当的自觉。他曾多次强调，文学创作者必须全面地运用语言，就是说在用语言表达思想感情的时候，不要忘了语言的简练、明确、生动，也不要忘了语言的节奏、声音等方面。我们要习惯于将文字的意、形、音三者联合运用，一起考虑，使文字有意思、有响声、有光彩。

古往今来，汉语写作者的实践经验和理论自觉，充分说明了汉语语音系统中的声、韵、调与汉语修辞的密切关系。语言学家、修辞学家们从大量的汉语作品中归纳总结了不少语音修辞格，诸如双声叠韵、押韵、叠音、摹声、排比、节缩、对偶、平仄搭配、顶真、回环、语音飞白、谐音双关等。然而，学术界在讲到语音修辞时，只是从其表达效果（“准确”“鲜明”“生动”“形象”等）上谈论，只讲其音韵美的感染力，却少有深入其内层说明其所以美、何以具有强烈感染力的原因。吴洁敏先生的汉语节律理论研究，揭示了汉语的节奏规律，从而揭示出了汉语语音修辞之所以具有音乐美的内在规律：语音修辞顺应了汉语节奏的规律，

❶ 胡欢. 欧阳修散文 [M]. 银川：阳光出版社，2016.

汉语节奏规律是汉语语音修辞必须遵循的规律。

语音由音高、音强、音长、音色四大要素构成，这些要素都可以形成对立因素。比如高音和低音、重音和轻音、长音和短音、音长和音空，以及由音色形成的声母和韵母等，都可以构成汉语节奏的对立因素。对立因素是形成节奏的必不可少的条件。但只有对立因素的语音链不会形成节奏，它只有通过周期性的组合，方可产生节奏。所以，语言节奏是语音的各种对立因素成周期性组合的结果，具体而言，是指语音的高低、轻重、疾徐、长短及音色的异同在一定时间内有规律地相间交替回环往复成周期性组合的结果。汉语节奏的形式是由汉语自身的语音特点决定的。由音高、音强、音长及音色的异同对立统一成周期性结合的结果，就产生了语音链上的音顿律、平仄律、声韵律、长短律、快慢律、重轻律和扬抑律七种节奏形式。由于汉语自身的语音特点，音顿律、平仄律和声韵律就成为汉语节奏的主旋律，它们都可以用文字记载下来，而其他节奏形式如快慢律、重轻律和扬抑律等没有书面符号标记，朗读时会因人而异。另外，汉语节奏周期可分为往复型、对立型和回环型三种模式。

因此，为寻求语音美的汉语语音修辞，必须具备汉语节奏的主旋律，即平仄律、声韵律和音顿律，否则就不会产生音韵美。

### （一）语音修辞与平仄律节奏

由汉语声调的异同对立统一组成平仄律节奏。古代汉语有平、上、去、入，现代汉语有阴、阳、上、去，根据调值的特性，可以把古代汉语的平声和现代汉语的阴、阳归为平声，把古代汉语的上、去、入声和现代汉语的上、去声归为仄声。由平声与仄声的对立统一可以出平仄律节奏。所有的声调，都有平仄之别，都用仄声字的文句，声音发出以后就似乎中断了一般；文句若都用平声字，声调就会远扬而去、难以回转。这里其实指出了汉语节奏的一条规律：文句不可全用平声字或仄声字，因为这样的文字缺少变化、没有对立因素。抑扬不能交错就会违反平仄律节奏。

汉语语音修辞必须遵循平仄律节奏。因为平仄律节奏对任何文体的创造都是必需的。如下面出自曹禺的《王昭君》中的文字。

王昭君：（望着墙外的青天）……难道这青森森的宫墙要我来陪伴？难

道苍松、翠柳、望不断的栏杆要我去看管？啊，这一天三遍钟、夜半的宫漏，一点一滴，像扯不断的丝那样长。姑姑啊，你错了打算，欠商量。急急慌慌把我送进这三丈八尺的汉宫墙。❶

一张白纸，没有负担，好写最新最美的文字，好画最新最美的画图。王昭君的内心独白，深深地表现她内心的重重忧伤。作者在语音修辞时，不但注意押韵，而且对每一个韵字的声调都仔细推敲过："伴""管"是仄声；"长""墙"是平声。文句中平仄相谐的节奏对主人公情感的表达起到重要的作用；同时，亦可单独欣赏：前二字和后二字都合往复型平仄律节奏，它们之间又合对立型平仄律节奏。上引的那段文字，"白纸"是平仄，"负担"是仄平；"文字"是平仄，"画图"是仄平。平仄对仄平。尤其是用"画图"代替"图画"，深得汉语平仄律节奏的奥妙；前一部分的四个字与后一部分的四个字都合对立型平仄律节奏，它们之间又合往复型平仄律节奏。

此外，"四字格"的构成也是在平仄律节奏的规范下创造的。如"时维九月，序属三秋""山川寂寞""勇冠三军""成竹在胸""冯唐易老，李广难封""王杨卢骆"等，就给人一种抑扬顿挫的美，这种美得益于它符合汉语平仄律节奏。这种平仄相配的现象的大量存在，不是人们随意为之，而是汉语平仄律节奏规律使然。

**（二）语音修辞与声韵律节奏**

一般而言，汉语音节都可以分成声母和韵母两部分，声母由辅音充当，汉语没有辅音连缀现象即复辅音；韵母结构既简单又整齐，而且全由乐音充当，声母与韵母的组合又极具规律性。当声母与韵母的异同对立形成周期性组合时，就产生了声韵律节奏。汉语语音修辞中的双声叠韵、押韵、叠音、摹声、顶真、回环等，都受声韵律节奏的制约。

关于双声叠韵、叠音和押韵等辞格受汉语往复型节奏规律的制约，已如上述；这里主要分析摹声、顶真和回环等辞格与汉语声韵律节奏的关系。

1. 摹声

摹声是用语音来描摹客观世界中人声、物声的语音修辞手段，借此可以达到

❶ 曹禺．曹禺自述 [M]．北京：京华出版社，2005.

如闻其声、形象生动的艺术效果。由于绝大多数摹声词都是双声、叠韵、叠音词充当的，故合声韵律节奏。如下面几段文字所示。

微风把铃铛的柔声，叮当，叮当，送到你的耳鼓……

鼓几片掌声噼里啪啦……

后面大船来得飞快。那明明白白是鬼子。这几个青年妇女咬紧牙，制止住心跳，摇橹的手并没有慌，水在两旁大声地哗哗，哗哗，哗哗哗！

以上三例中，“叮当”是双声，“噼里啪啦”是叠韵，“哗哗哗”是叠音，在文句中都产生出了往复型声韵律节奏。

2. 顶真

顶真是用前一句结尾的词语作后一句开头的词语，使前后两句首尾蝉联、上递下接，也叫蝉联、联珠、顶针。作为词语修辞，顶真具有重要的修辞功能：用它抒情，可以把感情抒发得淋漓尽致；用它叙事，可以把事件的发展变化交代得一清二楚；用它描写，可以把对象的空间序列充分展示出来；用它说理，可以严密而紧凑地揭示出事理的逻辑关系。比如下几段以文字：

楚山秦山皆白云，白云处处长随君。长随君，君入楚山里，云亦随君渡湘水。湘水上，女罗衣，白云堪卧君早归。

有个农村叫张家庄，张家庄有个张木匠，张木匠有个好老婆，外号叫“小飞蛾”。“小飞蛾”生了个女儿叫“艾艾”，算到一九五〇年阴历正月十五元宵节，虚岁二十，周岁十九。

有翼的床头仿佛靠着个谷仓，谷仓前边有几口缸，缸上面有几口箱，箱上面几只筐，其余的小东西便看不见了。

咱们做的事越多，老百姓就来得越多；老百姓来得越多，咱们的力量就越大；咱们的力量越大，往往做的事情也就越多。

顶真格固然是词语修辞，但由于其中出现了词语、词组乃至句子上的重复即语音的重复，所以顶真格亦可看作语音修辞。作为语音修辞，顶真格使文句的语气连贯、音节流畅，产生出往复型或回环型音韵律节奏。上举四个例句中，前三个例句出往复型音韵律节奏，最后一个例句出回环型音韵律节奏。

3. 回环

回环是用上句的末尾作下句的开头，又把上句的开头作下句末尾，又叫“回文”。作为词语修辞，回环的修辞功能在于：可以巧妙地表现事物或现象之间的相互依存或相互排斥的辩证关系，以加深人们对客观实际的认识和理解。作为语音修辞，回环辞格中利用了语音的去而复返，语序的一往一返，故造成了优美的旋律和回环的节奏。由于相同音节的回环往复，回环辞格合回环型声韵律节奏。

回文，只是诗歌创作手段之一，必须与其他艺术手段联合使用；如果完全用回文创作，虽殚精竭虑，终因以文害意、弄巧成拙，而流于文字游戏。由此可知，回环手段虽可产生回环型声韵律节奏，但在诗文创作中不可滥用，亦不可单用，否则会适得其反，使文义大受其害。

**（三）语音修辞与音顿律节奏**

汉语音节都是由声、韵、调系统构成的，每个汉字的音节时长大致是一样的，一个汉字就是一个音节；汉语音节中既有单音节词，又有双音节、多音节词。这就为形成汉语的音顿律节奏创造了条件。据吴浩敏先生研究，在汉语语音链上，由等音节或等音步序列形成的“等音长 + 音空 + 等音长 + 音空”为音顿律节奏。

本书以为，汉语语音修辞除受平仄律节奏和音韵律节奏制约外，还受音顿律节奏的限制。汉诗中四言诗、五言诗和七言诗的音节组合，就明显地受到音顿律的规范：四言诗每句四个音节，五言诗每句五个音节，七言诗每句七个音节。汉语通常以两个音节组合为一个音步（即一顿），双音节音步是汉语音顿律的主要形式。四言二顿（二二），五言三顿（二二一或二一二），七言四顿（二二二一或二二一二），一句即一个音顿律周期；由于句句字数相等，四言诗、五言诗和七言诗都合往复型音顿律节奏。四言诗两顿，前后切分均等，无奇偶变化，节奏显得单调呆板；五、七言诗或三顿，或四顿，都是奇偶相间，节奏上流利活泼、富于变化。由此可知，中国古代等言诗不是追求一般的音顿律节奏，而且追求奇偶相间、富于变化的音顿律节奏，四言诗之所以被五、七言诗所取代，应该是汉语节奏规律制约的结果。

除等言诗的音节组合受音顿律节奏制约外，汉语辞格中的排比、对偶、节缩等亦受音顿律节奏的影响。

排比是指用结构相同、意思相关的词或词组、句子，一项接一项地连续排列起来。使用排比的各项，不仅要语义相关、内容相近，而且必须有整齐匀称的音节排列，合往复型音顿律节奏。

对偶，是把结构相同、字数相等的两组语句，联成一对使用的辞，俗称对子，诗歌中称“对仗”。对偶充分发挥了汉语语音和文字的审美特征，音节均衡，排列美观，突现了汉语的美质。根据格律要求的不同，对偶可分为宽对和严对。宽对只求上下两句结构基本相同、字数相等、不避同字、不拘声律，常见于古体诗和散文之中，此类对偶合汉语音顿律节奏。

严对又称工对，它要求实词对实词，虚词对虚词，节奏点上平声字对仄声字，用字不能重复，上下句结构完全相同。此类对偶既合音顿律节奏，又合平仄律节奏，常见于近体诗和骈文之中。

节缩，是为了文字简洁或音律和谐而把一些多音节词语加以删节或归并的一种修辞方式。此格着眼于形式美的追求，而于意义没有什么增减。如“彩色电视机”“外交部部长”“四个现代化”等多音节词变为双音节“彩电”“外长”“四化”，产生了音顿律音步节奏。

如上所述，汉语音顿律节奏对等言诗、排比、对偶、节缩等语音修辞都有明显的制约作用。由此可知，汉语音顿律节奏是汉语节奏的主旋律之一。受音顿律节奏的制约，上述辞格的一般要求是音节的匀称。要使音节匀称，就要使单音节词和单音节词配合，双音节词和双音节词配。具体而言，音节的匀称须注意两个方面：一是句内的音节连接，不要忽长忽短，站立不稳，以双音节为音步周期较为常见；二是句间的音节要对应，以求结构整齐、形式美观。

音节的匀称、结构的整齐，固然可以造成音顿律节奏，但如果某一种音顿周期往复太多，尤其是短周期往复太多，势必造成单调呆板的节奏。因此，汉语往复型音顿律节奏周期以两个周期为宜，三次往复就到了极限，若有四项，一般就要寻求变化，以免单调呆板。这也是汉语语音修辞所应遵循的规律。

# 第二节　汉语的口语与审美特征

## 一、口语的美学表现

书面语言尤其是文学语言，具有独特的美感，这一点在语言学和美学的研究中得到了广泛的共识。与文字表达不同，口头表达能够直接影响听众的感知而拥有美学风格和独特的魅力。汉语口语美学的研究应该从它的本质出发概括其美学特征。

### （一）口语的美属于附庸美

口语的魅力在于它能够帮助人们更好地进行交流和沟通。人们在使用语言时，既考虑到实际的功能，也考虑到审美的需求。口头文学的魅力源于表达者和听众的主观快乐，这种快乐与实际的功能紧密结合，构建出一种双重的交流模式。“人，他本身就具有他的生存目的”的美可以被视为一种附属的美，其中最具代表性的便是口头表达的美。它与艺术品和建筑物一样，都受到特定目标的限制。美可以分为两种：自由美和附庸美，这两种美都没有明确的目的。附庸之美，又称依赖之美，而自由之美，又称纯洁之美，指的是一种超越物质和精神层面的完全自我实现的美，它不受任何外界因素影响，不受任何理论限制，因此没有任何意图。无论是纯粹的美还是象征性的美，都不是凭借概念就能普遍带来快乐的，而是要有“合目的性”的内涵，以便与人的生命精神相适应。这种不仅是外表上的美，更是要有内在的意义，才能真正让人感受到快乐。如果一个人缺乏对特定美的敏锐感知和准确判断，即使他拥有了大量关于这种美的知识，也无法真正提升自身的鉴赏力；换言之，知识的有效性取决于欣赏者的心灵能力，大多数人在面对陌生的艺术形式时，可能会感到困惑，这是正常的表现。纯粹的美是一个极其严格且抽象的概念，但事实上仅有极少数的作品才能够达到这一标准。古典艺术和纯文学作品往往具有较高的纯粹美感，但它们却没有太多实际意义，甚至可以说，它们之间存在着一定程度的隔阂；人们对于作品的兴趣是出于对其美的感受。口语中包含了许多附属美的元素。附属美，也被称为依赖美，它的品级比自由美要低。它是有条件的美，隶属的美，因为它是基于概念，并且专门用来实现特殊目的的美。

人们的审美关系不仅局限于功利，更多的是一种深层次的心理交流，在人类发展过程中，这种交流变得越来越重要，甚至超越了功利。审美关系可以被视作人最根本的特征，它既是人类诞生的标志，又会随着人类的进步而变得更加重要。在对依存美的鉴赏中，不仅要深入理解审美对象的外观特征，更要考虑它们所蕴含的概念，并以批判性思维来处理这些概念，而非单纯地孤立地接受它们。纯粹美只存在于自然界，它不仅是为了满足人的需求，还包括其他各种形式。纯粹美可能被局限在某一特定的领域，而附庸美则更加普遍地存在于自然界、人类社会以及艺术之中。由于口语的实际应用性和审美感的融合，以及认知和表情的统一，使它比起审美、表情来说，具有更强的实用性，而这也对其美学特质产生了深远的影响。汉语口语的美可以通过潜移默化的方式传递给个人，这种传递不仅会受到社会功利的限制，也会受到心理愉悦的影响。因此，汉语口语的美感可以作为一种社会功利的体现，应当优先考虑其审美价值的使用性。然而，当某种物品被认可具有审美价值时，原始人便会竭尽全力去获取它们来追求这一价值，而忽视这些事物的本源。

### （二）口语的美具有符号直觉性

审美可以划分为两个不同的层次：第一个层次是从客观的角度来看待，它基于个人的视觉和听觉；第二个层次更深入地探索了人的情感和心灵，它提供了一种全新的视角去理解和把握人们的生活。口语的魅力最初来源于它的内在本质。口语的表达通常具有运用广泛和喜闻乐见的特性。形式美无处不在，它能满足人们的心理和生理需求，其独特的审美价值能够让人感到快乐。通过使用符号，人们可以更加直观地感受到形式的美。形式美是一种美的外观，它可以直接影响人们的感官，让人们感受到美的魅力。通过反复训练和体验，人们可以提高审美能力和素养，并进一步提升审美直觉。在日常交流中，人们可以更好地理解和表达形式符号所传达的情感和意义。汉语中的美可以通过其独特的语言表达方式来体现。这其中包含了如下三层含义。

#### 1. 口语的美以符号形式向口语表达受体传达其内在意义

符号美学是一门研究语言本质属性的学科，将符号作为一种美学手段。人类使用的语言符号，如声调、节拍等，最初都由社会习惯决定，但当它们被确立之后，便具备了特定的含义和实际的作用。此外，这些符号还能够通过其内涵与外观，传达出美好的情感，从而产生出独特的口头艺术效果。人是一个具有思维能力的生物，在表达时会根据自身的审美观念，选择合适的口语符号，以此来表达自己的情感，并且在特定的语境下，可以将其他口语符号替换成更加恰当的表达形式。

2. 口语表达主体通过口语符号来表达人性的美

口语是一种独特而富于魅力的沟通方式，它不仅是一种日常交流工具，也是一种艺术。在使用时，需要考虑许多语言和文化因素。例如，在日常交流中，通过声带振动来实现发音，而那些擅长运用共鸣技巧的人，他们的声音会变得更加优美。“共鸣”是一个物理学概念，它指的是当发声器件的频率与外界声音的频率一致时，它会产生共振效应，从而发出声音。声音的传播需要通过振动物质、传播媒介以及人耳的听觉器官来实现。当一个物体受到外力的冲击，它会发出声响，这种声响就是所谓的音波。声音是通过媒介传播到人耳的一种特殊的声波。当一个物体振动时，它不仅会发出基本的声调，而且会产生一些细微的泛音。通过发声和利用身体内部的许多能够引起共鸣的区域，人们能够通过呼吸来激活声带，并创造出基本的声音。尽管这种基音非常微小，但当它穿过人类的共鸣空间时，会发出各种各样的声波共振，从而创造出令人愉快、动听的歌曲。使用共鸣技术可以大大提升音响效果，同时还能增强声音的美感。通过掌握发声美学原则，能够更好地运用人类身体结构中的共鸣空间来创造出优秀的口语表现。

3. 口语表达主体通过口语符号来构建相互沟通的美的世界

口语是一种通过使用语言符号来表达思想和情感的交流方式，它既能够通过表达深刻的含义、复杂的对话、模糊的表述来增强内容的丰富性，也能够通过调整声音来增强形式的美感。通过共鸣，声带的颤动可以将原本微弱的喉咙音变得更加清晰，并且形成一个复杂的泛音，从而让声音变得更加洪亮、饱满、悦耳、动人。人的声带和气流是先天具有的，因此不可能通过外力来改变其形态。但通过后天的训练，我们可以提高声带的协调性。掌握正确的共鸣技巧，对于提高发声效果和优化声音品质至关重要。通过头腔共鸣，声音变得明亮、丰满，并且充满金属般的色彩，口腔中的气流响亮而有力，声音清脆悦耳、洪亮、充满磁性。改变咽腔的共鸣状态能够影响声带发出的原音的泛音部分，当唱低音时，声道会延伸，而低泛音部分会增强；当唱高音时，声道会收缩，而高泛音部分会增强。

通过对声道的精心调整，人的声音能呈现出多变的风格：既可以高亢激昂，也可以柔和优美。“共鸣”的口语表现符号的直觉性为这种“气”提供了强大的支撑力。

### （三）口语语音美的内在性

当学者们探究口头文化的心理驱动因素时，他们的重点通常集中在语言瞬息万变的特点上，例如它与时间的联系。语言的存在只是在它逐渐消逝的时候才会出现。语言的其他方面对人的情绪和行为产生了重要的影响。语音与内在性之间的关系十分独特，它们之间的联系比其他感官更为复杂。由于人类的意识和沟通能力的深层次特征，这种关系变得至关重要。通过听觉来探究客体的本质特征，语言的表达可以提供最直观的反映。汉语的语音表达方式具有广泛的影响力，既能够传递信息，也能够影响人们的思想。这种表达方式涵盖了物质与精神两个不同的领域，并且能够影响到表达者与听众的互动。通过这种方式，汉语能够建立起一种多维度的、相互依存的关系，从而使人与人、人与自然、人与社会等都能够相互协调。

人类的视觉可以感知深度，但是我们所能感知到的物体通常只是表面上的细微差别。味觉和嗅觉只能提供有限的信息，无法捕捉内在和外在的特征。触觉在这个感知过程中发挥了重要作用，但它也可能会破坏内在的平衡。

视觉可以将信息分离，而听觉则可以将它们有机地结合起来。视觉可以超越观察对象，但是声音会迅速地传递到我们的耳朵里。当观赏一处美丽的风景时，必须将注意力集中在一个特定的物体上，这样才能让它真正地吸引我们的目光。声音能从不同的角度传递，让人们沉浸在一片声音的海洋之中，成为感受与体验的主宰。声音具有一种建立中心的能力，这是为了实现高保真度声音的精确传输而采用的一种先进技术。通过聆听，能够感受到周围的声音。反之，将注意力完全集中于视觉上的方式并非可行。视觉可以被看作是有形的，而声音则可以被看作是整合的。人类的思维具有内在的平衡感和协调一致的能力。所有的思想和情绪都被深深地植入大脑，而思想和情绪却不可以被外界的力量所理解和掌握。人类就像一个边界，既包含着本质上的自我，也包含着周围的万物。“内部”和“外部”都是以身体感受为基础，通过对人体经历的深入研究而表达出来。

在原始的口头表达方式中，单词仅仅是一个声音，而没有被视为一个实体，甚至没有被认为是一个有形的、有价值的文字。声音是人类生存感觉的重要组成部分，它通过口语词汇的加工而存在。语言的表达方式对于人们的心理健康来说一直都非常重要。声音的特征会改变人们对宇宙的理解。声音的范畴并非局限于“我”，它们都以“我”为中心。对于口语来说，宇宙就像一个正在发生的故事，而我们就是这个故事的核心。随着印刷术的普及，古代的口语世界对“探险家”的理解受到了极大的影响，人们开始将宇宙或“世界”想象成一个平面，这不是一个静止不动的实体，而是一个由现代地图、广阔的平面或许多平面组成的视觉展示平面，这样才能将宇宙看作是一个随时可以被“探索”的对象。

大多数口头表达的思想和特征与听众的感知息息相关，因此声音的特性构成了一个完整、统一且深入人心的系统。语言体系与传统的套语式表达以及情景式思维之间有着密切的联系，它们共同构成了一个完整的认知过程，使人们能够更好地理解自身的情境，并将自身的行为与情境相结合。此外，与语言相协调的是以人类行为为基础的、具有人文关怀的知识结构，它们能深入个体的内心。原生口语随着时间的推移而变化，它不像书面语或印刷语那样保持静止。“长翅膀的语词”被荷马称为一种具有强大力量、自由不受约束的话语。因此，可以断言，口语的语音美具有一种深刻的内涵。

### （四）口语词汇美的具象性

可视的宇宙代表了一种抽象的概念，人类把它融入语言当中，利用声音来传达这种抽象的概念，使其重新活跃起来，并为世界和我们的内心架起一座沟通的桥梁。语言是一种反映世界的工具，汉族口语作为汉民族生活的一部分，具有独特的民族特色。E.TA. 霍夫曼在《克莱斯列里阿娜》中提出，色彩、声音和香气之间存在着一种基本的相似性，并且有一种神秘的联系，而波德莱尔的诗《感应》则是对这一观点的一种深刻的表达。

> 自然是一座神殿，那里有活的柱子，
> 不时发出一些含糊不清的语音；
> 行人经过该处，穿过象征的森林，
> 森林露出亲切的眼光对人注视。
> 仿佛远远传来一些悠长的回音，

互相混成幽昧而深邃的统一体，
像黑夜又像光明一样茫无边际，
芳香、色彩、音响全在互相感应。
有些芳香新鲜得像双簧管，绿油油像牧场，
——另外一些，腐朽、丰富、得意洋洋，
具有一种无限物的扩展力量，
仿佛琥珀、麝香、安息香和乳香，
在歌唱着精神和感官的热狂。❶

在波德莱尔的作品《感应》中深刻揭示了人类如何运用感官直觉去理解和体验周围的环境，并且能够通过建立感官联系，使其变得更加生动、富有美感。一些艺术作品以其独特的情感和视觉效果而闻名，而不同的艺术流派则以其独特的审美风格而著称。通过造型、表演和舞蹈，人们可以通过感性的方式来理解和欣赏艺术。具象是一种可以被观察到的、可以被触及的、有实质意义的形态。具象艺术最显著的特征在于它以一种视觉真实性或客观性的方式呈现出来。在具象艺术作品中，人们通常会发现它们的艺术形象是非常容易辨认的。例如，希腊的雕像、近代的写实主义以及现代的超级写实主义作品，由于它们的外观非常接近自然界的物体，所以被视为这一领域的杰出代表。语言艺术和音乐的艺术形象不是直观的，而是通过声音符号来传递信息。当听众倾听这些声音时，他们可以通过思考、想象来感受、理解这个世界和人类社会。这些声音能够影响人的听觉，引发他们的想象、联想、情绪，最终产生美的效果。中国人在描绘人物和事件的同时，会运用生动的形象化语言来表达他们的看法，同时也会将他们的情绪和想法融入其中，以此来展现出他们独特的个人风格。现代汉语口语中，许多词语都有着鲜明的形象，因此可以通过观察和实际使用来更好地理解这些词语。

尽管口头表达的内容可能不是直观的，但是通过声音符号的传递，听众可以更加深刻地感受、领悟和理解客观的现实世界及其相关的文化背景。这种传递的力量可以唤醒人们的想象力、联想力、情绪力，从而产生一种独特的审美享受。汉语的口语语言拥有丰富的形象，这使其更加生动形象。

❶ 吕进，李力，赵洁陆．外国名诗鉴赏辞典 [M]．石家庄：河北人民出版社，1989.

## 二、汉语口语的审美特征

### （一）汉语口语的音韵美

“音韵美”指的是汉语语音在不同语境中呈现出来的独特声音，这种声音可以带来一种类似于音乐般的审美感受，并且有着重要的文化意义。汉语音韵美一直是人们探讨的话题，诗词格律和骈文散文的内在声调节奏都源于汉语的音韵特质。长期使用语言已经培养出了审美因素，这种审美因素最初表现在语音上。过去，人们通常将重点放在书面语和文学语言上，认为汉语的音韵美属于口语美。但是，这种做法忽略了语言本身的美，因为语言的美在于它的声音。因此，将研究重点放在口语中，才能发现更多本源性的东西。汉语口语具有独特的音韵美感，这与书面语相比显得格外突出。这种美的基本特征包括以下几个方面。

1. 音韵美具有直观感性特征

音韵美可以被视为一种独特的语言声音效果，它可以通过精心构思、精确控制和精心设计来达到一种类似音乐美学中所蕴含的审美价值和深刻含义。这种听觉形式的美显然不同于书面语言，因为它更多地体现了一种独特的审美感。一些作家从口语美中汲取灵感，将其融入作品中，使文本不仅可以被观赏，也可以被倾听。

汉语的音韵美可以分为原生口语音韵美和次生口语音韵美两种，前者通常出现在没有文字支撑的即兴对话或独白中，表现为原始的音乐美。除了相声、评书、三句半、快板、小品和话剧朗诵等传统文学形式外，书面语言也可以在其他文学形式中得到体现，但要想让它们发挥最大的音韵美，就必须通过言说、默读或诵读来实现。艺术作品中的审美效果往往体现在其独特的口头表达方式上。

汉语口语中的音韵美是一种非常显著的特点，它能让听众通过直觉来理解语言，甚至无须理解其中的细节。了解这一点，我们就能更好地理解为什么外国人在听中文时可能不太熟悉其意思，但仍然能够指出哪个词是最美的，哪个音发出来更加动听。汉语中的一些常见单词，如“跷跷板”“毛茸茸”，在外国人中广受欢迎，这是由于它们具有叠音美的特点，能够展示音韵美。正如在一些外语中，由于它们遵循了自然的音韵美，即使对一些外语并不熟悉的中国人也能感受到它们的美。例如，在英语中，banana 和 papaya 都表示出了相似的重叠音韵。汉语中的叠音词数量比其他语言要多得多，而且它们可以自由组合。

2. 音韵美具有音乐性

魏晋尚韵，魏晋时期音乐艺术取得了巨大的进步，这得益于魏晋时期人们对音乐美的深刻理解和热爱。“韵”，即指的是一种无法用语言表达的、融合了多种声音的完美结合，它既包含了多种声音，又能够超越这些声音，形成一种独特的、完美的音乐氛围。就像人整体生命的美，不离人的具体形象而又超越于形象之上一样。因此，“韵”这个字被用来描述人的美丽，是可以理解的。这种变化超越了外在的联系，更多的是一种内在的转变。因此，“韵”不仅是一种音乐性的美，更是一种深刻而无法用语言表达的人类生命中无形却又充满活力的美。韵律与音乐之间有着密不可分的联系。音乐是一种时间的艺术，它可以让人们的听觉得到满足，因此现在人们更多地关注音乐性。人们在说话时，会选择具有节奏感和韵律美的词语，以展示语言的音乐性。这种审美愉悦可以独享，也可以与他人分享。这是人类共同的认知方式。

汉语的音节组合具有独特的规则：每个音节的开头和结束都只有一个辅音，而辅音的分布也并非随意。例如，n 这个辅音只能出现在音节的开头，而不能出现在音节的结尾。汉语的音节构成比英语简单得多，因为汉语的辅音分布更为稀疏，大多数只能出现在节首。汉语的音节数量是一个词的重要因素，因此汉语中出现了大量的双音节词。根据《现代汉语频率词典》的统计，汉语词汇中的双音节词占 73.6%。相比之下，英语通常由多个音节构成一个词，音节数量没有规律，因此汉语和英语的音韵节奏都具有独特的特点。然而，汉语的音韵节奏更加灵活，因此在选择词汇时，人们需要先考虑单词的音节数量。当辅音和元音结合在一起时，就会产生不同的音乐效果。首先，它们会交叉分布，形成一个完整的音节。这个音节由噪音和乐音组成，它们共同构成了一个二元一体。辅音 ( 组 ) 由元音和辅音组成。

虽然这种一体性音节的乐音效果不及纯粹的元音音节，但它们仍然存在一定程度的差异，例如 ha、ga、ta、ka、sa 之间存在不同程度的噪音增加，但乐音却有所减少，从而形成一个梯度级差；通过对声调群及其组织过程的分析，我们发现 ha、ma、ba、ta、sa、za 等模式具有一定的规律性，并且形成了有效的韵律特征。通过将几十个音位巧妙地结合在一起，形成了许多独特的音节，从而提高了语言的表达能力和复杂度。汉语的音节结束通常是乐音，“辅音+元音+辅音+元音”中的双音节词汇构成了一条乐音的语音链，而声母+韵母的双音节音步词则是最理想的乐音结构。

### （二）汉语口语的会意美

汉语口语的独特思维方式导致了我们必须关注它的主题和语境，这与西方语言的形式主义有很大的不同。汉语的语法结构中，单音节和句法的统一性为汉语的表达带来了极大的灵活性和多样性。汉语的语言表达方式具有许多独特的灵活性。汉语的主语形式十分丰富，这是众所周知的。不同的语言都有从修辞中转换到语法的情况，但汉语更为常见。例如：

美余结构：差一点没背过气去。

同语复用：去也得去，不去也得去。

对立式：左等不来，右等不来。

使用这种结构能够提高汉语的表达能力，满足汉语学习者对于表达的需求。与汉语相比，屈折语和黏着语的语法结构更多地依赖于词语的形态。例如，俄语的名词可以分为阳性、中性和阴性，并且可以使用少数或多数的形式，每个形式都可以用来表达六种不同的语义关系。尽管汉语是一种语言，但是它的语法结构十分复杂，其中包含了16种动词的时态。因此，语言学家认为汉语没有语法结构，而那些使用汉语作为母语的人却感到困惑，难道西方语言也存在如此烦琐的语法结构？汉语口语通常具有优美的语言结构。

#### 1. 形散而神不散的语序变化之美

作为认识主体的人其实并不能“直接”与客体世界相遇。客观世界与主观世界之间存在着一个中介层，它由感官、语言和文化三个方面构成。对于拥有丰富语言能力的人类来说，语言是他们从感官世界进入文化领域的桥梁。语言是文化的基石，同时也决定了人类的情感和态度。汉语口语表达中，“意”通常被视为核心，而词语只是用来传递信息的工具。西洋语的语法结构是一个复杂的网状系统，尽管它们之间存在着某种关联；中国语的语法结构就像一件完美的外套，每一个字都精心拼接，完美地呈现出中国文化的精髓。中国的语言规则重点关注表达思想。汉语的语法结构是由意义和语言本身共同决定的。

通过调整句子结构、洞察上下文并推断出其他事物，人们可以利用语态来表达清晰的思想。语言学家申小龙把汉语比作“弹性实体”，因为它具有多种多样的表达方式，可以根据语境和语义的不同而进行灵活的使用。汉语的句子并非由一个特定的动词构成，而是通过分段的形式呈现，这种方式使得汉语的语言表达更加灵活多变。尽管词序可能不同，但意义始终如一，因为无论哪一句话更符合语法规则，人们都能够清楚地理解其中的道理。“好日子还在前面呢”与“好日子还在后面呢”的语言结构有所差异，但它们在中国文化中的含义却完全相同；又如“婆婆待我和亲闺女一样”与“婆婆待我和亲妈一样”这两个句子都具有同一意思。一位男子在他心仪的女孩面前，会唱“我很丑可是我很温柔”，可一旦遇到一个他不太喜欢的女孩，他便会改唱“我很温柔可是我很丑”，这种表达的意思差异较大。语言的语码是相似的，但是“颠倒语序”却有着截然不同的含义。这种独特的语言魅力吸引着许多外国人，他们喜欢研究这种语言。汉语的灵活性使它具有独一无二的魅力。民族文化的核心是思维模式和语言模式，它们在文化精神上具有重要的共性。语言是一种结构，它的核心在于人类的思维方式。语序在很大程度上反映了中国人的思维方式和文化背景。汉语中的语素、词和句子的排列顺序反映了汉民族的思维方式，他们倾向于从已知的信息开始探索未知的事物，并且更倾向于以参照点为先导来思考问题。这也体现了儒家中庸思想的影响。深入探究这种关系可以帮助我们更好地理解汉语口语背后的文化根源。

汉语的语言表达具有很大的灵活性，这在很大程度上取决于语法结构的变化。汉族口语交际中，使用词序作为一种手段一直都很受欢迎，比如以下案例。

富人：有什么可吃的？
堂馆：吃什么有什么。

穷人：有什么可吃的？
堂馆：有什么吃什么。

这两段对话的词序不同，它们所表达的意思也截然不同。在汉语口语中，这种差异往往会导致许多优美意义的产生。“颠倒语序”给人们带来了一种非凡的视觉享受。汉语的语言结构和表达方式使它能够轻松地展现出丰富的美感。汉民族的语言表达方式具有独特的魅力，他们能够根据自身的语境来选择语义，从而形成一个具有弹性的语言结构，让人们能够更好地理解、运用、接纳“含不尽之意见于言外”，从而让汉语口语更加丰富多彩。

2. 汉语口语流水句的铺陈之美

汉语的语法特点是通过逻辑排列和情感交流形成语言的结构。在汉语口语中，关联词语很少被使用，通常只会按照时间顺序或事理的发展来叙述事情，这就是“流水句”中所描述的情节。汉语的语法特点是以流畅的语言表达方式表达思想，这是因为它能够准确地捕捉到人们对于时间的感受，以及对于事件的看法。它的语言结构也与中国人的思维方式相吻合，能够更好地表达人们对于世界的看法。英语的重要特点是形式合一，因此通常以主谓结构为主干，通过层层搭建来形成一种空间图式，语言学家称为“葡萄型”。例如，下面这个英汉对照句子就是一个典型的例子：

The man that I met on the day when I went to RT–mart to buy a gift for my girlfriend who always complain that I never bought her anything like her previous boyfriend, was Lao liu.

这个句子由多个分句组成，这些分句以语法标志 that、when、who 和 that 的形式悬挂在句子的中心，就像葡萄粒挂在主干上一样。汉语中的意义可以通过简洁的语言和一系列的细节来表达。

女友总抱怨我从不给她买东西，和她的前男友一样，我去大润发给她买礼物，这时我遇到了老刘。

汉语的语法特征使其在表达上具有独特的风格，尽管它看起来像一种单一的语言，但实际上它具有极大的灵活性。汉语的特点可以比作“竹竿型”，它没有英语那样的主干，而是由一系列短句组成，形成一个完整的“流水句”。在每一种语言的语法结构中，都包含一些被清晰地标识出来的要素，以及一些需要听者在理解的基础上进行补充的要素。汉语中，前者的使用量明显低于后者。洪堡特指出，汉语的独特之处在于，它需要人们投入大量的精力去理解，但同时又阻碍了汉语句子的复杂性。所以，简洁的语言更能体现汉语的精髓。在日常交流中，这个观点显得格外突出，具有很强的代表性。洪堡特对汉语的语法特征有着深入的研究，他努力探索汉民族的思维方式，以期更好地理解汉语的语言结构和文化特点。他断定，汉语中没有任何能够表达出曲折变换的特征，这表明中国人对于西方语言的语法结构缺乏足够的重视。例如，她最讨厌这样的人了。记住，骂你，听着，打你，挨着，千万忍住了！虽然很多中国人都可以精确地读懂这句话，但实际上，它却忽视了许多重要的语言组成部分：

她最讨厌这样的人了。（所以，你要）记住，（如果她）骂你，（那么你就）听着，（如果她）打你，（那么你就）挨着，（总之，你要）千万忍住了！

在汉民族的高语境社会中，口语交流时，双方都可以自由地使用省略的部分。通过遵守语法规则，"意合"成了书面语的表达方式，但在口语中，这种表达方式更为显著。通过这种自由的虚位设定，以及丰富的语义和语法默契，汉语的句子呈现出一种轻盈、灵动的美。汉语的语法规则需要我们仔细思考，并根据语言的特点来决定每个单词的位置。只有通过深入思考，我们才能更好地理解汉语的语言结构。在低语境环境中，人们很难理解并接受这种语言组织，因为大多数语言交流都是在明确的语码中进行的，而汉语的语法规则是"写实"。如果把这些隐藏的语言部分都补充上来，使每句话都严格遵循低语境的语法规则，那么句子就会变得笨重、啰唆、僵化，这样会损害汉语的美感。

### （三）汉语口语的科学美

科学美学拥有悠久的传统。从古至今，人类一直在体验着大自然的神奇，深信它拥有一种神秘而又不可思议的规则。古代文明以多元文化为基础，努力寻找统一的审美标准，以及发掘大自然的和谐之道。毕达哥拉斯学派认为，数字是构成一切的基础，而美则源于和谐与比例的完美结合。康德时代，人类开始意识到，所有的自然规律，无论是外在的还是内在的，都是由大自然演变而产生的。科学之美在于它能够以简洁、协调、统一的方式揭示出客观世界中复杂而又有机的规律。它带来的美感不仅是一种惊叹、欢喜和感动，而且是一种令人难以置信的、令人心潮澎湃的美。若一种语言能够体现出科学之美，那么它必须具备这种特征，以便让人们感受到它的魅力。

汉语的语音一直在不断改进，以适应日益复杂的语言环境。这种改进表明，汉语言正在不断进步。在过去和现在，许多口语中的音都变得简单了，例如古入声 [–p–t–k] 尾和大多数方言中的闭口的鼻音 [–m] 都消失了。这样，发音就变得简单了。汉语言的一个显著优点是容易传递。首先，汉语言的音节尾音均为洪亮的，这是因为只有 [n][l] 这几个音节。

汉语语音的演变历程中，元音的高度化已经成为一种普遍现象。显然，元音的高化趋势是为了简化工作、提高音质，使传递更加顺畅和协调。汉语的声母在中古时期和近代都有所简化，其中最常见的简化方式是将浊音清化，并将带有颤动的辅音替换成不带颤动的。汉语语音的演化遵循相似的规则，这些特征表明它们之间存在联系。随着时间的推移，声调的特征从原本的音高和音长的结合转变为以音高为中心，而且短促的入声逐渐消失，这种转变有助于更好地传达信息。汉语语音具有一套精致而统一的音位结构，使其表达出一种和谐的美感。汉语中，不送气和送气的辅音是对称的，例如 b 和 p，d 和 t，g 和 k。鼻辅音（如 m、n 和 ng）则与前三组音相对应。在发音方面，z、c、s、zh、ch、sh 以及 j、q、x 都是对应的，但 j、q、x 只能与 i、u 组合，形成一个完整的语序，使学习者更容易理解并传达信息。汉语口语语音具有一套简洁、和谐、对称的音位结构，这使汉语口语表达更加简洁、协调，并且符合科学美学的标准。

## 三、汉语口语审美活动探析

没有任何实用目的或抽象思维的审美行为，是一种充满自主性的心灵体验。汉语口语活动无法完全忽略实际应用和概念，它的美感源于对实际需求的满足，并且以一种附属的形式出现。口语表达的主体与受体之间的审美关系对于促进口语表达的效果至关重要。情感是一种强大的内在力量，它激发了我们对美的追求，使我们的审美观念变得更加丰富多彩，达到更深层次的审美认知。汉语口语因其独特的美感而受到欢迎，这种美感源于其内在的美学特质。只要一件事物拥有美学特质，那么它就会变得更加迷人；若没有美感，这件物品就无法被人类所理解和利用。口语的美可以被视为一种独特的价值，它体现了一种特定的情感关系，从而使人们能够从中获得审美的满足，从而获得更高的艺术价值。汉语口语作为一种高级语言，拥有独特的美学特质。通过与他人交流，我们可以欣赏到这种语言所带来的美。这种语言不仅能够满足我们的精神需求，还能提升我们的审美能力。

### （一）口语审美活动的原美感生物特性

1998 年，曾永成提出，动物有“原美感”，他反对将人类的审美与“原美感”

分离的观点。以达尔文的进化论、控制论和系统论为基础，自然科学的美学研究旨在探索人类的美感功能，从而更好地理解和发现其内在的本质。达尔文在《物种起源》中指出，最基本的审美体验，即从颜色、声音和外观上获取的满足，它们如何被植入人类和其他低级生物的内心深处？这真的是一个棘手的挑战。[1]如果我们想知道为什么某种香气或气味会让人感到愉悦，但其他东西却会让人不愉快，那将是一个棘手的问题。尽管习惯可能与许多事件有着密不可分的联系，但是每个物种的神经结构背后都潜藏着深层次的动机。这一棘手问题的重要性无可置疑，因为它将直接影响“适者生存”的普适性。人类的审美不仅具有生物学上的特性，更是一种有意识、有活力、具有创造性和历史意义的能动性，它以美的规律为基础，不断地创造出新的美。美丽源自人类的内在欲望，而动物则更多地依赖于自然环境中的特征，从“原美感”中可以看出其特有的特征。尽管达尔文的动物美感理论存在一定的局限性，但他的美学思想仍受到了许多自然科学家的重视，他们努力深入探索这一理论，以期获得更深刻的认识。“原美感”的研究为汉语口语审美关系的研究提供了重要的生物学依据。将高级动物的实用性与外表美观性划分开来，这种做法只是一种相对的概念，而且它们之间有着密不可分的关联。随着时间的推移，听觉本能的发展主要是基于实用性，而这种感官的实用性是审美本能的基础。

### （二）汉语口语的审美感知与审美激发

汉语的原生语言可以通过听来理解语音的含义，但想要真正掌握语言的审美价值，还需要更多的实践经历。只有通过实践才能真正领会语言的魅力。理解口语的基本审美是通过探究语言符号之间的关系来实现的，这些符号可以通过语法规则来表达。这是口语审美理解中最基础的部分。口语审美理解的第二个层面是需要深入理解口语表达的含义。如果一个人无法理解“言外之意”中的含义和意义，那么他在日常口语表达中只能从声音上获得一些美感，而无法从语义层面获得美感。这种表达方式不可能产生精确的审美效果。当人们接收口语信息时，他们的审美理解建立在对口语表达主体的审美感知之上，并且通过对其进行深入的探究，不断地发展出新的思维模式，从而形成独特的审美观念，激发出丰富的审美情感。

---

[1] 鲁晨光．美感奥妙和需求进化 [M]．合肥：中国科学技术大学出版社，2003.

1. 汉语口语的审美感知

汉语口语表达需要通过多种方式来展现，包括听力、视觉、触觉等，以便让受众能够更好地理解表达者所要传达的美。汉语口语语音十分特殊，它通过听觉来获取信息。语言符号则作为语言的艺术形态和抽象含义的媒介，通过语音来传达语言信息。语言信息本身并非完全客观地反映出语言本身，而是通过语音来激发人们对语言内涵的理解。汉语口语的使用者可以通过观察语音的外部特征来理解其所描述的信息，并能够从中获得相应的情绪和体会。通过语音和语义的结合，口语表达受体不仅能够感受到声音，还能理解其含义。

汉语口语的审美是一个复杂的过程，需要我们通过观察和思考来理解语言的内涵，并且这种理解必须基于我们的想象力。由于口语是利用空气中的振动来表达声音和含义的交流方式，因此它的魅力主要来源于人类的情感，并且通过感知来传达。当一系列的语音被人类的听觉系统捕捉并过滤后，就会产生“听觉点”，这些声音在一定范围内的联系，就会形成一种审美上的共鸣，从而使它们之间的联系更加紧密。通过“听觉值”的思考，可以更好地理解口语语言，并从“听觉想象”中获得启示。“听觉值”提供了一个可以帮助人们理解客观事物的方法，即通过感官和知觉来认识它们。“余音绕梁三日不绝”则提供了一个更深入的方法，即使没有人在场，人们仍然能够通过听觉和视觉来感知客观事物。

汉语口语表达主体对口语的审美感知具有强烈的选择性，人们会特别关注那些与自身意识和观念有直接联系的语言，并以自身需求为出发点，在感知和理解过程中留下深刻的印记。在日常交流中，最容易吸引对方注意的是表达主体的外部表现，例如面部表情、动作、眼神，以及语调、语速和语气。这些要素构成了一个完整的语言表达系统。通过听觉感知，语言中的音调、音速、音量、音重、音质和音色等元素可以帮助我们感受到语言的节奏感和韵律感。将这两者结合起来，口语表达的视觉和听觉形象会呈现出有序的静态和动态节律，给人以美感。因此，这些形式具有独特的审美优势，它们不仅拥有美感所必需的形象、节奏和情感，而且能够通过语言、表情或姿态等表达方式来获得审美感知。此刻，汉语口语的审美体验已经完成了从感知到美的第一步，留下了一个完整的“第一印象”，让人们对审美对象有了更深刻的理解。

2. 汉语口语的审美激发

一个说汉语的人一旦听到“鞋拔子”，他的大脑会立刻产生一种新的语言形式。如果一个人的语言更加具体、生动，那么他的语言感知能力也会更加强大和丰富。当两种方言区域的人听到“鞋拔子”这个词时，他们的感受是截然不同的。“鞋拔子”被赋予了更多有趣的含义，它的发音与“和谐”的发音相似，因此被视为“避邪”的象征。东北方言中，“鞋拔子”也被用来指代那些不太善于表达自己想法的人。汉语口语中出现了各种各样的词汇，这是汉语文化的独特之处。“猪腰子”的普通称呼、“鞋拔子”的滑稽可笑，此中滋味只有“汉语通”才能捧腹大笑，并被汉语的深刻含义和惊人的表现力所折服。在汉语口语中，联想是一种常见的语言表达方式，它通常是由听众根据所听到的口语内容引发的想象。这种想象可以帮助人们理解语言背后的含义，并且容易产生美感。例如，“鞋拔子”可以引发人们对社会和文化的理解和想象。汉语的口语能够更加生动、有趣，这样才能激发听众的想象力。汉语的语境联想能够帮助我们更好地理解和欣赏语言。当我们听到一个语言的具体描述时，我们的听觉器官会根据语言的含义来激活它，并将它们重新排列，以便让我们能够更好地感知语言。通过这种方式，我们能够更好地理解语言，让我们的语言更加生动、丰富。从“可读性”的角度来看，书面语言的审美实现需要将“写”与“读”结合起来，而“可说性”则提供了一种将“说”与“听”结合起来的审美方式。通过这种互动，人们可以体验到一种充满活力的沟通方式，而要实现这种口语表达的审美，需要更多的参与者的参与。通过这种丰富多彩的审美体验，人们可以感受到书面语言无法提供的强大美学张力，从而获得与书面语言不同的审美享受。

情感在汉语口语审美过程中有重要作用。在这个话题上，我们对汉语口语的审美情绪进行了深入探讨。心境是一种深刻的情绪，它拥有一种持久的、不受外界影响的、充满活力的状态。汉语口语的审美情绪与其所面临的审美对象之间存在着密切的联系，这种联系可以显著地改变口语的形式、内容以及最终的结果。汉语口语的审美能够促进人际关系的和谐，特别是当两个人都能从对方的语言中获得审美体验时，会产生一种情感上的吸引力，这也是汉语口语表达过程中审美经验的重要组成部分。“知音”被认为是一种共鸣，它描述了汉语口语中人与人之间的和谐共鸣。在一段美妙的“吆喝”中，当一段动听的乐音响起时，许多人都会被它的美妙所吸引，他们的心中涌动着一股强烈的共鸣，“吆喝”的声音更加深刻地表达了他们对生活的热爱，让他们的心灵得以释放。语言的表达方式通常会受到人们的下意识反应的影响，从而体现出口语的审美。作为一个口语表达者，我们应该注重对口语审美对象的审美，因为强烈的美感有助于塑造我们的人格。声音和语言具有独特的美学效果，能够深刻地影响人们的审美。通过口头表达，我们可以建立一个具有美学特色的语言环境，从而促进与他人之间的良性互动。这种交流不仅局限于实用性，还包含对美的敏锐感知和共鸣。

### （三）汉语口语的审美能力

汉语原生口语是一种以日常对话为基础的语言交流方式，它通常在两个或两个以上的人之间进行，并且在同一时空或同一时间范围内进行，旨在传达双向循环的意义。这种语言交流方式在日常生活中普遍存在，具有明显的实用目的性，但并非所有场合的原生口语都具有审美特性。在仅有实用价值的口语过程中，它可能会带来一定的审美价值，但不能完全满足人们的需求。当汉语口语具备美感要素时，它才能成为一种有意义的表达形式，从而使口语表达主体和受体能够建立起审美关系。然而，仅依靠口语表达本身并不能保证双方之间建立起审美关系，因为它还需要其他因素的作用才能实现。审美能力是一种综合性的技能，它可以帮助人们更好地理解和表达自己的情感和想法。汉语口语审美能力的核心表现是对节奏和形式的敏锐感知，这种感知能力是由口语审美活动的节奏感决定的。人的审美能力是由三个不同层面的元素构成的，它们分别是生理、心理和意识。这三个方面都与人的生活节律密切相关。根据现代心理学研究，虽然人体内部各个器官都发挥着重要作用，但并未发现任何一个特定的器官负责审美。审美能力不仅是某个器官的专属特性，而且是人类身体内部的生理、心理和意识等多种因素共同作用的结果，以便更好地适应环境变化。因此，我们应该将审美能力与审美活动的本质特征、和谐共存的感知联系起来。

人类在生活中发展出了各种各样的技能和能力。人类拥有独特的审美能力，能够根据自身的审美需求以及审美对象，进行审美活动，从而获得审美上的满足感。汉语的审美能力是指一个人在表达自己的想法时，能够通过各种方法来表现出自己的情绪和思维。汉语口语表达的审美体验与感受是由于表达主体与接收者之间的个体差异所决定的。当表达相似的内容时，人们可能会产生不同的审美体验。这种差异可能会直接影响汉语口语的表达效果。人类和许多其他生物都拥有独特的审美感，当受到某种外部因素的影响时，都能够体会到一种独特的审美快乐。人类的审美能力是一个复杂的系统，它不仅涉及人的生命活动，而且与表现生命活动的质量和水平息息相关。它不仅是一种高级的能力，而且是一种节奏感，可以帮助我们更好地理解世界。汉语的语境对于口语的审美有着至关重要的影响，它的结构会直接决定口语的审美形成和理解。

### （四）原生口语审美体验的构成

原生口语是一种独特的语言，它的审美体验源于语言集团的共识，例如“蛤蟆”，所有说汉语的人都知道它代表的是一种小型的两栖动物，这就是一种普遍的语言规则，它要求所有的汉语使用者都必须遵守这些规则，以确保语言符号的约定俗成性得以实现。然而，“蛤蟆”的内涵和意义可能会因为语境而有所差异。一个年幼的孩子可能会被一首古老的童谣所吸引，那就是“一只蛤蟆一张嘴，两只眼睛四条腿”。一个刚刚失恋的人可能会被“癞蛤蟆想吃天鹅肉”这句汉民族民间谚语所吸引。汉语口语的审美更多地反映了审美者的个人情感和认知。

#### 1. 原生口语审美体验的个体差异性

汉语口语表达主体与世界的关系非常复杂，他们的内在生命也非常丰富。这决定了汉语口语审美体验的丰富性和复杂性。每一位成员的内心世界都有其独一无二的经历，因此他们的口头表达也具有自身的特色，而且永远无法被模仿。将“个人含义”和“客观意义”作为两个独立的概念，“个人含义”指的是个体对于某个特定概念的认知，“客观意义”指的是个体对于某个特定概念的认知，它们构成了一个完整的、统一的、准确的概念。当语言被赋予了情感的“个人含义”，而不仅是“概念”的功能时，它就会变得充满活力，成为人类个体生活的一个重要组成部分。生活是一个不断变化的过程，需要不断地进行。在日常交流中，我们都遵循着社会规范。在同一语言文化背景下，我们的口头表达方式也有所相似。这些相似之处可以通过我们的口头审美体验来展现。口头审美体验，既包含个人特质也包含社会因素，既有情感又有理性。口语表达的意义可以通过不同的表达者和接受者来理解，这些表达者和接受者在语言共同体中都有相似之处。通过对话，他们可以感受到对方的情感和体验。然而，由于每个人的居住地、工作环境、学习背景和成长过程都存在差异，这就导致了他们对话语的理解和体验带有独特的特色。“最美是乡音”“少小离家老大回，乡音未改鬓毛衰”中的“音”代表着家乡的语言，而“乡音”则描述了一个贫穷的少年与一个经历过艰辛的老年人，他们在“乡音”中所体会到的感情不同。每个人的口语表达都会反映出他们的个人特征，这些特征会在日常审美体验中体现出来。通过对日常口语的观察和思考，我们可以发现，人们的生活经历和文化背景都会影响他们的价值观，进而影响他们的审美感受。汉语的口语审美体验因人而异，因此日常生活中的口语审美也可能存在不确定性。

2. 原生口语审美体验的语境认知性

语境认知是一个复杂的过程，它涉及日常交流中的各种因素。这些因素可能会影响人们对周围环境的感知和理解，从而影响他们对原生语言的审美体验。因此，在进行口语交流时，需要注意这些因素的平衡。在宏观层面，我们可以考虑到社会和文化的影响；在微观层面，我们可以探究口头交流中的各种因素，例如参与者的身份、目的、感情，以及参与者与其他人的互相作用。汉语的原生语言环境主要涉及表达者和听众的日常生活，这些日常生活对汉语的表达至关重要，它们直接影响着汉语的使用。

口语表达的主体思想和情感会对汉语口语产生重大影响。当人们说话时，他们的注意力往往集中在语言的某些特定部分，而非整个语言的表达。这表明他们具有很高的主观能动性和选择权。当人们理解并掌握一种口头表达方式时，往往会更加敏锐地感知到与其个人认知、思维模式息息相关的内容。在感知和理解口语时，人们总是会根据自己的感官来理解所接受的对象，并且会根据自己的需求和倾向来改造它们，使之成为我们思想和情感在某个对象上的反映。因此，人类的口头表达具有明显的选择性。

3. 原生口语审美体验的互动选择性

交流性是口语审美的一个重要特征。将“独白”与“对话”相比较，“对话”更加宽泛，它既包含了一种封闭的语言结构，也包含了一种更加开放的思维模式。汉语口语表达是一种交流方式，它通过使用语言符号来传达信息，并且在表达者与接收者之间产生影响。口语表达受体的变化并非仅仅是被动的，而是通过积极的态度来响应表达者的审美意图，从而体现出一种独特的表达方式。与书面语言不同，口语表达需要在同一时间内完成，因此受体需要更加积极主动。此外，审美的交流也会影响两者之间的心理交流。当两个人都是审美的参与者，他们之间的审美互动就成了语言交流的和谐之道。汉语口语的审美体验源于对语言的敏锐观察、深刻理解、丰富的想象力和强烈的情感，通过将这几种元素有机地结合在一起，使它们能够形成独特的、完整的语言表现。汉语的使用者可以通过语言来表达他们的审美观，这种观点具有活力且相互影响。

## 第三节　汉语文学创作与节律美

### 一、汉语文学创作的审美特征

汉语文学创作的审美特征，集中表现在对物、心、辞三者的独特美学要求上。状物，则“以形写神”；写心，则“以物显心”；用词，则“以文饰言”。

#### （一）汉语文学创作的审美特征之一：以形写神

“以形写神”意思是说通过形似的描写来达到传神的目的。“以形写神”的观念形成与玄学思想影响下的人物品鉴有直接关系。“神”是抽象的，所以要借形显神，由此与人物“神鉴”相关的概念也应时而生：神气、神明、神色、神姿、神俊、神情、神怀、神意等。这种人物“神鉴”体现在人物画上，就产生了“以形写神”“传神写照”的观念，进而延伸到文学创作领域。

“以形写神”能成为汉语文学创作的一个显著特征，与汉民族的思维方式有关。汉民族讲究“中庸之道”，不偏不倚。因此，尽管历史上出现过主“形似”和贵“神似”两种偏向，可主流始终是形神并重、以神为主的“以形写神”论。中国传统美学的核心概念、准则往往具有实用价值。它被视为一种矛盾的结构，强调的是相互渗透和协调，而非相互排斥和冲突。而“以形写神”正是反映了两个对立面的“渗透与协调”，体现了“圆照”思维的精髓——恰如其分地把握了形与神之间的“度”。它与西方“模仿说”强调外部的物理实在是大相径庭的。

“以形写神”，就大的方面说，要把握以下两点。

1. 生动描写被表现对象的外形特征

“神”是寄寓在“形”之中并借“形”显现出来的。只有写出“形”的特征，才能传达被表现对象的独特之“神”，即“得其意思所在”。写人，主要是抓住能反映其个性、精神状态的容貌、服饰特征。据《世说新语》[1]记载，顾恺之画裴楷的像，在他的脸颊上添了三毛，则使人感到“益三毛如有神明”。显然，顾氏认真地研究了裴楷，找到了表现他“俊朗有识具”之神的“形”——颊上三毛，故顾氏说:“此正其识具。”如《围城》对鲍小姐的描写:“她只穿着绯霞色抹胸，海蓝色贴肉短裤，漏空白皮鞋里露出涂红的指甲。……那些男同学看得心头起火，口角流水。”[2]这里主要是通过鲍小姐“出格”的装束(形),表现她卖弄风骚的个性(神)。同时这也为鲍小姐勾引方鸿渐，主动“投体”于后者之“怀”伏下一笔。

许多作家、学者十分推崇“画眼睛”,甚至把它视为“以形写神”的首选方法。其实不然。眼睛固然是心灵的窗户，“画眼睛”如果画得好，确实能收到“传神”的效果。但它毕竟是传神的诸法之一，不是唯一。传神的关键不在于是否写了眼睛，而在于是否写出特点。如果写不出特点，“画眼睛”也无济于事。怎么能只片面强调“画眼睛”呢?

写物，也要抓住能反映事物本质的特征。丘迟的劝降信《与陈伯之书》，巧妙地捕捉了江南春色的特征:“暮春三月，江南草长，杂花生树，群莺乱飞。”[3]从而勾起了陈伯之对故国的思念，使之率兵归降。朱自清的《绿》则是现代汉语文学中状物传神的佳作。作者“惊诧于梅雨潭的绿”，以生花之笔描写了“醉人”的绿:“仿佛一张极大极大的荷叶铺着，满是奇异的绿呀。……她又不杂些尘滓，宛然一块温润的碧玉，只清清一色——但你却看不透她!……仿佛蔚蓝的天融了一块在里面似的，这才这般鲜润呀!”[4]作者以荷叶喻其形，以碧玉喻其色，以蓝天喻其鲜，多角度地展现了绿的“奇异”，收到了“传神写照”的审美效果。

2. 形象刻画被表现对象的动态特征

春秋代序，物有其容。事物总是不断地变化，并呈现出不同的状貌。作品如果能描摹被表现者的动态特征，则使它们栩栩如生，更具神韵。

---

[1] (南朝宋)刘义庆. 世说新语 [M]. 武汉：长江文艺出版社，2015.
[2] 钱钟书. 围城 [M]. 北京：生活·读书·新知三联书店，2002.
[3] 熊宪光. 汉魏六朝散文选注 [M]. 长沙：岳麓书社，1998.
[4] 朱自清. 朱自清散文集 [M]. 福州：福建教育出版社，2018.

《诗经》对“硕人”的描写一向为文家所称道，正得益于此：“手如柔荑，肤如凝脂，领如蝤蛴，齿如瓠犀，螓首蛾眉，巧笑倩兮，美目盼兮。”❶“手”“肤”“领”“齿”“螓首”五句细致入微地写了硕人之美，重在摹形；而“巧笑”“美目”二句则传神地写出了她的“动之美”——尤其是“倩”“盼”二字，就像画龙点睛一般，使“纸上的美人”宛然在目。

动态特征不仅体现在人物神态的变化上，也反映在人物的行为举止上：“良尝闲从容步游下邳圯上，有一老父，衣褐，至良所，直堕其履圯下，顾谓良曰：‘孺子，下取履！’良愕然，欲殴之，为其老，强忍，下取履，父曰：‘履我！’良业为取履，因长跪履之。父以足受，笑而去，良殊大惊，随目之。父去里所，复还，曰：‘孺子可教矣。……’”❷老者自堕其履，命张良为之取、穿，是在考察他能否“忍小忿而就大谋”；张良“下取履”“长跪之”，表明他能有所“忍”，故老者认为“孺子可教矣”。司马迁是以“下取履”“长跪之”的动态之“形”（行为）传张良忍辱负重之“神”（性格），给读者印象很深。《儒林外史》中严监生临死前伸出两个指头的细节，更是让读者永远难忘的。严监生“喉咙里痰响得一进一出”，却“总不得断气，还把手从被单里拿出来，伸着两个指头”。大侄子以为他有两个亲人没见，他“把头摇了两三摇”，二侄子认为他有两笔银子没有交代，“他把两眼睁得溜圆，把头又狠狠摇了几摇，越发指得紧了”。奶妈猜他挂念两位舅爷，“他听了这话，把眼闭着摇头，那手只是指着不动”，只有妻子赵氏“晓得”他的意思——“你是为那灯盏里点的是两茎灯草。不放心，恐费了油，我如今挑掉一茎就是了。”说罢挑掉一茎，严监生这才“点一点头，把手垂下，登时就没了气”❸。这段描述令人“拍案惊奇”：一个行将就木者，居然忧虑两根灯草费油的小事，恐怕天下找不出第二个如此吝啬之徒！作品的成功正在于把严监生的吝啬具象化为一个细节——伸出两个指头，不肯断气，构成了意味深长的“焦点时刻”，从而获得了“永久的艺术魅力”。

“以形写神”旨在探索汉语文学中最高境界的审美价值。作者应该在“穷形尽神”中避免“遗形取神”和“以形写形”的偏见，以达到“令读者目骇神夺，魂醉神迷”和“接受”的完美结合。

---

❶ 刘晓光. 诗经 [M]. 南京：江苏凤凰少年儿童出版社，2022.
❷ （汉）司马迁. 史记 [M]. 西安：陕西旅游出版社，2003.
❸ （清）吴敬梓. 儒林外史 [M]. 北京：中国画报出版社，2016.

### （二）汉语文学创作的审美特征之二：以物显心

西方“表现论”者认为，文学是作家主观心灵的表现，即是作家内心某种情感的“外溢、宣泄或喷涌”。他们重“心”轻“物”——强调“心灵的裸露、呈现”，反对侧重“外物再现”的“模仿说”，走到了另一个极端。尽管“表现论”和“模仿说”在理论上是对立的，可其思维方式却是相同的：“各照隅隙，鲜观衢路。”[1]结果都犯了“过犹不及”的毛病。而汉语文学家则“圆鉴区域”，没有各执一端的片面，恰当地掌握了“心”与“物”之间的分寸；既不“就心写心”，也不“就物写物”，而是“以物显心”。

以物显心，是指作者选择物象来表现其心灵。汉语文学家选择“以物显心”，客观上有其合理性。如果直接抒写心灵（以心写心），不赋予心灵以读者普遍接受的有效审美形式，那只是纯粹个人意义的“主观宣泄”，缺乏打动他人的审美感染性。要求作者必须寻找能表现主观心灵的客观物象——把自己的主观情感予以客观化、对象化，以获得感染别人的客观有效性；只有这样，作者生活中的“个人情感”才转换为文学上“能使人感受到、体会到”的“审美意象”。从写作实践看，“以物显心”主要有三种形式。

①心灵外射，即作者把自己或作品中人物的主观情感“投射”在客观物象上，使后者“人格化”，以此显露作者或人物的心灵。正如前人讲的“情变所孕”“因情染景”“以我观物，物皆着我之色彩”。其特点在于：通过对客观物象的“主观改造”，使之成为作者“心灵载体”，心物交融，构成具体、生动的审美意象，达到“以物显心”的目的。杜甫的“感时花溅泪，恨别鸟惊心”就是典型的心灵外射。花本不会流泪，鸟也不会伤心。诗人把强烈的“国破”之感“外射”到花、鸟上，使它们染上了人的“情感色彩”，故而“花溅泪”“鸟惊心”——折射了杜甫的内心世界。王实甫《西厢记》第四本第三折也有“因情染景”的“绝妙好词”：“晓来谁染霜林醉，总是离人泪。”多情自古伤离别。作者为了渲染崔莺莺送张珙的离情别绪，而以“霜林”写之；一个“醉”字，把“霜林”之红“人格化”，委婉、曲折地刻画了莺莺“长亭送别”时的心态——“最苦离别，最难离别，最重离别，最恨离别”。

②物象暗示，即作者用某种或某几种物象来暗示自己或人物的心灵。前人讲

[1]（南北朝）刘勰．文心雕龙 [M]．北京：作家出版社，2017.

的“神用象通”“景中情”“以物观物，故不知何者为我，何者为物”是也。它不像“心灵外射”那样将客观物象“主观化”，而是借助物象与心灵的相似点，以物象来象征特定时空下作者或人物的心态。马致远的《天净沙·秋思》，选取了十个萧疏的“秋天物象”——枯藤、老树、昏鸦、小桥、流水、人家、古道、西风、瘦马、夕阳，暗喻“断肠人”的“天涯沦落”之感，真正做到了“悲喜亦于物显”。陶渊明的“采菊东篱下，悠然见南山”，明写采菊，实则借采菊之所见，含蓄地流露诗人超脱、闲适、回归自然的恬淡心境。虽“语有全不及情而情自无限”，妙在“心隐于物”也。《西厢记》写莺莺送张生也有两句“妙文”：“马儿慢慢行，车儿快快随。”初看是写马、车，主观色彩不明显，实际暗藏莺莺的心迹。金圣叹批道：“右第四节，二句十字，真正妙文……盖昨日拷问之后，一夜隔绝不通，今日反借践别，图得相守一刻。若又马儿快快行，车儿慢慢随。则是中间乃自隔绝，不得多作相守也。即马儿慢慢行，车儿慢慢随，或马儿快快行，车儿快快随。亦不成其相守也。必也，马儿则慢慢行，车儿则快快随。车儿既快快随，马儿仍慢慢行。于是车在马右，马在车左，男左女右比肩并坐，疏林挂日，更不复夜，千秋万岁，永在长亭。”

金氏的剖析十分透辟。马左车右，暗喻男左女右；马慢车快，影射夫行妇随，终身相守。一马一车，委婉地写出了莺莺“又稚小又苦恼又聪明又憨痴一片的微细心地”。由此可见，两句妙就妙在用马、车之物象暗示莺莺的“微细女儿之心”，而不是“直写”或“心灵外射”。

③乐哀互衬，即以欢乐、喜悦的物象表现悲哀、忧愁和以悲哀、忧愁的物象抒写欢乐、喜悦。也就是王夫之说的“以乐景写哀”和“以哀景写乐”。它强调的是相反相成——通过乐与哀的互相反衬，给读者留下较之相辅相成的正衬更为深刻的印象——“一倍增其哀乐”。

以乐景写哀。《诗经·小雅·采薇》说到战士出征之苦，则以“乐景”衬之：“昔我往矣，杨柳依依。”战士被迫离家，已黯然神伤；而“杨柳依依”的芳春美景则把战士的悲伤反衬得更加突出。李煜的《望江南》也是以乐写愁：“多少恨，昨夜梦魂中，还似旧时游上苑，车如流水马如龙，花月正春风。”词人昔日“游上苑”的欢乐梦境，与他今天沦为阶下囚的困境形成强烈的反差。而这种繁华“乐景”的描述，正表露了他失落、无奈、旧梦难圆的凄楚心态。“以乐景写哀”不仅用在诗词等抒情性作品，也见于叙事性作品中。现代著名的女作家萧红的微型小说《失眠之夜》就是一例。作者先写“悲情”：“我”因为“故乡的思虑”而失眠，“烦躁，呕心，心跳，胆小，并且想要哭泣”。尔后她用大量的笔墨渲染家乡的可爱：“蓝得有点发黑”的天，“像银子做成的”“像白色的大花朵似的”云，“海涛似的绿色山脉”，马羊骆驼鱼，好吃的高粱米粥和盐豆，石片烤鱼，羊肉嫩片粉，骑驴赶集……东北的富饶美丽、风土人情令人神往。作品以“乐景”写“哀情”是大有“深意”的：日本人占领了东北，国破家亡，“我”怎能不“烦躁”进而“想要哭泣”呢？显然，“乐景”所反衬的绝不是一般的思乡之情，而是隐含着深深的“国恨”。

以哀景写乐。《诗经·小雅·采薇》写到战士返乡，则以“哀景”衬之：“今我来思，雨雪霏霏。”战士回来，满心欢喜：而“雨雪霏霏”的恶劣天气则把战士回家的喜悦反衬得更鲜明。郁达夫的《西溪的晴雨》则是现代作品“以哀写乐”的典范。文章先写“乐情”：“秋源和我就主张微雨里下西溪，好教源宁去尝一尝这西湖近旁的野趣。”接着笔锋陡转，写了“哀景”：“天色是阴阴漠漠的一层，湿风吹来，有点儿冷，也有点儿香，香的是野草花的气息。车过方井旁边，自然又下车来，去看了一下那座天主圣教修士们的古墓。从墓门望进去，只是黑沉沉的，冷冰冰的一个大洞，什么也看不见，鼻子里却闻吸到一种霉灰的阴气。”寻“野趣”的“乐情”与古墓的“哀景”对比强烈，同时也逗引读者的阅读欲望：“野趣”安在？

以乐景写哀和以哀景写乐是有一定生活依据的。“当吾之悲，有未尝不可愉者焉；当吾之愉，有未尝不可悲者焉。”[1] 乐哀互衬正是生活复杂性、多样性的反映。

### （三）汉语文学创作的审美特征之三：以文饰言

以文饰言，即用文采来修饰语言。语言，指任何口述或书面的言辞话语。它一向为中、西文学家所重视。西方形式主义者强调文学语言与普通语言的对立性，视文学语言自身为重点，研究它的语音、节奏、韵律、诗节形式等，注重“语言本体”；汉语文学家也讲究语言，但其出发点是“语言功能”，更多地关注语言对文本内容、读者的作用。

---

[1] 孙立. 明末清初诗论研究 [M]. 广州：广东高等教育出版社，2011.

在汉语文学家看来，语言有两种形式：一种是“发口为言”的口头表达，即“说的语言”；另一种是“属翰曰笔”的“书面表达”，即“写的语言”。后者源于前者，但与前者不同：说话时信口开河，思想和语言都比较粗疏；写作时有斟酌的时间，思想和语言都比较缜密。而文学主要是用“写的语言”，其目的在于宣事明理，状物陈情，为了使表达更充分、生动，对读者更具吸引力，因而讲究语言的文采。不但如此，有文采的语言具有更长久的生命力，所谓“言以文远”；反之，“言之无文”，则“行而不远”。这是“文采所以饰言”的缘由。汉语文学家自觉追求“以文饰言”，使之成为汉语文学创作的重要审美特征。

以形文饰言，即用色彩构成的形文来修饰语言。朱自清的《温州踪迹》在描述“月朦胧，鸟朦胧，帘卷海棠红”画时，就注意“以形文饰言”：

> 上方的左角，斜着一卷绿色的帘子，稀疏而长：……帘子中央，着一黄色的，茶壶嘴似的钩儿——就是所谓软金钩么？“钩弯”垂着双穗，石青色；丝缕微乱，若小曳于轻风中。纸右一圆月，淡淡的青光遍满纸上；月的纯净，柔软与平和，如一张美人的脸。从帘的上端向右斜伸而下，是一枝交缠的海棠花。花叶扶疏，上下错落着，共有五丛；或散或密，都玲珑有致。叶嫩绿色，仿佛掐得出水似的；在月光掩映着，微微有浅深之别。花正盛开，红艳欲流；黄色的雄蕊历历的，闪闪的。衬托在丛树丛绿之间，格外觉得妖娆了。枝欹斜而腾挪，如少女的一只臂膊。枝上歇着一对黑色的八哥，背着月光，向着帘里。❶

这是一幅绝妙的“文字月鸟海棠图”。值得称道的是，多种色彩组成的形文，给这段文字增添了美感：绿色的帘子，黄色的钩儿，石青色的双穗，纯净的月，嫩绿的叶，红艳欲流的海棠花，黄色的雄蕊和一对黑色的八哥。色彩斑斓，令人产生“境生象外”的审美联想。

郑振铎的《海燕》也讲究色彩的搭配。

> 天上也是皎洁无比的蔚蓝色，只有几片薄纱似的云，平贴于空中，就如一个女郎，穿了绝美的蓝色夏衣，而颈间却围绕了一段绝细绝细的纱巾。我没有见过那么美的天空！❷

---

❶ 朱自清．朱自清经典作品选 背影 踪迹 [M]．北京：当代世界出版社，2002.
❷ 郑振铎．海燕 [M]．成都：天地出版社，2020.

作品以女郎、蓝色、夏衣喻天空，以白纱巾喻轻云，蓝白相间，表现了云天的清丽、秀美。两篇作品都以形文饰言，但风格不同:《温州踪迹》色彩繁富,《海燕》则色彩简约。

以声文饰言，即用声律构成的声文来修饰语言。就是刘勰说的“寻声律而定墨”。汉语诗文的声律主要涉及两个问题:“和”与“韵”。“和”指不同声调配合而形成的抑扬之美，即“异音相从”;“韵”指收声相同的音前后呼应而形成的回环之美，即“同声相应”。而“和”与“韵”有机结合、相辅相成，就构成了汉语诗文语言形式的音乐美。如杜牧的《赤壁》:

折戟沉沙铁未销（平仄平平仄仄平），
自将磨洗认前朝（仄平平仄仄平平）。
东风不与周郎便（平平仄仄平平仄），
铜雀春深锁二乔（平仄平平仄仄平）。

诗中的平仄式就是“异音相从”之“和”:“消”“朝”“乔”就是“同声相应”之“韵”。而平仄的抑扬美和同韵的回环美之统一，使该诗的语言形式具有了音乐性，这就是“以声文饰言”。现代自由诗并不要求平仄相间，尾韵相同；可如果能自觉地追求音乐美，其诗往往是脍炙人口的佳作。平心而论，自由诗如果太“自由”了，无拘无束，甚至“大喊大叫”，既不符合汉语诗歌的写作规律，也破坏了“诗美”。怎样把握好“自由”与“规矩”之间的“度”，值得今天过分追求“散文化”的诗人认真地反思。

以情文饰言，即以性情构成的情文来修饰语言。鲁迅的《为了忘却的纪念》第五部分，集中体现了“以情文饰言”。

我又沉重地感到我失掉了很好的朋友，中国失掉了很好的青年，我在悲愤中沉静下去了，不料积习又从沉静中抬起头来，写下了以上那些字。

不是年青的为年老的写纪念，而在这三十年中，却使我目睹了许多青年的血，层层淤积起来，将我埋得不能呼吸，我只能用这样的笔墨，写几句文章，算是从泥土中挖一个小孔，自己延口残喘，这是怎样的世界呢。夜正长，路也正长，我不如忘却，不说的好罢。但我知道，即使不是我，将来总会有记起他们，再说他们的时候。[1]

先生以“性情笔墨”抒写了自己丰富的情感体验：为中国失掉了好青年、自己失掉了好朋友而悲哀；对夜一样黑暗、令人窒息世界的憎恨；无法忘却这些好青年的沉重；以及对“总会有记起他们”的将来的憧憬……这些复杂的感受已不是“形文”“声文”所能修饰的，非“情文”莫属。鲁迅的确做到了“情动于中而形于言”“为情而造文”。

“以文饰言”的终极目标是“文质彬彬”。无论是“质胜文”的重质观点，还是“文胜质”的尚文主张，都是片面的。尽管它们都曾在某个时期盛极一时，可从历史发展的大趋势看，它们从来不代表主流思潮。

以上所谈的汉语文学创作审美特征是就基本方面而言的。这三个特征相互关联，应该将它们作为一个整体来认识、把握。

## 二、汉语节律美

### （一）节律的艺术发生

“节律”原本是音乐界的一个专有名词。而音乐不仅是一种艺术语言，也是一种多元文化的综合体，通过节奏的快慢、节拍的强弱和长短音的交替，将不同的文化元素融合到一起，呈现出独特的听觉效果。一些学者将文学划分为诗歌和散文两类。韵文具有节奏感，而散文则没有这种特点；韵文是一种有形式限制的文学形式，它可以被称为诗歌或歌曲。事实上，可以将此种理解视为一种以修辞为基础的审美体验，旨在探索和发现多种文化艺术形式的本质特征，从而获得一种独特的审美享受。使用韵律作为文学类型的标准在中国仍然可行，但日本和西方的韵文却不能仅凭此来划分。虽然形式的界限仍然存在，但当谈及韵律时，散文也具备，只是它们的韵律更加紧凑、鲜明，而非像韵文那样放松、隐晦。马拉美曾经说过，世界上没有完美无缺的散文。

通过观察人类美学史我们可以发现，所有艺术形式都是由一系列抽象概念组合而成的。因此，在讨论节奏艺术的产生时，我们必须回顾一下它的起源。

自古希腊以来，西方文学理论家一直在探讨各种艺术形式的渊源。德谟克利

[1] 鲁迅．为了忘却的纪念 [M]．北京：线装书局，2009.

特和亚里士多德的思想源自模仿，席勒和斯宾塞的思想源自游戏，列夫·托尔斯泰和维隆的思想源自情感表现，爱德华·泰勒和萨洛蒙·赖纳赫的思想源自巫术，而毕歇尔和普列汉诺夫的思想源自劳动。芬兰学者希尔恩以全新的视野深入研究了艺术的起源，从不同的角度揭示了其复杂的内在机制，使其理论影响力更加深远。

"等时性"中的节律是自然界和生物界的基本特征。在这里，"等时性"提出了一种新的观点，即自然界和人类社会之间存在着一种有规律的时间序列。所有的生命，包括人类，都需要遵循一定的规律才能相互依存。地球环绕着太阳，每年都在变化，每天都在重复，潮汐涨落，季节更迭，昼夜循环，这就是大自然的规律。人类和其他动物的呼吸、心率都构成了一个完整的生命循环，这也是它们存活的基础。史前神话揭示了一个令人惊讶的事实：这种节律系列无法被原始人客观地认知。由于混乱的思维，他们无法清楚地区分主体和客体。

尽管对自然节律的无知可能令人不安，但它仍然是原始人生产活动中不可或缺的一部分："夯吁，夯吁"的节奏使他们能够更加有效地完成任务，从而获得更多的放松和快乐；而节奏带来的快乐也激励着他们更加努力地工作，从而提升战斗力。当西格诺·萨瓦多前往澳洲的原住民社区时，他经常发现当地的原住民因为长期的辛勤劳作而身心俱疲，只能趴在地上休息。当萨瓦多演奏出当地人民最热衷的舞蹈旋律时，所有人都会齐声欢呼，几分钟之内，便能够振奋精神地继续前行。在这个充满冲突的地区，音乐和舞蹈对于维护部落的团结与凝聚力起着至关重要的作用，它们不仅能够激发人们的热情，还能够增强彼此的联系。

节律的功能是一种辅助手段，是一种现实和劳动过程中的"副产品"，而不是真正的目的。因此，节律只能在生产活动中自然流露出来。只有当美学考察中的节律超越实用性和功利性，被普遍应用于各种艺术形式时，它们才能具备审美的特质。

工欲善其事，必先利其器。总而言之，人类最初以实用主义的视角来解读客观世界，但后来他们开始转向以审美为基础来理解这些客观存在。

尽管史前的知识有其局限性，但通过对大量的人类学研究发现，正是巫术的存在，使得这一重要的转变成为可能。两个的基本思想原则是原始民族使用巫术来维持生活的基础。

“同类相生”的结论是：一切事物都有其因果关系，这也被称为顺势巫术。“接触律”指出，当物体之间发生接触时，即使中断了实体之间的接触，它们仍然会继续进行远距离的相互作用。本次讨论仅限于前述原则。“原理”和“联想”是两种不同的巫维逻辑，而“相似”则是基于“相似”中的概念而构建出来的。使用顺势巫术时，人们常常会将外表相似的事物误认为它们本质上都是同一个物体。也就是说，他们对“相似的东西产生相似的东西”有一个信仰。阿伦塔部落位于澳大利亚荒凉的山区，他们以白蟒蠳这种昆虫为主要食物来源。部落的男性们正在举行一场神秘的仪式，他们用树枝搭建了一条狭窄的甬道，在这个象征着白蟒蠳的蛹茧的建筑物里，坐着白蟒蠳图腾的男性，他们高声歌唱着这种生物的不同发育阶段，然后缓缓地从蛹中走出，模仿着完整的白蟒蠳蜕变的过程，试图通过这种神秘的方式来繁衍后代。原始人渴望通过巫术的模拟来恢复并重现大自然、生物的规律，以及它们所具有的各种节奏性。通过“副产品”的创作，节律得以从一种被动的手段转变为一种主动的目标，实现了一种可能性。他们不仅是被动地遵循规则，而且能够根据自己的想法来创作和改变规则，使其具有更高的艺术审美价值。这样，规则的意义和价值便从单纯的实用转变为更加深刻的精神层面。显然，在艺术的演变过程中，巫术无疑是一个重要的基础。巫术最初的目的是模仿自然界和生命，尽管这种模仿本质上不具有审美价值，但它却对艺术的发展起到了至关重要的作用。亚里士多德将诗歌的起源与人类的模仿本性联系起来，但实际上人类的本性并非出自神的创造，而是人类为了保护自身生存和种群繁衍而经历的一种选择性进化过程。受原初功利目的的驱使，充满表演色彩的巫术活动不仅培养了人类的模仿能力，而且在一代又一代的传承中形成了一种普遍而稳定的人类品性。通过反复模仿，我们可以不断体验各种情绪，并且随着时间的推移，我们会发现自己所体验到的痛苦和欢乐，与我们直接接触现实世界所体验到的几乎一样。这样，我们便成为美丽的创造者。因此，我们可以从音乐、舞蹈、戏剧等多种人类艺术形式中发现，它们之间存在着密不可分的联系，这正是巫术模仿性表演的根源。古老的白蜡图腾仪式可以解释为何在较低的文化水平，哑剧表演被视为一种神秘的巫术，而戏剧则是一种更加古老的艺术形式，它们拥有悠久的历史，深受各民族的喜爱。

综上，“副产品”节律作为劳动的象征，其节奏的开端是“夯吁”，这种节奏激发了劳动者的热情，同时也缓解了劳动者的疲劳。通过巫术，节律从一种仅服务于劳动的形式转变成一种以审美为核心的艺术形式，这一转变使节律成为一种独特的艺术形式，并且在不同文化背景下得到了传承。人们起初是出于实用主义的考虑，通过巫术重建大自然和生命的规律，但这也让他们拥有了模仿能力。随着他们摆脱实用主义，将其转化为更加稳健的个性，以及更加符合艺术创作的宗旨，他们的审美特征也随之形成。

### （二）汉语节律学的界定

语言的节奏可以通过改变声音的强弱、重量、长度、速度、持续时间和音色来创造出独特的音乐氛围。节律学是一门研究语言中节奏的特征和组合规律的科学，也称为节律语音学或语音修辞学。汉语的语调可以用来传达语义、情感和态度。当语音链中的矛盾和相似之处增加时，语言的音乐特质也会更加突出。

汉语的语法结构具有明显的层次感。这种节奏的结构包括：音节、音步、句子、语段和整个文本。不同的节律特征都可以归类为不同的层次。汉语的声调可以帮助我们区分词义，也被称为调位。它是音节层的节律。当词语进入语言层时，为了满足交际目的和语境需求，相同音节的句子需要用不同的音高、音长和音强来表示，从而形成特定的语调。“重音”就是这样一种情况，它是在语词或句子中使某个音节显得突出的发音方式。“停延”是指在说话或朗读时声音的连续性。这种连续性取决于音强、音高、音长和音色。“节奏”则是指语音的节奏，如快慢、高低、长短、轻重和音色的变化，在一段时间内呈现出规律的交替和循环。它能够帮助我们更好地理解语言。音乐与时间密不可分，节奏是它的独特表现方式。停顿和节奏在音节和音步之间的各个方面都有所体现。基调是一种重要的语言表达方式，它反映了文章的结构和韵律。

节奏不仅是节律的外在体现，而且是其精髓所在，具有极其重要的意义。汉语的语音特征决定了它的节奏风格。汉语的节奏是由音调、音长、音强和音色的差异和相互作用所构成的周期性结构。七种不同的节奏可以在语音链中表达出来：音调、平衡、韵律、时间、速度、强弱和抑制。

音顿律指的是一种特殊的语言结构，它通过不断重复同一个音节或音步来构建一个完整的、具有规律性的语音链。在诗歌中，音顿律的表达方式具有鲜明的特征，尤其是在七言体诗歌中更为突出。如杜甫的《恨别》：

洛城／一别／四千里，胡骑／长驱／五六年，草木／变衰／行剑／外，兵戈／阻绝／老江／边。

汉语音节是由音节组成的，其中双音节音步是汉语音节律节奏的主要特征。这种音节结构使得汉语语音更加流畅和丰富。在语言流动中，音节可能由单个或整个单元构成。“平仄律”是一种以音高作为基础，通过平声和仄声的有规律的交替或上下句的平仄变化来构建语音链的节奏。从“四声”开始，齐梁沈约等人将其应用于文学创作，创造出一种以声调的异同对立统一为节律特征的“永明体”诗，从而形成了一种独特的诗文平仄格律。随着时间的推移，四声二元对立被提出，将平声、上声、去声、入声划分为平仄两类，形成了一种平声字与非平声字的明显差异。自唐代以来，这种双重对比的平仄律一直流传至今，已有一千多年的历史。“长短律”是一种由对立的长音和短音组成的有规律的节奏，它们交替出现，形成了一种周期性的音乐。汉语语音链由于其中的停顿和时值的差异而呈现出多样性，例如，语言的语句和语段的长度可能会因为语言的语速而有所差异。例如，语言的语速可能会因为语言的语调而有所变化。“声韵律”是一种由音素的音色相互对立组成的周期性组合，它通过音节、声母和韵母的交替出现，形成了一种有规律的声韵律节奏。汉语中的多种语言技巧，例如双声、叠韵、叠音和押韵，通过使用反复、回文和顶针等词语，能够创造出丰富多彩的语音链，表现出不同的语言特点。“重轻律”是一种由重音和非重音音节交替出现的节奏形式。“快慢律”以其快慢不一的节拍和交错的旋律，构建出一种独特的音乐风格。“扬抑律”是一种语段层的节奏，它由句子的高低音、强弱音、平衡音和曲调音组成，形成了语音链上的节奏。

### （三）汉语节律美学表现

#### 1. 节律美与炼词

词汇是语言的基本组成部分，并可以独立使用。在古代汉语中，单音词占主导地位，语法上缺乏严格的形态变化。语言的魅力与音乐的协调是密不可分的。文字的魅力在于它所蕴含的无法用语言表达的神秘信息，这些信息通过音节流露无遗。

汉语的音节数量基本保持一致，并且各自独立存在。汉语的音乐特征之一便是其中的音节组合，这种组合通常以单词和词组的形式呈现。汉语的音乐特征源于其独特的音节结构。汉语非常强调音节的重要性。四音节和双音节拥有平衡且稳定的特性，而单音节和三音节则更加不稳定，更容易产生运动变化的效果。通常来说，两个音节的词语需要结合在一起，才能形成完整的双音节节奏。四音节的结构由两个音节的音高和音调的协调共同构成。为了实现这一目标，语言使用者必须将多个字母缩短，或将单个字母延长，尤其是在并列句子中。交流时，人们通常希望语言的音节能够对称且平衡。三个三角形的文本可以被视为一种平衡的艺术，因此人们经常使用两个三角形的结合，以实现 3+3 的美感。如“秋已尽，日犹长，仲宣怀远更凄凉”。保持三字格的活力和动态，同时又具备双数的稳定性和持久性。汉语音乐中，通过合理地使用单音节、双音节、三音节和四音节来展现其美感。中国文化中，对偶法和平行句法是非常流行的语法结构。汉语诗歌一般由四句组成一首或一节，但由于每句都具有丰富的变化，因此三句组成一首诗的情况并不多见。汉语诗歌和散文在单双音节的使用上有很大的不同。诗歌通常把单音节放在句末，而散文则把它们放在句子的中间。

（1）衬字

在写作过程中，有许多不同的协调方法。有时，在话语中插入一些看似毫无意义的音节，甚至可能会使其意义变得模糊和虚化，但它们仍然是不可或缺的，它们传达出一种难以用言语表达的神秘气息，并起到补充气氛、描绘情绪的作用。衬字是一种常见的拼写技巧，是一种普遍存在的文学现象，它贯穿了我国诗歌的整个历史。衬词与歌曲密不可分。这种语言元素被用来增强诗歌的氛围、展示情感，并使其具有音乐般的节奏和旋律。许多前辈学者认为，衬字是元曲中一种独特的表达方式。周德清在探讨“衬字”的概念时，提到了元曲中的衬字，但他并未明确指出“衬字”是否只存在于元曲之中。然而，在一些学者看来，衬字的运用已经超越了对元曲的研究范畴。朱光潜在《诗论》中指出，诗、乐、舞三者之间存在着一种共性，这种共性体现在五个方面：一是重叠、二是叠句、三是衬句、四是格律、五是韵。他断言，仅仅依靠衬字无法完整地表达意思，但“衬字”的旋律要更加协调和谐。《诗经》《楚辞》中的“兮”，以及现代歌曲中的“咦”“呀”“唔”，都是古老的文化遗产。“长言”的原声是通过延长字音来表达的。由于汉字中有许多没有独立的母音，因此在拼写单词时，需要添加一些与之相近的词语，例如“呀”“咦”“啊”“唔”来填补空缺。“衬字”格式是中国诗歌中独一无二的。一些学者在探究“衬字”“衬句”等《唐宋词》和《敦煌曲子词》时，也采用了“衬”的概念来加以研究。事实上，早在《诗经》时期，人类尚未完全掌握节奏的概念，但他们却无意中使用了多种协调的技巧。

（2）虚词

古人对“言不尽意”的理解十分深刻：能够表达的是物质的表象，而无法表达的则是物质的本质。无论是实词的意思还是它们的用法，古代人都非常注重使用虚词。虚词可以间接传达出那些难以用言语表达的深奥含义，它们还能够调节语言的节奏，增强语气的连贯性。

2. 节律美与炼句

韵文是文学语言中的一种重要组成部分，特别是诗词。它既是一种规范性的语言，也是一种变异性的语言。这种变异性不能超越人们对它的认知和想象的限制，而是在规范和变异之间进行统一，从而创造出独特的文学语言。诗歌语言不仅要追求诗意和美感，还应该遵循韵律美学原则来塑造它的声音形态。因此，诗歌的精髓并非来自其文字，而是来自其难以捉摸的韵律。

诗歌创作中，强烈的诗意追求和精确的节奏特征是不可或缺的，这些特征在作品中表现为句法与节奏的对立统一。随着齐梁时期的到来，近体诗的格律逐渐趋向程式化，句法上的意群和韵步也不再完全一致。古代汉语的韵律规则是外在的、强制性的，因此单音节词占据了主导地位，即使是双音节词，每个音节也具有较高的独立性，这给汉语的句法带来了极大的灵活性，可以说是一种意义上的融合。因此，为了符合严格的格律规范，作者必须不断调整句子结构，以达到最佳效果。

炼句技巧的发展源于两个方面：一方面，它受到韵律限制，导致诗歌中词汇组合发生变化；另一方面，它则是作者为了符合主题和情景，尽量使用语言组合，以展现出诗歌的美。

# 第五章　汉语言文学国际教育与人才培养

本章主要介绍了汉语言文学国际教育与人才培养，主要内容共分为三节，分别是汉语言文学国际教育人才培养路径探索、汉语言文学国际教育人才培养模式研究、新媒体时代移动学习在汉语国际教育的应用。

## 第一节　汉语言文学国际教育人才培养路径探索

关于人才的定义非常多，其中包括应用型人才、复合型人才、交叉型人才。对于应用型人才的描述有不同的观点，其中最科学的表达是从事非学术研究的人才，这种人才主要从事将科学理论性的符号转化成可操作性具备可实施的应用型知识的实践工作；复合型人才是对人文、经管、法律等专业的知识、本专业知识、跨专业的知识都有所了解和研究的人才；交叉型人才主要指随着科学技术的发展，有些新科学领域突破了传统学科专业的界限，形成了交叉学科，具备这种知识和研究精神的人才。

由此可见，交叉型人才和复合型人才都是从专业知识的角度出发，一种是从不同专业的领域进行分类，另一种是从掌握知识的多样性的角度进行分类。可以看出应用型人才的与众不同，应用型人才主要是从实践的角度出发，我们依照应用型人才的定义可以看出目前大多数高等院校在应用型人才培养方面还存在非常多的问题。

### 一、加强人才和师资的文化传播培训

#### （一）中国汉语教师的培训

第一，就目前而言，在文化高需求的现状下，汉语文化的培训课程对于中西

方“共同文化”和中国现代的优秀文化内容涉及较少，主要的内容都集中在中国传统文化上，缺少对新型融合文化传播方式的培训。在文化培训课程上，主要的知识内容仍然是为了树立民族自信和传播意识的笼统性的概括，对于教学效果的检验依旧是从效度和信度都有待推敲的设计文化活动和制作 PPT 为主，并没有对文化知识的灵活运用进行检验，建议通过访谈的方式进行更加科学合理的检验方式讨论。

第二，在设计文化教学大纲时应当注重更加科学并具有代表性。在进行课程的选择上，不能只选择传统文化而忽略现代文化内容，要注重二者的综合。教学内容要和学生的日常生活有所结合，让学生通过学习能够将知识用在自己的生活当中，不能与实践脱节，选择具有代表性、有影响力、好理解的教学内容。文化传播的本质应该是“心灵相通”，即心与心的沟通和交流，达到价值观和精神层面的交流和融合，因此更要注重用培养汉语教师的文化包容力和文化敏感性，结合新时代新媒体平台、新教学软件、教学模式的运用，在汉语国际教学中与学生达到心灵上的契合和共鸣。

### （二）加强本土教师的培训

除了培训中国汉语教师外，还应当根据需求培育各国自己的汉语老师。因为本国汉语老师最能理解自己国家人民的文化需要，也最能理解自己国家人民的文化视野，是在跨文化传播中最了解文化交融内容适配度，对本国不同人群对汉语的文化需求调查的最合适人选。为更好实现汉语国际教育的跨文化交流可以通过加强本国教师汉语文化培训这条路径来实现，相对于只依靠中国教师，培养本土教师是一个非常科学合理的发展方向。

## 二、坚持汉语教学与文化传播科学结合与创新

目前汉语教育的发展还没有完全被挖掘和拓展开来，传播的影响力和传播方式存在一定延迟。这是由于长期以来，现实中文化的影响力受到经济或者其他能力的影响，发达国家的文化传播能力更强，传播的方式也更为多样，发展中国家的优秀文化相对滞后或被误读，影响力相对较弱。在汉语的跨文化传播过程中还需要积极扩大汉语的国际影响力，加大宣传，积极和其他产业、平台的结合，让

汉语的传播力度得到提升和传播方式得到丰富。例如，在国外的低年级学生中，在一些特殊的节日，孩子们会装扮成自己喜欢的人物和角色，这些人物角色中涉及东方文化元素的很少。这是由于他们极少接触和有机会学习了解到东方文化，这就需要我们提高汉语的教学效果，提升汉语的吸引力。我们发现除了上述所说的文化传播中经济、政治方面的影响力外，传播影响力、传播方式也是影响跨文化传播的重要因素。比如在儿童学习英语的环境中，学习的都是自己感兴趣或自己崇拜的正面人物，自然学习的兴趣就高，很多外国青少年喜欢上学习汉语也是因为喜欢中国的武打明星、影视明星等，对汉语有深厚的兴趣，学习起来自然有动力。通过对中国文化产生认同之后，他们对汉语的学习从刚开始语言的一般属性——“工具型”，逐渐转化成了文化交流。

### （一）收集反馈，研究“中介文化”习得顺序

由于年龄小的学生没有完整地学习汉语文化，如果根据这个阶段的学生对教学内容的反馈来修订文化教学的顺序是不太现实的，因为无法判断这些学生学习汉语的问题是由于汉语文化的规则问题的泛化还是自身文化因素造成的，所以对这些误读误用教师判断不准确。

### （二）设计中华文化教学大纲

目前汉语国际教育缺乏对国别、教学对象等数据的收集，导致文化的传播不够系统和连贯，也没有对应的国别文化教学大纲作为指导，教师教授中华文化只能凭借个人能力，因此我们需要建立综合的文化总纲和区分国别和教学对象不同需求的教学体系，以及与之相匹配的课程教材、教学设计参考和教学评价。

## 三、建立长效合作的动态文化传播与教学资料库

随着我国文化传播发展最需要逐渐改善的就是教学资料的奇缺问题，主要表现为某一类的教学缺乏、带有翻译的教学资料缺乏、可以下载的优质教学资料的平台缺乏。

### （一）应建立更细分类别的文化教材库

为了指导教学经验不足、获取教学资料困难的汉语学校和汉语教师进行教学

实践，同时也为了引起对汉语文化教材的逐步重视，需要建立分类更加细致的文化教材库，如针对不同的年龄、不同的国家、不同的需求进行分类建设。

### （二）建立中华文化多媒体资料共享平台

在汉语教育中，之所以需要建立针对中国文化的多媒体共享平台并积极了解平台反馈信息、整合各种产业资源和翻译资源，主要是由于现在的国际文化形式已经不再是以前的“好莱坞”一家独大、得到更多偏爱的时候了，现在全球的汉语热在加强，越来越多的中国潮、中国风得到了越来越多地区和国家的追捧，中国的“四大发明”等一度吸引了各个国家和人群的关注，越来越多的外国学生想要了解中国文化和中国现代国情，因此对汉语教师和教学的需求供不应求，亟须中国文化教育和相关读物、漫画、动漫等文化形式的产生和共享。

### （三）接受者文化反馈语料库

文化传播者在进行传授的时候，为了方便对传播效果，即文化传播是否有效、人脑习得文化是否受到限制、文化传授的顺序是否科学等数据进行收集和对比，应当根据文化接受者的年龄、国籍、性别、文化需求、接受文化时出现的疑惑等进行相关数据的收集，整理成为文化反馈库。这种反馈库的内容和形式可以多样化，如专门针对语言或者态度等，这些有效数据的收集和整理，文化传播者还可以用来作为教学活动中的大纲和教学内容的参考。

# 第二节　汉语言文学国际教育人才培养模式研究

## 一、合理定位专业培养目标

汉语言文学国际教育人才培养要发挥现代信息社会的电子信息特色突出的优势；突破专业建设固有模式，积极开展“基于互联网＋的新型汉语国际教育专业”，培养学生在汉语言文化方面实现较深造诣和掌握汉语教学技巧，具备良好的人文素养和教师职业素养使其具备较高外语水平和较强跨文化交际能力，适应信息时代汉语国际推广需求，成为高素质、应用型、复合型专门人才。

上述培养目标按知识、能力、素质三个方面具体体现为：第一，系统地掌握汉语言及中华历史文化方面的知识；第二，具备独立分析和解决汉语言及其教学问题的基本能力，具有较高的外语水平，较强的语言表达、人际交往、团队协作和跨文化交际能力；第三，了解国家关于汉语言文字及其传播的方针、政策和法规，具有综合运用所学知识开展语言文字工作、汉语国际教育以及国际文化交流实践的能力；第四，具有成为信息时代汉语国际推广工作人才并能驾驭和应对未来的潜质，包括具有较高人文和科学素养、健全人格和健康体魄、社会责任感和职业道德、创新精神和终身学习意识与能力。

## 二、确立规范科学课程体系

课程体系是人才培养的核心，规范科学的课程体系直接关系到对学生的知识、能力和素质的培养。汉语言文学国际教育要本着“理论够用、实践为重、体系创新、素质本位”的原则，建立以主干课程与选修课相结合，形成有利于学科交叉与整合的课程体系。

汉语言文学国际教育要围绕汉语教学、中华文化传播、跨文化交际、管理组织协调等能力的培养，设立现代汉语、古代汉语、语言学、应用语言学、汉语第二语言教学、汉语教材与教学资源、中国文化与传播、教育学、心理学等课程，覆盖中国语言文学、外国语言文学、教育学、心理学等学科知识，形成核心课程为主导、模块课程为补充的课程体系；与此同时，充分依托电子信息特色，发展“互联网 + 汉语国际教育”，在建设好“实验语音学”“数字人文”“数据挖掘与分析基础”等课程基础上，进一步开设利用“互联网 +”进行网络汉语教学、制作在线课程、中文信息处理、汉语信息处理等系列课程，最终形成对专业定位的有效支撑，使建设“基于互联网 + 的新型汉语国际教育专业”这一目标不仅符合时代的潮流，而且真正落到实处。

## 三、建设高质量师资队伍

师资队伍是人才培养模式的重要保障，师资队伍建设是汉语国际教育专业建设中的关键问题。在师资队伍建设上，汉语国际教育专业要按照“稳定、培养、引进、提高”的教师队伍建设方针，着眼于学科的可持续发展，以选拔、培养中青年学科带头人和学术骨干为重点，遵从数量和质量并举、培养和引进并重的发展模式，形成一支结构合理的高质量教师队伍；建设一批富有“互联网＋汉语国际教育专业”特色的优势课程，并确保能够开设出高质量的“跨文化交际”“教育心理学”以及“中华文化与传播”等课程，为汉语国际教育专业人才的培养奠定坚实的基础。

## 四、多渠道国际化实践教学与就业

培养国际化实践型人才是汉语国际教育专业的最终目标。为加强国际化人才培养，汉语国际教育专业应当开设综合英语、英语语音与正音、英语口语、英语听力、文学与翻译等外语提高类学科必修课程，以此替代面向非英语专业的通识必修大学英语课程；同时开设韩语、法语等外语类选修课程；引入课程双语教学模式，参照国外知名大学的课程体系制订专门的国际化教学计划与培养方案，聘请国外知名教授和具有国外留学经历的优秀教师进行英语授课；积极创造条件安排学生赴海外开展交流、课程学习及完成实践等环节，提高学生的国际竞争与交往能力，对学生今后在国际舞台上进一步发展和经济全球化的进程起到良好的推动作用。

在实践教学上，汉语国际教育专业以人才培养目标的实现为主线，贯彻开放性、应用型人才培养的基本思路，以能力培养为本位，面向专业和职业，突出实训；重视培养学生必备的基本技能和素质，即通用能力，包括语言表达能力、外语听说能力、计算机应用能力、个人艺术素质与修养、组织协调能力、自我学习能力等；建立以课程实践教学、实践技能课、证书培训、文化专题讲座、社会实践、国际交流活动、专业实习、毕业论文、留学生课堂实习等实践环节为基本链条的能力训练平台；建设多层次的实践基地，包括海外实践基地、校外实践基地和校内实践基地。

随着中国对外合作和交流不断扩大，“汉语热”在全球范围内持续升温。近年来，中国政府始终将汉语国际推广作为提升国家软实力的战略之一，就未来发展趋势而言，汉语国际教学与文化交流将越来越专业化，这为具有汉语国际教育专业背景的人才提供了广大的就业渠道。随着全球化的不断发展，我国的国际综合实力不断增强，迫切需要具有中国文化底蕴、具备对外交流能力的专门人才担任涉外（外企、外贸、外事、外资等）文秘工作，或者进入文化交流领域从事传媒、翻译、创作、研究等工作，还可以赴境外读研、国内读研，为学生提供了多渠道的就业升学条件。

总之，汉语国际教育专业应当明确将“互联网＋汉语国际教育”作为专业发展新方向，培养适应信息时代汉语国际推广工作的应用型、复合型、国际型人才，使其更好地服务于对外汉语教学和文化交流等汉语国际推广工作，为汉语国际教育专业的发展作出自己的贡献。

## 第三节　新媒体时代移动学习在汉语国际教育的应用

### 一、新媒体移动学习在汉语国际教育中的优势

第一，突破时间和空间的限制，增强自主学习能力。新媒体的运作方式以因特网为主，不受时空约束，使学生可以在任何时候、任何地点，根据自己的实际情况来学习汉语。

第二，有机会进行分块的学习。现代社会，随着人们生活、工作的不断加快，新媒介的兴起，为成年人的学习提供了极大的便利。

第三，在汉语教学中加强交流互动。新媒体环境下，各种各样的 APP，让学习者可以在学习的过程中，随时随地进行人机交互，而新媒体提供的各种各样的社会平台，也让汉语学习的群众化和小组化得以实现，让学习者之间的学习方式和学习成果交流变得更为便利。

第四，多感官刺激性。随着新媒体技术的发展，学生们可以通过语音、视频、网络、社交媒体、各类应用软件等方式，对汉语和汉语文化进行多方位的了解。新媒体为学习者提供了多种多样的汉语学习资源，从多个角度激活了学习者已学过的知识。这些来自多个层面的刺激，也使汉语在远距离上的学习有了一种浸入式的吸收。同时，多感官刺激也不仅限于语言学习，它还涉及学习、生活和工作等各个方面。这种真实的语言情境，从多个方面为学生提供了一种身临其境的学习方式，对学习者的语言学习是非常有益的。此外，由于新媒体所提供的信息与学习者的生活、工作密切相关，并且具有很强的实践性，所以学习者的学习动力和兴趣都比较强，也比较持久。

第五，信息的及时性。随着经济的飞速发展，时代的不断变化，语言及其所承载的经济、社会、文化等方面的信息也在不断地发生着变化。新的词汇，新的用法，都在以一种前所未有的速度被淘汰。而新媒体不仅可以直接、迅速地反映出语言的变化，而且可以为这一更新、更广泛的交流创造条件。对学习来说，新媒体给学习者带来新鲜的资讯，使他们能跟上时代的步伐，这对于他们的语言学习和文化学习都有很大的帮助。

## 二、新媒体时代中移动学习在汉语国际教育中的应用

### （一）新媒体时代中移动学习的应用领域

1. 翻译

在汉语国际教学中，汉语学习者通常都会选择一种或多种翻译网站或软件进行帮助，除了为学习者提供词语释义、例句外，这些翻译工具还具备语音功能，有些软件还可以显示汉字的笔顺等信息，这样不仅可以极大地提高学习者的学习效率，而且有助于学生在发音、语调、汉字书写等方面的掌握。总体而言，当前的翻译软件在词汇的翻译上已经能够与专业的字典、词典相媲美，就其整体性能而言，其功能更胜于单纯依靠文字信息的字典、词典。然而，到目前为止，翻译软件还不能完全替代人工翻译，特别是在一些长而难的句子，以及一些古典诗歌、古代汉语等方面，翻译软件还是比较薄弱的。

2. 社交平台

在中国，微信作为用户数量最多的社交平台，其已经超越了单纯的聊天工具，成为一种融合了语言交流、人际交流、文化交流、社会心理和生活方式等多种信息交流传递的新媒体。目前，在中国的学习者普遍将微信作为他们最常使用的在线社交工具。从汉语国际化教学方面来看，微信、QQ 等中文社交平台，可以为汉语学习者提供丰富的汉语语料，并为他们的语言实践提供了丰富的实践经验和机会。在课余时间里，微信是师生之间一种很好的交流方式，它可以让师生之间的学习与生活交流延伸到教室之外。而且，通过与中国人的打字、语音、视频等方式，可以让学生更好地掌握生活中的语言，这对于培养汉语初学者的语感有很大的帮助。同时，通过微信的群聊，教师可以更好地对学生进行管理；通过公众

号，可以为学生们提供各种各样的汉语学习材料。在对外汉语教育中，微信的优点是：自由度高、形式多样、互动性强、分享性强、时效性高、语言环境生动、课堂管理形式丰富。汉语国际教育工作者可以建立微信公众号，根据外国学生的学习程度，提供不同级别的教学资源（如教学视频、课件等）及学习方法。在线社交平台的兴起，使人们可以更容易地进行交流，更容易地跨越时空，更容易地实现汉语学习这一交流目标。对于汉语初学者来说，以微信为代表的社交网络平台不仅可以为其提供语言输入与输出的动力，还可以帮助其更好地掌握生活中常用的语言，为其丰富的语言知识打下更为广阔的基础。然而，许多学者也指出，外国学生在使用这些平台进行汉语的学习过程中，存在着一些不规范的网语和不完整的句式表达等问题。

3. 学习软件

学习软件有两种，一种是前面说过的翻译软件，另一种是各种各样的汉语学习应用软件。随着时间的推移，翻译软件的功能也越来越多。以汉语拼音为例，翻译软件不仅能给使用者及时的翻译，而且具备分类学习的能力。有的翻译软件把学习分为三类，第一类是常用汉字学习，第二类是 HSK 词汇学习，第三类是汉语成语学习。这样，学习者就可以从字、词、成语三个方面，根据自己的需要，有针对性地进行学习。还有一种，就是现在流行的汉语教育 APP。有五类汉语学习的 APP，即口语练习类、汉语考试类、汉字学习类、词典类和综合类。从教学内容来看，汉语学习 APP 可划分为工具类、技能训练类（语音、词汇、汉字、语法、听力）和语言文化类。正如上面提到的，工具型的学习软件大多是在传统的翻译软件基础上发展起来的，既有翻译，也有学习功能。在设计技能类软件时，一般以听、说、读、写这四种语言能力为基础，同时提供了更多的乐趣，例如汉字拼读游戏等。另外，还有一些学习软件，可以把各种语言元素组合在一起，如 Chinese Skill（中文学习软件）。此 APP 包括汉字、拼音、生词、句子等方面的学习。另外一大类是针对语言和文化的 APP。这种应用程序往往是将语言和文化有机地结合起来，通过语言作为载体来传达更深层的文化信息。例如由中国国际广播电台根据高等教育出版社的同名读物制作的“你好，中国”就是主要围绕 100 个代表中国传统文化精髓的词汇进行展开的，例如孔子、指南针等，通过精心制作的视频和多种媒体语言的搭配，使学习者在学习汉语词汇的过程中，能更好地了解汉语词汇背后的文化内涵，进而更好地了解中国文化。另外，一些提供有声读物的 APP，将图片、汉字、拼音三个部分有机地结合在一起，利用同时朗读的形式，将原来的图像信息转化为视听觉信息，以便多维度地激发学习者的学习兴趣，让学习者在听故事的同时学习汉语、认识中国传统文化。Pinyin News（拼音新闻）的新闻更新率相对较高，因此用户可以掌握最新的新闻信息，而且新闻都是用拼音标注的，这更有利于学习者的阅读和理解。初学者在各种应用软件中所占的比例都很高，应用软件的内容涵盖了听、说、读、写等多个领域。汉语学习者在学习过程中，对 APP 的使用逐渐减少，而且 APP 的内容也越来越趋于单一。总体上看，汉语学习 APP 软件的内容和形式都很丰富，但其质量良莠不齐，存在着很大的同质化现象。所以，若学习者不进行认真的筛选，就很难保证持续的、科学的和有效的学习。

4. 网站

北京语言大学于 1998 年开发出全国第一个汉语网络课程——《中级汉语教程》，并在此基础上开发出一套网络课程。接着，暨南大学推出了《中文》局域网版，厦门大学推出了对外汉语在线课程，首都师范大学推出了 HSK 在线教学，华东师范大学也推出了汉语在线教育，中山大学也推出了一个综合汉语学习网站——汉语阶梯网。目前国内最具综合性的汉语教育网站就是“网络孔子学院”，这是由中国汉办自主开发的。2014 年，网络孔子学院也开始进行在线授课，教师和学生可以通过语音、视频等实时互动，实现跨时空的互动式教学。

### （二）新媒体时代中混合学习模式的应用

通过对以上新媒体汉语移动学习的几个主要应用领域进行分析，我们可以发现，随着新媒体的兴起以及技术的日趋成熟，移动学习的效率和效果也在一天比一天提高，多种学习软件的出现，能够使学习者更加有针对性地开展自主学习，移动学习具有娱乐性、趣味性、开放性和实用性，这些特点都是传统的教学方式所无法比拟的。一方面，它能有效缓解教师短缺、教材陈旧、教学手段单一等问题。但另一方面，当前新媒体的各种技术还没有发展到完全的人工智能化，学习者需要系统、严谨地学习还是需要老师的指导。所以，在未来相当一段时期内，“互联网 +”教育模式仍然是最有价值的教育模式。从根本上说，“互联网 +”是一种复合型的教育方式。混合学习理论是因互联网的兴起而提出来的，其核心思想是：通过“合适的”学习方法，针对“合适的”人，在“合适的”时候，通过“合适的”学习方式，将“合适的”知识传授给他们，达到最优的学习效果。换言之，混合学习理论最核心的实质就是利用以互联网为依托的技术手段，并辅以合适的教学和学习方法，来实现特定内容的高效学习。该模式将以互联网为主的传统教学与新教学相结合，发挥两者的优势，更好地提高和保证汉语教学的质和量。

## 三、新媒体时代中移动学习对汉语国际教育工作者的启迪

首先，国际汉语教师应熟悉新媒体手机教学的主要使用范围，熟悉各大教学平台及应用程序的利弊。基于这一理论，我们可以把新媒介的学习和学生的课堂学习有机地结合在一起，从而使得新媒介所提供的移动学习模式能够对传统的课堂教学起到很好的补充作用。其次，汉语国际教师能够独立地对汉语教学资源进行整合，根据学习者的具体情况，对这些繁杂的教学资源进行进一步的分类和甄别，并在适当的时候给予学生相应的指导，让学生能够在老师的指导下，更加有条理地学习。最后，因为新媒体的存在，使学习者拥有了更多的自主性，因此教师要主动调节自己的角色，在尊重学生自主探索过程的同时，还要对他们的学习进行监督。除此之外，教师还应对学生在各类网络平台上所学到的不规范语言进行及时的纠正，如不规范的写法、任意改动的成语、俗语等，都应向学生指出并纠正。

总之，汉语国际化教育在实施过程中还存在着一些问题，这就要求教育者对其进行改革。新媒体的移动教学对于汉语国际化教育是十分有效的，是有很好的推广和使用价值的。当新媒体用于汉语学习的时候，需要汉语老师对其进行适当的指导，以保证新媒体的移动教学功能能够更好地发挥，从而提升汉语学习者对汉语的掌握程度，推动中国文化的传播。

# 参考文献

[1] 葛兆光．古代中国社会与文化十讲 [M]．北京：清华大学出版社，2002.

[2] 王本朝．文学现代：制度形态与文化语境 [M]．北京：人民出版社，2015.

[3] 胡吉成．现代汉语基础 [M]．2 版．北京：北京大学出版社，2015.

[4] 和勇．汉语言文学专业课程教学研究 [M]．昆明：云南大学出版社有限责任公司，2021.

[5] 程光炜．中国现代文学史 [M]．3 版．北京：北京大学出版社，2011.

[6] 鲍厚星，罗昕如．现代汉语 [M]．长沙：湖南师范大学出版社，2009.

[7] 陈国恩．中国现代文学 [M]．北京：北京大学出版社，2010.

[8] 严家炎．二十世纪中国文学史 [M]．北京：高等教育出版社，2010.

[9] 曹顺庆．现代汉语 [M]．北京：北京师范大学出版社，2016.

[10] 马双．中国现代文学 [M]．武汉：武汉大学出版社，2014.

[11] 薄丽．审美教育在汉语言文学教学中的有效运用 [J]．汉字文化，2023（8）：186-188.

[12] 蓝芳．新文科背景下汉语言文学专业实践课程改革 [J]．安顺学院学报，2023，25（2）：82-87.

[13] 刘蕊杏．专业认证背景下汉语言文学专业实践教学改革 [J]．安顺学院学报，2023，25（2）：76-81.

[14] 王鑫蕊，刘晶瑜，杨振宇．“问题探究式”教学法在汉语言文学（S）专业中的应用 [J]．公关世界，2023（6）：138-140.

[15] 代娜. “互联网 +”教育背景下教学创新策略研究——谈高校汉语言文学 [J]. 教育教学论坛，2023（11）：157-160.

[16] 张波. 在高校教学中弘扬中华优秀传统文化的思考——以“汉语言文学”教学为例 [J]. 教育教学论坛，2023（11）：33-36.

[17] 罗义华. 汉语言文学教学中审美教育的实施路径探究 [J]. 湖北开放职业学院学报，2023，36（4）：179-181.

[18] 尚爱萍. 提升汉语言文学专业毕业论文质量的路径 [J]. 文学教育（下），2023（2）：181-183.

[19] 曹爽，邢怒海. 面向新文科的汉语言文学专业语言类课程立体化教学模式的构建 [J]. 教育观察，2023，12（5）：67-70.

[20] 汪淑双. 新课改实施背景下汉语言文学师范生教学技能培养 [J]. 绥化学院学报，2023，43（2）：124-126.

[21] 张乃云. 普通师范类汉语言文学专业大学生胜任特征模型构建与验证 [D]. 大连：辽宁师范大学，2021.

[22] 刘静. 宁夏高校汉语言文学师范专业课程设置研究 [D]. 银川：宁夏大学，2014.

[23] 姚锦莲. 面向新课改的汉语言文学教育专业课程改革之研究 [D]. 桂林：广西师范大学，2014.

[24] 王东玲. 微信公众平台辅助汉语课堂教学的有效性研究 [D]. 昆明：云南师范大学，2017.

[25] 盛赛. 汉语学习类 APP 资源的调查与应用分析 [D]. 济南：山东大学，2017.

[26] 苏铁映. 汉语国际传播数字媒介研究 [D]. 长沙：湖南师范大学，2016.

[27] 蔡晓芳. 新媒体平台在对外汉语教学中的运用研究 [D]. 伊宁：伊犁师范学院，2017.

[28] 刘雪琦. 汉语言文学专业背景的汉语国际教育硕士发展情况调查研究 [D]. 沈阳：沈阳大学，2021.

[29] 俞桂红．台州学院汉语言文学专业人才培养计划的沿革及其启示 [D]．金华：浙江师范大学，2011．

[30] 岳萌．古代汉语网络教学平台应用现状研究 [D]．沈阳：沈阳师范大学，2014．